邱华栋 —— 著

花儿与黎明

The Flower
and the Dawn

百花洲文艺出版社
BAIHUAZHOU LITERATURE AND ART PRESS

图书在版编目（CIP）数据

花儿与黎明 / 邱华栋著. –– 南昌：百花洲文艺出
版社, 2024. 12. –– ISBN 978-7-5500-4931-4

Ⅰ . I247.5

中国国家版本馆CIP数据核字第2024HJ7983号

花儿与黎明

HUA'ER YU LIMING

邱华栋　著

出 品 人　　陈　波
策划编辑　　陈　波　朱　强
责任编辑　　罗　云　钟力津
美术编辑　　方　方
装帧设计　　纸　上 ∕ 光亚平　万　炎
插　　画　　雷子人
制　　作　　何　丹
出版发行　　百花洲文艺出版社
社　　址　　南昌市红谷滩区世贸路898号博能中心一期A座20楼
邮　　编　　330038
经　　销　　全国新华书店
印　　刷　　浙江海虹彩色印务有限公司
开　　本　　889 mm × 1230 mm　1 ∕ 32　　印张　12.375
版　　次　　2024年12月第1版
印　　次　　2024年12月第1次印刷
字　　数　　270千字
书　　号　　ISBN 978-7-5500-4931-4
定　　价　　76.00元

赣版权登字　05-2024-235

邮购联系　0791-86895108
网　　址　http://www.bhzwy.com
图书若有印装错误，影响阅读，可与承印厂联系调换。

一

　　马达和周槿在结婚之前，周槿曾经怀了一次孕。当时周槿正在读研究生，那是他们在马达的宿舍中的一次激情的结果，当时他们根本就没有准备，所以经过商量，他们拿掉了这个孩子。

　　但是从那以后，如果他们因为一些什么事情吵架的话，他们的生活中就会发生一些古怪的事情，比如在第二天早晨醒来，他们会发现文竹经过一夜的疯长，已经覆盖了房间的全部面积，他们就像是生活在由文竹构成的森林里一样。为了清除这些文竹，他们要忙上半天。

　　有时就在他们吵架的时候，可以眼睁睁地看见屋内的昙花竟然迅速地开放，又迅速地凋谢，并且不断重复这个过程，快得惊人和令人疯狂，当时就把马达和周槿给看呆了，自动停止了争吵。

　　而且，这个时候往往屋外会有很多的麻雀聚集在阳台上，叽叽喳喳地叫个不停，这些麻雀甚至还想着要冲进来，它们的脑袋在玻璃窗上碰得叮当响，也不停下来，都快把他们给吵死了。那个场面，和希区柯克导演的电影《鸟》中，海鸥袭击人类有着类似的景象，不同的是这次变成了灰色的麻雀。麻雀纷纷冲撞着窗户，几乎要冲进来了，于是他们逃出屋子，那些麻雀就在他们的后面追逐，在他们的头顶形成了一朵麻雀的乌云，叽叽喳喳地喧嚷着，俯冲着攻击他们，使很多人都停下脚步来观看这个奇妙的景象，直到消防队员的红色消防车闻讯赶来，麻雀才瞬间消散。

或者，屋内不知道从哪里会跑出来很多的潮虫，这种多足的温顺玩意儿似乎闻到了他们身上发出的潮湿的诱人气味，不停地向他们所在的床上爬去。那个场面还是十分吓人的，害怕虫子的周槿总是大声尖叫着，扑打着，以至于他们用尽了"雷达"牌杀虫剂也无济于事。而像屋内经常出现蚂蚁和蚯蚓的大军，以及他们养的花卉会释放出白色的烟雾，更是经常发生的了。

他们想，是不是已经从大地上和他们中间消失的那个没有出生的"贝贝"在捣乱？这是很有可能的。

但是为什么他们总是要吵架？谁也不知道他们为什么要吵架。他们结婚之后就经常要吵架，于是就经常有这类古怪的事情发生。

二

路过亮马河的时候，马达看见了河边的那片在冬天都显得郁郁葱葱的冷季型草坪中间的蜡梅花树，树上已经开了淡黄色的花，柔和的清香从蜡梅的枝头飘散过来，涌进了马达的鼻子，这种感觉让他忽然回到了很久以前的一天。那一天同样是在他闻见了蜡梅花香气的时候，他看见了一个女孩，后来经过他长期的努力追求，那个女孩终于成了他的老婆，现在想起来，似乎已经有隔世之感了。

马达绕过一个拉满了一车鲜花的三轮车，沿着结冰的亮马河的南岸走着。现在是2000年的起始，1月3日。马达一直搞不清楚现在是不是已经开始了一个新的世纪，好像有两种声音，一种认为我们已经进入了新的一百年；其实，2001年才真正是新的世纪的开始。管他呢，其实即使是进入了新的世纪，人性仍旧是不会有变化的。从远古时代到今天，人性基本上没有多少变化，所以，他想起来这些天报纸上和电视上在大做新世纪的文章，约请了不少的名人谈新世纪，就有一些好笑。名人们大都很乐观，展望了未来美好的一切，但是他们全部忘了仅仅几十年前，纳粹还在焚烧犹太人，俄罗斯在清洗着自己的社会，把几百万人关进了牢房，日本人像野兽一样在中国大地上肆虐，使几千万人丧生；而不久以前，非洲的皇帝还在以吃人肉为荣。至于地球上局部的战争，南斯拉夫的分裂导致的种族仇杀和科索沃大量民众被国际犯罪集团控制成性奴隶，还有各种各样的天然灾祸就更不用提了。这些新闻和旧闻使名人们乐观的访谈变得很苍白和下流，可媒体却乐意刊登这样带给人们哪怕是虚假的希望的东西。

谁都知道，在新世纪里人类所要面对的甚至是意想不到的灾难，仍旧不会比已经要过去的世纪少，人性的毛病比如贪婪、自私、骄傲，还有不合理的欲望都不会有多少改变，所以，在这个跨越世纪的年头来欢呼新世纪的到来，无非是新闻媒体给自己找一个话题，同时让所有的人都对未来充满希望罢了。至于未来是不是特别的美好，那就很难说了，说不定人类自己发明的东西，很快会把人类自己都毁了。而且人类自己无休无止的对物质和大地乃至宇宙空间那占有的欲望，还可能使人类在新世纪变得更糟，这是完全可能的。马达觉得自己就是一个忧患意识很浓的人。

马达沿着亮马河的南岸向一栋高大的写字楼走去，那种淡淡的蜡梅花的香气仍旧萦绕不去，恍惚间有一种时空的错位感。

亮马河一带是北京新兴的商务区，这一片地区也是十分国际化的第三使馆区，分布了很多的高级酒店和写字楼。日本、美国、印度、德国和韩国的新大使馆已经兴建或者正在这一片兴建，所以人气似乎在迅速地聚集，到了晚上，这里是一片特别热闹的景象。"野鸡"、乞丐、卖花女和外宾以及衣着光鲜的白领在这里成群地出没着，构成了一个繁忙和繁华的美丽新世界。亮马河地区是北京国贸桥一带正在建设中的中央商务区的延伸地带，加上这里又是第二和第三使馆区的连接地区，所以是北京特别国际化的城区，而且还有一些大片的空地，在最近的几年之间，要崛起很多的驻华使馆和高档写字楼以及公寓。

而北京未来的第四使馆区，就在和第三使馆区隔着机场高速公路的北边，现在的曙光电机厂一侧，所以今后这里的发展肯定特别国际化。马达就职的报社就在这个地区，所以几乎每天他都要穿越亮马河一带，对这里的任何一个去处都很熟悉。这里有希尔顿、昆仑、长城、凯宾斯基等四家五星级的饭店，每天晚上，这里都是一片灯红酒绿和纸醉金迷的景象。有像普拉纳啤酒坊的纯正德国黑啤酒，还有顺峰这样大款和豪客请客可以一掷万金的地方；有真正美女如云的"天上人间"娱乐城，也有南美酒吧里的惹火性感南美舞蹈和歌曲；有"硬石"和"星期五"这样的美式餐厅让白领以及老外趋之若鹜，还有可以买到北欧一些珍奇花的莱太花卉中心。再有一个风景就是站街女郎很多，一度被称为"停鸡坪"，虽然警察经常扫荡，但是她们仍旧在打"游击战"。此外，还有办假证件的、倒黑市外汇的、卖盗版光盘的。有时候你还能碰见一些外国骗子，假装和你换人民币，然后偷梁换柱转眼之间就弄走了你的人民币。

亮马河经过了一次河底的清淤治理，水质好了两年，但是最近又变成长绿毛的河流了。马达感觉它的水似乎是死水，不怎么流动似的。在亮马河上，有一艘船，花枝招展的像是石舫一样停在了岸边，实际上那是一个餐厅。隔着河不远的地方是上岛咖啡厅，再往南就是独特的澳大利亚和加拿大大使馆。每年的秋天，澳大利亚大使馆后面的一条小街上，路两边树上的叶子黄了，是那种特别璀璨的金黄，比银杏树的叶子还要好看，不知道是什么树，非常美丽。马达就会一个人在那一条不断地凋落着树叶的道上流连。

　　确实，亮马河一带的人，他们生存的景象是如此不同，差别是如此巨大，除了下层的站街女郎、办假证件的，马达还偶然碰到过中国国家队的原足球教练施拉普纳，他见过他在普拉纳啤酒坊喝德国啤酒，不过特别势利的中国球迷肯定已经把他忘了。他还见过欧盟的专员拉米——当时拉米就在希尔顿饭店外面溜达。至于一些中国名人，在"硬石"就更加可以经常看见，一窝一窝的。而更多的市民出入着高档的燕莎购物中心和中档的京源商场，在忙忙碌碌地生活着。马达觉得亮马河地区是当代北京一个最逼真和浓缩的景观，社会分层从大官大款大腕到高级欢场女郎以及低级站街女、民工，这里生存景象的多层和多种空间以及它的国际化，都是最有代表性的了。

　　马达现在多少已经厌倦了报纸的节奏，他是准备到一个网站应聘的，而这个网站就在亮马河边的这幢褐色玻璃幕墙大楼里。

就是在去年的下半年，在北京的很多地铁和户外的广告栏里，出现了大量的网络和网站的广告，简直有一种铺天盖地的气势和景象，让马达有一种新时代的浪潮已经扑面而来的感觉。那个时候在北京只要是他一抬头，就可以从任何地方看到网络和网站的广告，报纸上也是成版的关于王志东张朝阳他们的新闻，新时代来临的气息特别明显，他立即觉得自己要老了。完了，我已经老了，他想，不中用了，时代的潮水奔涌得太快了，所以他忽然感到了惶惶然，这种感觉是非常古怪的。一个不到三十岁的人感到自己已经落伍了，这说明肯定是时代的步伐太快了。但是让他庆幸的是，仅仅一年之后，网络的神话就彻底地破灭了，发财的只是那些网络设备供应商们，网络的运营商们则纷纷下岗。而他在那个时候，还没有料到会有这么一天。

今年他已经二十八岁了，他出生于1972年，1990年上的大学，毕业以后就分配到北京的一家报社工作，到今天已经五年多了。记得刚开始当上记者的时候，马达的热情非常高，因为报社编辑记者在今天还是有比较高的社会地位，媒体也是一种权力，在今天这个后权力社会仍旧是吃得开的，使干这一行的人有一种优越感和使命感，加上所谓的"无冕之王"的称谓，马达的工作热情非常高。他在短短的几年时间里，写了大量的报道，获了报社内外很多的新闻奖，成了一个著名的记者。

但是干哪一行伤哪一行，现在他那一开始在大报工作的热情早就不见了。一般当记者的都知道，干新闻都有一个热情期，过了这个阶段，人对新闻的热情就不会有多少了。一般这个热情期是两三年，很快你自己就不会对每天的新闻有太大的兴趣了。那个时候就是你的热情已经消退的时候。这对于马达来说，早就已经来临了。同时，报纸这种纸介的媒体现在的竞争日趋激烈，很快就出现了分化，那些地方性的报纸和走向市场的报纸，日子就好过一些，而政府的报纸和行业性的报纸，以及全国性的报纸，销量不断地下滑，现在已经奄奄一息了，要不是有国有银行的贷款和相关政府部门的财力支持，这样的报纸几乎要全部倒闭了。而马达所在的报纸，正在走向这样一个万劫不复的道路。

几年前，他根据群众来信的反映，和报社群工部的头儿，到西南一个省份，对那个省的一个重要官员搞的假政绩工程进行调查。

在调查的时候，在当地的一个记者的协助下，他发现了那个省为了搞政绩工程，在全省的很多农村地区，搞了实际上根本不能用的假喷灌，害苦了当地的农民。他就写了两篇文章，按照规定是完全可以作为内参发的，但是好像是那个省的头头知道了有这样的文章，就跑到北京进行公关，后来稿子一直到了总编那里都不能决定刊发，最后还是以事实不清楚的理由，被搁置了。

问题是这个事情还没有完，大约过了三个月，曾经协助他进行过假喷灌调查的那个当地的记者，自己找到了渠道，在新华社的内参上刊发了揭露当地政府官员搞假喷灌的事情。但是当地的官员十分恼怒，罗织了罪名，将陷入圈套、有苦说不出的记者，以强奸未遂罪，判了五年的有期徒刑，关进了监狱。

听到这个消息，马达十分震惊，他开始进行解救那个记者的工作，包括通过全国记协、高等司法部门，但是一直都没有成功，后来，当他去当地探望已经入狱的那个记者时，发现那个本来斗志昂扬的人已经完全地丧失了斗志，对自己所犯的"罪行"完全认罪，承认了自己的命运，人已经完全垮了。

马达这才知道了自己的无能为力。他到后来总是有一种淡淡的厌倦的感觉。当你知道现实的不如意越多，而你又对这样的情况无能为力的时候，肯定就会有失望和失落之感。所以后来只要是一进报社，他就感到压抑和没意思，总是一副睡不醒、打不起精神的样子。此后他忽然迷上了电子游戏，成了一个电子游戏的高手，每天上班有一半的时间都在玩电子游戏，尤其是玩一些科幻题材的游戏，像《银河飞将》《黑暗之虫》《文明》《生化危机》和《创世纪》什么的，他都玩得特别在行，渐渐地有了一点不务正业的样子，因为马达把玩游戏的习性带到了家里，而他老婆周槿似乎就是从这个时候，对他开始不满了。

所以，当网站在北京的地铁和大街上的巨幅广告铺天盖地而来，并且刺激了他的眼睛的时候，他就萌生了辞去报社的公职，去"新经济"大潮中一搏的念头。干吗不换个地方、换个活法？

三

亮马河的河面上结了厚厚的一层冰，现在是一年当中最冷的季节，但蜡梅花的香气安慰了他，而亮马河边上的一个花卉市场早就是人头攒动，那里都是来买早市鲜切花的人们。他们把一把把的鲜花，从花卉市场里带走，脸上带着满足和兴奋的神情，在这个严寒的冬天，也带给了马达非常鲜活的气息。

马达和妻子周槿都是非常喜欢花的，这是他们后来走到一起的最为关键的原因。欣赏植物颜色鲜艳的生殖器，对他们两个人来说也是一种暗喻，那就是，他们同样会彼此喜欢对方的隐秘部位，以及它们散发出的气味，和分泌出的液体，就像他们喜欢花的香气和颜色一样。

在那幢褐色的玻璃幕墙大楼跟前想到这些，马达的脸上露出了一丝微笑。因为昨天晚上他和他老婆做爱仍旧是充满激情的，这对于恋爱长达十年、结婚也已经两年的他们来说，也是十分不容易的，马达觉得，即使他们确实经常因为一些莫名其妙的原因吵架和怄气，但他们还是过得不错的。

他走了进去，豪华写字楼的大堂十分气派，据说这是一幢5A级的写字楼。在大堂的楼层单位提示牌跟前，他看到有不少的网站现在就入驻在这幢写字楼中，显然是财大气粗。不像他所在的那个已经有几十年报龄的报社，全是五十年代盖的老楼，潮湿、破败，办公室里到处都是蟑螂和多足潮虫在爬着，用的也都是陈旧的办公桌椅，桌子上全部是落满了灰尘的报纸杂志。即使是几年前配备的电脑，也早都因为内存的过时，用起来就像是老牛拉破车，速度简直慢得惊人。

显然，网站预示着新生活的召唤。网络，是新的时代来临的象征，而刚好生于七十年代的他赶上了，比他大的一代人都有闹革命搞阶级斗争上山下乡的事情，而他有了网络，终于可以和他们彻底拉开距离了。

现在，他按照提示，乘电梯上了楼，然后找到了那家刚刚成立，正在招兵买马的网站。一进网站所在的楼层，他立即感觉到一种活力，这里似乎到处都是年轻人——比他再年轻几岁的人的面孔，他们在来回地穿梭着，电话声此起彼落，一副特别繁忙的样子，然后他问了一个扎着马尾辫子的女孩："管招聘的人在哪里？"

她看了他一眼："是预先约定的吗？"

"是，我接到通知，叫我找金磊总编辑。"

女孩就把他引到了一个没有人的小隔断里，拿着他的名片去找人了。很快，一个像是网站总编的、戴着金丝边眼镜的中年人，从乱哄哄的人群中笑容满面地向他走了过来，老远就向他伸出了手。那个人一定就是金磊总编辑了。

"你是马达吧？欢迎你来我们网站！"

四

蜡梅花引起的记忆使马达立即回到了十年以前，那个时候是马达刚刚进大学的时候，学校是在长江边上的武汉，一座火炉城市里的一座山上。校园的风景异常美丽，一年四季都是花开不断，完全可以说是一个大花园。

马达是在1990年的冬天，这一年的12月第一次见到周槿的。12月，学校里大部分的花都已经死亡了，但是蜡梅却在这个月猛然地开放了。而且红梅、黄梅和白梅全部都迎着风霜开放了，特别好看。

在校园的一面斜坡上，种了很多的花树，这些在灌木和乔木之间的树丛，到了各个季节都会争芳吐艳，而蜡梅的开放也是这个月份最耀眼的景色。马达路过这一片开着淡黄色蜡梅花的树林的时候，惊异于蜡梅的香气，就停下来欣赏。但是当他用手拉过来一枝蜡梅，用鼻子闻的时候，却没有闻到蜡梅的香气。

这使他很诧异，因为只要你走过这一片树林，你的鼻子都会闻到浓郁的蜡梅花的香气，但是现在，为什么这么靠近蜡梅的花朵，却闻不到它的香味呢？

"你这样是闻不到蜡梅花的香气的，因为它单朵的花儿，本来就没有太大的香味儿。"一个女孩的声音在他的身后响了起来。马达转身，看见了一个扎着马尾辫的模样甜甜的姑娘。

　　"为什么我闻不到？你看，在大老远都可以闻到这一片蜡梅花的香气，但是靠近了却闻不到。"马达很惶然。

　　女孩子笑吟吟地说："其实蜡梅的香味就是淡淡的，这一片的蜡梅花树很多，它的淡淡的香味集中起来，飘散开来，就非常浓烈了。不过，那边有一种梅花的香味比较浓，我带你过去看看。"

　　马达就跟在女孩的后面，这个时候他的心中洋溢着一种奇怪的感觉。女孩带着他来到了一棵开着黄花的蜡梅树边上："你闻一闻这棵树的香味儿。"

　　他拉过一枝开着花的树枝一闻，果然香味十分浓郁。"这种梅花的品种和那边的似乎不一样。"

　　"对，你看，这种蜡梅叫小花蜡梅，是蜡梅花的一个变种，"她说，"你看，虽然它的叶片也是黄色的，但是花的内轮有紫红色的条纹——"这个姑娘看来很懂这些，马达想，他在她的引导下，发现了这种蜡梅花与其他蜡梅花细微的不同之处。

　　这个时候马达有一些回过神了："谢谢你的讲解，我叫马达，是中文系的新生，你叫什么？"

　　"周槿，槿字是槿棕的槿，是一种棕榈树的意思。我是英文系的新生。"

　　"咱们都是新生，啊，你为什么对花这么了解？"

"我其实并不了解的，我只是喜欢花而已。我喜欢各种各样的花，于是就经常看书，还喜欢去东湖那边的植物园。"

　　马达内心感到一阵的高兴："我也喜欢花，主要是我有一个农学家舅舅，他很小就给了我熏陶。我就是从他那里知道诸如花蕊、柱头、子房、花萼、花粉囊、花瓣和花托这些名称的。"

　　他们后来一边说话，一边离开了那一片蜡梅花树林，在一条岔路口，彼此理所当然地留下了宿舍的地址。

　　这就是他们，马达和周槿的恋爱的开端。

　　两个本来毫无缘由的个体生命就这样开始了互相吸引和交往。而马达对周槿的追求就像是蜜蜂对花蕊的进攻，他是带着一柄长长的肉刺的，而她，则在大学的整个岁月里牢牢地夹紧了自己两腿之间的花蕊，就是不让马达碰一碰，这期间马达用尽了各种方法，周槿就是不让他得手。

　　而那个时候大学里的男女关系已经相当开放了。因为学校显得像是一个巨大的花园，所以这里完全是一个恋爱的绝佳场所，因此在浓荫密布的校园里到处都是恋人，自然也有他们的遗留物，比如白天马达和周槿在一面山坡的石凳上学习时，就会偶然发现在地上有一只装满了半透明的乳白色液体的避孕套。

　　马达把它高高地拎起来的时候，周槿还不知道这是什么东西，等到马达告诉了周槿它的用途，周槿的脸色十分害羞，同时又带着厌恶的样子："讨厌，你把手弄脏了，可别碰我。"立即吩咐他把那个作孽的玩意儿扔到草丛里去，而马达借着这个机会对她动员工作，照样是丝毫没有效果的。

所以，整个大学时代，从性的角度对于马达来说，完全是一个性压抑的时期，即使是他有这样一个长得十分甜美的女朋友，她也不愿意成为他性释放的工具，她似乎都没有肉体欲望似的，这使马达觉得男人和女人就是不一样。女人必须确定你是她要托付的人，才会把自己的身体像是一种礼物一样交给你。因为那个时候，周槿还不能够确定他是不是她要嫁的人，所以不能够把自己的身体交给他。从根本上讲，周槿是一个传统的女孩，那个时候，她对自己的处女膜和初夜看得特别重要。

这是马达隐秘的巨大挫折。而他根本就不可能去找到别的渠道释放"力比多"，因此，马达后来主要是靠手淫解决自己的问题的，多年以后，每当想到这个事情，马达都有深深的罪恶感。可能很多大学生都是靠着手淫来解决他们的性压抑问题的，在大学时代，马达甚至可以从一个人的脸色来判断他是不是一个完全被手淫所折磨的家伙，结果他的发现让他大吃一惊，因为校园里几乎到处都是手淫狂。他们脸色阴暗，神情萎靡，无精打采而又心事重重地穿行在校园里。

七八年以后，他在南方和北方的一些大学校园门口，发现了避孕套自动售卖机的时候，还是有些吃惊。在1990年，在大学里的学生恋人要是怀了孕被发现了，就会被开除的。现在想起来，那是多么违反人性的学校规则啊。而现在，据说一些地方在放假的时候，在学校附近的医院里，去堕胎的学生简直要挤破门了，这就又有一些过了，矫枉过正了。不过，社会从这个意义上讲，确实进步了。至少是在大学附近有了避孕套售卖机。而在国外，中学生就发这个东西了，还是彩色的、带增进摩擦感的疙瘩的。

马达和周槿恋爱三年多以后，他们就要大学毕业了，周槿因为考上了研究生，还要在学校里待上三年，这时是1994年的初夏，4月的温热和暖昧的天气，已经让学校里到处都是花朵盛开的景象，所有的植物和动物都是春情萌动，身体里像是涨潮一样饱涨着激情的液体。周槿为了承诺他们之间的爱情，在一个温暖的晚上，在校园里一片最美丽的到处都是雏菊的草地上，向他打开了自己的身体，将自己的花蕊让他的蜜蜂之刺，完全而真切地探寻到了。

马达已经记不起来当时的情景了，但是他对自己期盼已久的时刻的到来，显然准备不足，以至于有一些慌乱，几乎就在他的蜜蜂之刺进入她的身体的同时，可能是因为她的痛楚和他的紧张，他草草地收场了，在几秒钟的时间里就在她的隐秘部位留下了一些黏液，那显然应该慢一点出来的液体，自然让他羞愧和极度难堪。

当然，在毕业前夕的几个月里，因为马达已经被分配到了北京一家著名的报社，他们之间的分离是铁定的了，所以，从4月的定情之夜之后，他们两个像是发疯了一样，在学校的各个地方寻找做爱的场所，在那个校园里植物疯长的季节里，不断地逾越着周槿恪守多年的准则，一次次让马达和她在身体的深处交汇身体和爱情的狂迷与欢欣。他们惊奇地发现，他们在校园里的任何有花草的地方野合，那里的花草就生长得特别快，转眼之间就把他们的身体给掩埋了。即使在宿舍里偷情，窗外的法国梧桐那宽大的叶子，也迅速地向着他们的窗口飘散。他们有着那样充沛的激情岁月，而繁盛的花草树木就是他们的见证。

他们约定，等到她研究生毕业了，就立即结婚，这个结果完全是他们两个人深思熟虑的、可以说是十分坚定的选择。

五

　　马达被"北极星"网站录取了。他因为有在传统媒体的经验，使他立即就任网站的新闻专题部的主任，专门负责重头的新闻采写和策划。网站刚刚创办，自然非常需要像他这样的生力军，当然要委以重任了。

　　而且，网站的总裁和总编还给他描绘了光辉的前景：他们正在积极地谋求把网站股票在美国纳斯达克股市上市，而且所有的创业元老都将拥有股票期权。这个许诺是十分诱人的。所以当天和金磊总编辑谈完了，他立即决定跳槽。

　　十分钟以后，他就已经在分配给自己的办公桌边，使用崭新的"戴尔"牌电脑，开始工作了。他写下了《彩电大跳水》的大标题，因为刚刚得到消息，有的21英寸彩电才卖八百块钱一台了。

　　而从他身体一侧的窗台望出去，刚好可以看见北京第二使馆区的风景，那是一片老的使馆区，从三里屯一直铺排过来，接近了亮马河。在亮马河边上，高大的玻璃幕墙写字楼林立，在一片冬天里仍旧呈现深绿色的圆柏和西伯利亚刺柏包围的低矮的使馆边上，亮马河在白色雪堆中间静默着。而以燕莎购物中心和凯宾斯基饭店赭色德式建筑的庞大矮壮的躯体为背景，刚才被他折枝的黄色蜡梅花树，屹立在一堆堆灰黑色的积雪当中，仍旧星星点点地开放着。

2000年一开始，他的生活就要彻底地改变了。这是不是一个好兆头？

其实对于一个男人来说，他生活的彻底改变，应该是从结婚算起才对。马达和周槿后来的确是结了婚，这在学校里已经被传为佳话了。大学生的恋爱结局很少有功德圆满的，很简单，因为在学校学习期间，两个人的生活状态还没有稳定下来，由于毕业和就业的原因，经常就打散了鸳鸯，彼此天各一方，缘分也就散了。所以，现在很多大学生只是在大学里找一个伴，至于今后能否真正地在一起，那就看缘分了。

马达和周槿结婚，已经是他大学毕业四年以后的事情了。因为周槿还要在学校里读三年的研究生，所以他们两地分开了，但是思念之苦却牢牢地把他们抓住了。马达刚刚毕业来到北京，只要一有时间，他就会往长江边上的大学里跑，前去和自己的女友约会。没有约会的清静之地，研究生也是三四个人住一个屋子，所以他们在风景秀美的校园里的很多角落都留下了激情的痕迹，当然也遗撒了不少避孕套。而整整一个暑假，周槿都会在北京，在报社给马达当宿舍的地下室的一间黑屋子里，和马达共度日日夜夜。白天则去逛街，那真是热火朝天的恋爱时光。后来周槿研究生毕业，分配到了北京一所大学教书，教公共英语，他们就完全在一起了。又过了一年，他们结婚了。

但是结婚以后，他们就明显地觉得热度不如分开的时候高。这当然有一个原理在里面。现在，他们结婚已经一年多了，似乎突然地就出了毛病。

是出了什么样的毛病呢？原先甜美的女朋友，现在变成了早晨眼角挂满了黄色眼屎的少妇，无论是打嗝还是放屁，这个过去让他朝思暮想的女人现在天天就在自己的身边；而他作为一个男人，流露出全部的缺点和生活的不良习惯时，使她不断地抱怨并且企图改变他，但是又根本不可能，所有的生活已经失去了过去的鲜艳色彩，变成了特别平庸的日常生活，于是两个人的感觉就变得敏感麻木和不妙了起来。

而且，周槿对马达的要求似乎比他们恋爱的时候要多了，现在她最希望有一套特别大的房子，可是马达他们只有一套很小的一居室。空间使得他们离得太近，丧失了距离产生的美，他们濒临崩溃了。

当马达下班兴冲冲地回到他们的家时，看到周槿已经在做饭了。结婚之后，周槿对做饭特别厌烦，这是马达在结婚以前没有想到的。但是因为马达也不会做饭，所以他们的规矩是谁先回来谁做。

"老婆，我今天已经在'北极星'网站上班了。我要跳槽了，明天我就给报社打辞职报告。"马达的情绪特别好。

周槿多少有一些吃惊地看着他："你要辞职了？你已经决定了？"

"当然决定了。现在和今后都是网络的天下，我现在进入网络行业正是时候。"马达十分高兴，他看见周槿做的老三样——茄子炒肉、番茄鸡蛋和丝瓜汤，也没有像往常那样反胃。

"你应该和我商量商量才对。"周槿的脸色有一些阴沉了，"去网站是不是不太稳定啊？"

"你不同意？我想这是我自己的事情。我这个选择的结果，首先就是收入增加了。我今后每个月有八千块钱了，过几年我们就可以买一套大房子了。"

"那这套房子原单位会不会收回去？"周槿有一些担心。现在他们住的是马达报社分配给他们的一居室。

"我想报社不会那么绝情吧，我给他们干了这些年，这个一居室又算什么呢？报社的公房出售方案已经出台了，我们花个几万块钱买下来就行了。"

"反正要稳重一些，你就是有一些毛躁，不要总是把事情想得太简单。吃饭吧。"周槿的心情似乎又放松了。

马达暗自高兴，因为有的时候周槿特别难缠。结了婚就要事事得两个人同时同意才行。其实任何人类的活动当中，只要是两个人以上在一起合作，都要彼此妥协，婚姻就更是这样了。这是婚姻最令人窒息的地方。

他们开始吃饭，吃完了饭又洗碗，这个时候就是马达上阵了。他们已经事先约定好了，只要是一个人做饭，那么另一个人必定要去洗碗。

所有的事情收拾停当，他们就十分慵懒地半躺半坐，靠在沙发上看电视。周槿对肥皂剧特别热爱，而马达看一会儿就到卧室看书了。周槿看的是一部古装戏，特别无聊，但是周槿看得津津有味，马达于是在卧室看一本叫《铁皮鼓》的德国小说。那个作者刚刚获得了诺贝尔文学奖。

两个小时以后，周槿洗漱完毕，来到卧室，他们根据心情和身体状况来判定这一晚是否做爱。周槿的脸色红润，情绪饱满，今天两个人的兴致似乎都特别高，他们立即就温柔地抱在了一起。

缠绵之后，马达觉得有一些歉疚，他吻了吻她的额头，毕竟这是为了自己生理上的快乐，而使老婆的身体受到了伤害。女人的身体一定是非常柔和和松软的，你要是稍微不留神，就会伤害她们的内部。而男人，似乎终生都是为了排空自己，为了延续生命个体的基因。这是上帝为了人类的不朽而想出的唯一的办法，马达胡思乱想着，很快就睡着了。

而这个时候，正是周槿最不满意的时候，这个时候她需要的恰恰是更多的抚摸，而马达已经睡着了。她本来还想和马达商谈一件事情，也因为马达的鼾声而作罢。

六

　　周槿现在对自己在学校的教职十分不满意，她在上大学的时候，在整个英文系里是学习特别好的拔尖女生，而几年过去了，当时在学校里面表现并不比她强的女同学，很多都已经出国了，而其他的也已经在北京、上海和广州这些大城市的外企里混得不错，似乎唯独她还在大学教书，要面对几百人听课的大教室，教他们基础的大学英语，而且收入也非常少，都不够周槿吃零食和做几次美容的。的确，周槿的薪水虽然在这几年大学疯狂扩招之后有了很大的提高，但是终究比外企的薪水差一大截子。

　　马达却觉得周槿在大学教书并没有什么不好，而且是她最好的选择了。"你就是适合教书，和相对单纯的学生在一起。社会多复杂啊。"

　　"其实我很能干的，只是我没有更好的机会。"她有些不甘心。

　　上次在北京和一些本科时期的英文系同班同学聚会，班上学习最差的何丽丽，因为在一家美国大公司驻北京的代表处工作，现在的薪水已经拿到了每个月一万五千元，是研究生毕业的周槿的五六倍。

其实这倒不算什么，最重要的是何丽丽还可以经常出国，还能够不定期在美国或者欧洲短期培训和旅游，这是周槿最为恼火、嫉妒和向往的。

因为在学外语的学生内心深处，一个最大的愿望就是出国，到自己花费了一生中最好的年华学习的语言的国家去看看，或者就势在那里生活，然后就再也不回来了。语言是通向一个国家的最好的通道，就像学中文的人都想成为一个作家一样，而大多数人确实都不能如愿以偿。

周槿觉得，今天的世界是英语横行霸道的世界，无论是天上扔下来的炸弹还是空投的救援食品，上面的标识绝大多数都是英文的，中文似乎在崛起，但是要成为世界性的强势语言，还要等上几十年，而周槿已经不愿意再等待了。

如果说学习英文的学生的最大愿望是出国，那么学习中文的马达最大的愿望是什么呢？马达曾经信誓旦旦地对周槿说，自己要当一个作家，但是周槿嘲笑他，说最伟大的汉语小说已经问世了，就是《红楼梦》，他再费劲也不会超过《红楼梦》的，不如就歇手不干了。"你能肯定可以写出超过《红楼梦》的作品吗？"

"那很难说的。"他还很不服气。

马达确实不服气，他偷偷写了几篇中短篇小说，投出去之后，都遭到了退稿，有的更是肉包子打狗——有去无回，他就暂且死了当作家的心，专心变成了一个报人。

周槿从报纸上看到了一则吸引她的招聘广告，她现在正去一家瑞典在中国的电信公司应聘，这个事情，本来昨天晚上她是打算告诉马达的，因为那家公司根据她寄去的材料，已经决定约见她，可以说有很大的把握成功。可是周槿最终还是决定自己先看一看再说。

　　这家瑞典电信公司的总部设在长安街边上一幢特别辉煌的写字楼里。一进大堂，周槿就感受到了和学校迥然不同的气氛，不说那些急匆匆来去的衣着光鲜的人们，单就是这里出入的外国人的数目，已经使周槿感到了特别国际化的气息。而这种氛围，恰恰是周槿特别喜欢的。

　　她按照预约，先来到了位于大楼十七层、公司的一个负责招聘的办公室，一个年轻的中国女性接待了她，她娴熟地找出了周槿之前寄给他们的资料，轻轻地翻阅着："你的情况不错，这份材料我们很满意，我们对你很感兴趣，周槿小姐，你可以确定，如果我们聘用你的话，你可以放弃大学的教职，立即来我们这里上班吗？"

　　周槿突然十分兴奋，她没有想到在三分钟不到的时间，自己的命运就有可能改变，而为了这一天，她却踌躇徘徊了好几年的时间。"应该没有问题，"周槿欢快地回答，在椅子上挪动了一下身体，自己体内因为昨天被丈夫马达粗暴的插捅造成的疼痛和不适，瞬间都消失了，"我会很快就来上班的，如果你们录取了我，我会以最快的速度来准备。"

　　负责招聘的女人给另外一间屋子的人打了一个电话："穆

里施先生，我看这里有一个您需要的人，您现在有时间接待她吗？"

周槿压抑住自己欢快的心跳，耐心地看着眼前的这个女人放下了电话："周槿小姐，请你去1207室和穆里施先生面谈吧。拿着你的材料，希望和欢迎你来我们公司工作。"这个女人用周槿多次想象过的跨国公司员工才有的微笑，目送她去下一个应聘的闸门，而第一关显然已经顺利通过了。

周槿现在的心情仍旧十分兴奋，但是她努力地克制自己欢快的心情，以免因为激动而失态。她来到1207室的时候，一个有着一把白胡子、看上去五十开外的北欧男人，站起来应对她。

这个人就是穆里施先生，公司主管销售的总经理。他的对女性关心和礼让的礼节中包含着打量和观察，他的皮肤发红，有着宽阔的肩膀，目光特别柔和亲切，招呼她一起坐在沙发上，翻阅着她的资料。"要不要喝点咖啡？"周槿点了点头："谢谢了。"然后穆里施按了一个对讲器，用英语吩咐服务人员送冰咖啡上来，此后他专心地看资料，大约有两分钟没有任何声音，只有翻动简历纸张的唰唰声，然后，穆里施先生抬起头，和善而微笑着直接用英语和她交谈。

"我对你的资料很满意，我想问你一个问题，应聘我们的工作，会使你离开大学，你为什么会决心放弃大学的教职？当然这是一个私人的问题，但愿没有令你感到尴尬——毕竟，在中国，大学的教职是很不错的一个职业，尤其对于女性来讲。"

周槿甜甜地微笑着，因为微笑是最好的杀敌武器和盾牌。

"我想换一种生活方式，大学的环境太沉闷了。不知道穆里施先生熟不熟悉中国大学的情况？"

"啊。了解一点，最明显的印象是大学教授的工资太低了。"他很直截了当。

"这不是我想离开大学的最主要原因，主要是我想从事一份有挑战性的工作。"

"那太好了，我们的工作就很富有挑战性。"穆里施很振奋，他继续和她不经意地聊天，内容涉及了各种各样的话题，家庭、社会、国家、个人风格、性格、习惯、饮食、欧洲风俗等等，周槿觉得他们简直聊得太多了，而穆里施恰恰就在这种漫无边际的聊天当中，确认了她的性格和外语水平，以及知识结构和应变能力，显然，穆里施对她印象很好。三十分钟之后，穆里施站起来："你两天以后就可以来上班了，办完必要的手续之后，你就直接向我报到吧。"

周槿经过负责审查和约谈应聘者的那位女性的时候，她笑着对周槿说："两天以后请一定过来，你被分配给我们的销售主管经理穆里施先生，担任秘书工作。这是关于这个职位的介绍和薪水的标准。"

走出了这幢大楼，走在有着白花花的阳光的大街上，周槿感到十分清爽，她觉得刚才应聘的过程简直太像做梦了，很简单又很实在，一下子就定了，而她抓在手里的资料上显示，这个职位的底薪是人民币八千元，和马达在网站的月薪一样，而且还是一个月的试用期的标准。过了试用期，标准会上浮百分之五十。

周槿的眼前浮现起了何丽丽的脸，那是一张有些娇媚和俗气的脸，我的薪水很快就超过你了，何丽丽，你别那么得意了。周槿看着长安街上的建筑、人流和车流，它们不再使她感到压抑和拒斥，而是一种十分亲切的感觉。眼前的长安街就像是一根粗大的血管，输送着这座城市的人流、物流和信息流，永远不会停息。周槿在街上欢快地走了很久，到赛特购物中心对面的哈根达斯冰淇淋店吃了一个叫"蔚蓝色的大海"的冰淇淋，心情和食物一样清爽。

七

　　傍晚，从亮马河边的写字楼中出来的马达，感到十分疲惫，显然，北极星网站的工作让他还无法适应。网站的节奏太快，他要努力适应才行。习惯了在传统媒体的不坐班和十分散漫的节奏，进驻顶级写字楼的感觉，一开始就是不太舒服的，现在马达迫切地想赶紧回到自己的小窝里，那里显然是十分安全的。

　　路过亮马河上的小桥的时候，他又再次闻到了蜡梅花的清香，他禁不住往布满了肮脏的黑色积雪的绿化带中走去，折了一枝开着花的蜡梅，然后叫了一辆出租车，赶紧沿着三环向北，往家中赶去。

　　在出租车的后座上，借着车窗外瞬间射进来的光亮，他端详着手里的蜡梅花。蜡梅花十分小巧生动，淡黄色的花瓣十分柔弱，花心中的花蕊是细碎的褐色花粉以及花萼，马达仔细地盯视着这朵蜡梅花的花心，思绪游走到了别的地方。

　　显然，对于马达来讲，有三种意义的花心，一种就是花朵——植物的生殖器的中心部位，对于马达和周槿这样的花卉爱好者，他们最大的快乐之一，就是欣赏花朵的颜色、形状和开放、生长、凋落的过程，他们爱花，所以经常盯视花的内里，研究花这种生殖器的隐秘部位，试图去了解花朵害羞和奔放的全部秘密。

在欣赏一朵花的时候，从花叶、花瓣，到有奇特花蕊的花心，这个过程对于马达和周槿来讲，是一个赏心悦目和细嚼慢咽的过程，他们夫妇就是这样建立了对各种花朵和花心之美的认识。

还有一种花心，这种花心对于马达这个具体的男人来讲，就是他的老婆周槿的身体隐秘部位。那是另外的一种花心，是人的生殖器。马达喜欢周槿的花心，因为这是他到目前为止，认真探索和热爱过的唯一的女性生殖器官。换句话说，马达从来没有进入或者见到别的女人的花心花蕊，周槿的身体是他唯一的探索依据。

他当然在结婚之前就仔细地探索过周槿的身体，如同了解一朵花的全部信息。那是在一个寒冷的冬天，他们彼此呈现自己的肉体，显然是出于好奇，马达要求端详周槿的"花心"，周槿起初十分害羞和拘谨，但是最后还是答应了，因为这意味着无条件赋予和信任。"你们男人的好奇心怎么这么重？"周槿允许了马达的探索，但是叹着气，觉得自己是不是太纵容马达了。

还有第三种花心，就是精神上的花心，指的是男人和女人情感的多向度投射。也就是说，不专一地和很多人发生情感和肉体的联系。这种意义上的花心是一种精神和肉体结合的状态，或者，只做爱不恋爱，而马达和周槿都还没有过这种状态，很长的时间里他们都如胶似漆，缠缠绵绵，恩爱如初，在他们之间和之外，没有任何其他人，进入他们的情感生活。

在出租车上，马达盯视着一朵蜡梅花的花朵，大脑里就想了这些东西，这个关于三种意义上的花心的解释。

他很快就到家了，这个时候他反而感到不太疲惫了。他进了家门的时候，周槿已经在家里了。他发现今天周槿的情绪很高，她甚至表现得特别贤惠，不仅做完了饭菜，看见他进来，像是日本女人那样说："你回来啦！"还帮助他脱去大衣和外套，拿出了拖鞋，并且立即帮他换上在屋子里穿的休闲服装，这个过程特别熟练、殷勤和迅速，显然周槿有一个好心情。

"你是遇到什么高兴事儿了吧？给我说说。"马达知道老婆的心情好，换好衣服，坐到已经摆好了饭菜的桌子跟前问。

周槿笑容可掬："那当然，还用说。"但是她故意不说。

"什么高兴事儿？"马达觉得十分意外，因为实际上周槿自从嫁给他以来，心情似乎是呈现一个向下的下降曲线。现在，这个曲线突然抬头，类似眼镜蛇上扬的头部，这使他感到吃惊，她遇到什么高兴事了？马达猜不到。

"我要跳槽了。一家瑞典的电信公司要我，我要到外企去了。"周槿说出了她高兴的秘密，一边小心地观察着马达的反应。

马达显然是大吃一惊，似乎完全都没有做好听到这个消息的准备。"你怎么被外企看中的？你去应聘了？"

"我昨天本来想告诉你这个事情的，可是我怕没有被录取，就不好意思了。今天上午我抽空从学校出来，到那家公司面谈——他们都是预约面谈的，事先我已经寄去了我的材料。然后，我被录用了，底薪八千。以后还会多。"周槿十分惬意。

　　马达沉默了一会儿："去干什么？"

　　"是秘书工作，当一个销售经理的秘书，一个叫穆里施的人的秘书。不过，我看不出他的年龄，西方人的年龄我总是从他们的外表上判断不出来。"

　　马达长长地呼吸了一下，他敏感地觉得，周槿的这个选择会改变他们生活的各个方面，一种变化的不确定性使马达有一些本能的恐惧，使他来不及祝贺她。

　　周槿看到马达并不是那么高兴和赞许，而是陷入了沉思。"你并不同意，也不高兴，是不是？"

　　"没有哇，我只是觉得这个事情——哦，你征求你的父母的意见了吗？"马达突然想起了周槿的父母，他们对周槿的任何事情都是特别关心的。当初他们坚决反对她嫁给他，理由竟然是他是一个本科生，而她是硕士研究生——他们的世俗化是非常彻底的。幸亏周槿很任性，才悻悻然作罢了。

　　周槿快速地往嘴里拨了几口饭，就兴冲冲地去打电话了："我都忘了给他们打电话了，他们不会不同意的。"

　　马达缓慢地咀嚼着，听着周槿和她的父母通电话。周槿在电话中寒暄过后，急不可待地告诉了她的妈妈这个生活中的变动和决定。但是马达马上看到周槿的脸色本来是兴奋的，很快就变得十分阴沉了。

"妈，这是我自己的事情，你就别管了。什么？你们要过来？别过来了，我后天就去上班了，这个事情我已经决定了。"

马达看着周槿放下了电话，一副十分不高兴的样子。她重新坐回到餐桌跟前："他们坚决不同意，而且马上要从武汉过来阻止我。"

马达的心里暗暗松了一口气，事情朝着另外的方向前进了，他的直觉告诉他，周槿要是去了外企，他们之间会慢慢疏远，这个时候，马达才对周槿的父母有了一点好感，而过去他从来都是特别讨厌他们的，因为他们总是插手他和周槿的生活，在生活的各个方面，就是在他们的插手下，当初他们险些就不能在一起了。现在他们要是阻止了她的选择，他的生活会稳定一些。

"那你怎么办？"马达问周槿。

"还能怎么办？等他们来了，再商量呗。"周槿的好兴致已经完全地消失了，"可是这一次，我已经决定了。他们来了也没有用。他们怎么总是干涉我的生活？"周槿进了卧室，郁闷地躺在床上了。

八

马达收拾完碗筷，也进了卧室，发现周槿已经睡着了。他小心地脱衣服，然后躺在周槿的边上，但是仍旧把周槿吵醒了。马达把周槿环抱住，但是周槿拿开了他的手："你压我的头发了！"她似乎对他也很生气。

马达又摆出一副要求欢的样子，对于这一点，他们之间是有一个模式的。当马达主动求欢的时候，一般他会拉起周槿的手，把她的手拿到自己的那个部位，然后让她感到自己那雄壮的东西在迅速崛起，使她自己也春情勃发。而当周槿主动想要他的时候，她会在黑暗中脱个精光，然后像一个热乎乎的肉弹那样等待着他上床，然后猛地扑向他，把自己送到马达的怀里。

但是今天，显然周槿对和他过性生活一点兴趣都没有，即使是马达雄起与崛起之后又疲软下去。她根本不搭理他。

马达只好也倒头睡了。

马达很快就进入了梦乡，在梦中，他梦见自己整个变成了一个棒状物体，一个粉红色的巨棒，一个有头脑的他。他到处寻找花朵。无数的花朵在一种幽暗中，瞬间开放，并且向他迎来，它们欲拒还迎，并且都扇动着花瓣，或者它们全都变成了海底的海葵，在迎合他或者逃逸他，而他都是勇敢地向花朵的花心挺进，花朵或者海葵在他的攻击下，花瓣碎裂，四下飘散，简直都不堪一击。他就这样像枪挑滑车的古代勇士那样，追逐和破坏着那些巨大的花朵，破碎的花瓣一时间到处横飞，他威风八面。

后来，马达还发现自己在向一个"花心"飞去，是被一种巨大的引力给吸住的，这个花心似乎就是周槿的"花心"，但是这个花心是一种食人植物，要吞噬他，他感到害怕了，它在有力地伸缩着，即使是他想逃到别的地方去都不行，最后他被吸引到了这个巨大的"花心"中，一下子容纳了、包围了、吸收了他，并且就像是被捕获飞虫的植物一样，他怎么挣扎都没有用，最后他完全死心了，不再动弹了，他被这个"花心"慢慢吸收了，溶解了，死亡了。

九

要是让马达脱口说出周槿最美丽的时刻，马达认为有三个。

其一就是他们初次相见的时刻。那个时候还在大学校园里，那是马达第一次见到周槿，就在学校的那一面山坡上，冬天里，蜡梅花开，他转身看见她的脸庞和蜡梅花互相呼应，人比花美、花比人瘦，极其动人。马达就是在那一天那一刻，听见了周槿说话的美妙声音，看到了这个可人儿，并且对周槿一见钟情了。这是他们两个人都最为怀念的一刻，注定成为马达永恒的记忆。

其二就是他们有一次在英东游泳馆游泳的时候。当时马达坐在游泳池的边上，当周槿从远处游过来，像是美丽的海豚从水中一跃而出，把头发上的水甩干，并且向马达露出了微笑的时候。那一刻她就像是出水芙蓉一样，头发湿漉漉的，面庞宛如没有睡醒的美人，十分美丽自然。那个时候把马达看呆了。

其三是前年春天，马达因为要开刀割掉阑尾，住进了医院，周槿来医院看他。当他不经意地抬头的时候，看见周槿捧着一束鲜花——那是他们都十分喜欢的百合花，笑吟吟地走了进来，这个时候，所有往昔的美好情感全部涌现，马达感到心都醉了。

但是周槿也有最丑陋的时刻。马达想起来至少也有三个时刻。

一个是周槿和他做爱的时候，周槿进入了高潮时，她有时候会狞笑，她的脸部会扭曲和变形，这种变形使马达瞬间觉得周槿十分陌生。有的时候，周槿还会在快感中翻出眼白，显然，这是周槿完全在一种无法控制的情况下表现出来的，她自己完全不知道，但这使马达害怕，感到周槿完全是另外一个人。

另外一次是马达从睡梦中醒来的时候，他的内心中充满了柔情，看着淡淡的晨光中熟睡的周槿的时候，准备俯身去亲吻她，但是正是这个时候周槿忽然放了一个屁，之后，她继续慵懒地翻身睡去，淡淡的屁味儿在早晨半明半昧的晨光中飘散，马达马上感到情绪遭到了破坏。不过，后来他明白自己也是放屁的，就原谅了周槿，他内心的风暴，她也根本就不知道。

其实恋人之间在互相欣赏互相陶醉的时候，是完全忘记了彼此还会打嗝放屁的。他娶周槿的时候，可从来没有想过她还会放屁，她就是一个他的小美神。但是这些人类的生理特征是不会在任何恋人之间消失的。结了婚之后马达才知道女人原来有那么麻烦，她们身体上的任何孔洞，都可能要分泌出各种奇怪的液体，她们身上的气味都很复杂，甚至会按照当时的情绪分泌不同的味道。她们的情绪也非常多变。几乎类似高山上的天气，说变就变，没有预兆，也没有前奏，消失也是没有根据的。

还有一次就是在最近的一个早晨，当马达醒来的时候，周槿接着也醒了，这一刻她蓬头垢面，头发十分缭乱地披散在头上，她费力地睁开眼睛，眼角糊满了眼屎，还打着慵懒的哈欠——这一刻，马达忽然对周槿从内心之中产生了一股强烈的厌恶，而周槿所有的美感，在这个时刻似乎在他的眼睛里都消失了。

但是无论是美好的感觉还是丑陋的感觉，都是瞬间涌现又瞬间消失了的，周槿甚至从来也不知道这些，今后也永远都不会知道，因为马达根本不会说出这些感觉告诉给她听。瞬间的感觉都是稍纵即逝的。

人，就是感觉的综合。有人还说人是社会关系的综合，人是直立行走的能够使用工具的动物，人是他人的坟墓，人人为自己，上帝为大家，那么人到底是什么？

十

　　周槿的父母亲很快就来了，对于周槿生活的变动，他们的监控也同样迅速。他们是坐火车从武汉来的，周槿和马达一起去火车站接了他们。这么兴师动众显然在别人的生活中十分少见，但是对于马达和周槿来讲，却是特别平常的事情。不过，马达觉得他们这次来也是为了检查一下他们生活的情况到底是怎么样的。

　　周槿是他们的独女。可能是因为独生子女，周槿的父母对她从小到大的关怀真是无微不至，以至于明显过了头，即使是在周槿青春期的叛逆时期，也在父母的淫威下一点出格的事情都没有干过。

　　周槿的父亲是武汉一家航运公司的财务主管，母亲是一个小工厂的党支部书记，两个人都算是小官。但是就是因为多少管一点事情，所以他们的感觉都特别好，对马达一直是横挑鼻子竖挑眼的。

　　马达对他们印象不佳，当然不是因为他们都是小小的权力的拥有者，而是那次他们对他和周槿的关系进行的大力阻挠。理由是马达无法、似乎也不想带周槿出国，而他们认为自己的宝贝女儿人生最大的幸福，就是出国。

让马达特别伤自尊心的是，在几年以前马达第一次上周槿家，向周槿求婚的时候，她的父母那种俗气和现实，简直让他恶心。当时马达拿出了一枚订婚戒指，送给了周槿，而周槿的父亲拿了过来，他怀疑这戒指不是真的，为了证伪，他用牙齿咬了咬这个戒指，没有确定出来，于是又把这枚戒指从高处松手，让它掉到地上听个响，然后还问马达："发票有没有？是不是真的？我看不像是真的。"

当时马达的表情就十分难看，他觉得自己被伤害了，但是那个时候，马达和周槿正处于热恋之中，这种小小的不快，很快就因为周槿态度十分坚决要和马达在一起，而暂时消失了。但是，这个细节却深深地进入了马达的记忆，成为他的屈辱和不堪回首的回忆，和预感他们前途渺渺的证据。

他们后来还是结婚了，因为那个时候他们感到彼此之间的确十分相爱。结婚以后，每一次拜见周槿的父母，两个人都对马达提出了各种要求，其核心就是男人一定要事业有成，要去买大房子，挣别墅和汽车。"男人嘛，就是要去挣这些东西，人一辈子就是要这些东西。"马达对岳父岳母的一些论点一开始十分在意，也很不同意，像这样的说法，马达听了都会立即和他们理论一番，彼此都不大痛快，以至于后来彼此都不想说话了。

但是周槿老是劝他和自己的父母磨合好，要他装傻，后来马达就把岳父岳母的话当耳旁风听了。和周槿结婚以后，马达更加清楚地了解到婚姻的实质，或者他的婚姻的实质，婚姻显然和爱情不一样，婚姻是男女双方社会关系的一种叠加，和一种整合。在经济上也有成立股份制公司的意思。一个美国人说过，任何人的婚姻中，即使是男女双方如何标榜自己感情的纯洁和无私，其实两个人都在心中快速地扒拉过一个算盘，通过自己的一个标准，已经判断了这桩婚姻的价值。

所有的人的心中都有一个爱情的小算盘，男男女女都在扒拉这个小算盘，这个发现，令马达十分沮丧。

当然生活还是有它的魅力，而且由于人类进化和创造了如此多的文明，这些东西已经足够遮蔽婚姻背后令人尴尬的东西，以至于人们渐渐就忘了婚姻实际的利益，转而在电影和各种文艺作品上赞美壮阔伟大的爱情了。

所以，现在马达是一个悲观论调者。他不认为婚姻可以改变人性中美好的东西。后来他就认了，因为他和周槿已经结婚了，就只有把她的社会关系全部接受下来，包括她那令人讨厌的父母亲。

他们把周槿的父母接到了家中，因为家里实在是太小，就把他们安排在住家附近的一个小宾馆里。在一家叫"九头鸟"的餐厅一起吃晚饭的时候，针对周槿是否应该变动工作，他们展开了讨论。

周槿的母亲牛高马大，一嘴的武汉腔，她是出生于武汉的一个大家族的女性，有着武汉女人的火暴脾气和大嗓门。

"你现在在学校里挺好的，干吗到外企去？再说，外企现在不稳定，说辞退你就辞退你，哪里有当老师稳定，再说，学校今后还是可以派你出国的，你等一等再说，你不要瞎胡闹！"

周槿的脸色十分难看，她的坐姿表示了她的不满，是侧着身体对着他们。"这是我自己的事情，你们管不着。"

而个头矮小的老周也发话了："听你妈的，她对这个社会的把握，比你们都在行，我们来的目的，就是对你们现在一个要去网站，一个要去外企，进行劝说，你们还是待在原单位不要动。现在社会体制变化快，人们对未来的预期都不稳定，所以不要轻易地丢掉稳定的工作。"

周槿的妈妈说："就是，你们一个在大学，一个在大的党报工作，我们很满意，现在你们还不知道社会的水深水浅，都要跳槽，而且我看网络这个东西太虚，和很多理论、主义一样，不会有什么长日子，过几年就完了，还是要从事那些和人们每天的生活都有关系的工作，比如吃饭，谁都要吃对不对？开个餐馆也比在网站好。而在外企，你说不上哪一天就被辞退了，女孩子，年纪慢慢大了，折腾不起了。"

"全是老掉牙的观念，妈，我不清楚你平时怎么在你的厂里做思想政治工作，你到底还信奉什么？真虚伪，你们这一代人就是生活在谎言和欺骗当中，说一套做一套，你们现在眼睛里就只有一些物质的东西，我改变自己的心境，去尝试一下另外的活法，有什么不好？你们别管我的事情，管了我也不会听的。"周槿对她妈妈十分不客气。

周槿的妈妈立刻就被气得昏了过去。她有心脏病，这下把大家都给吓着了，他们折腾了一阵子，周槿的妈妈才醒了过来："早晚我也要叫你给气死……"

　　"以后不许这么说你妈。我们把你养这么大容易吗？"老周十分生气，"小马，你说，我们的想法对不对？"

　　这个时候显然给马达出了一道难题。此前马达一直没有讲话，就是因为他害怕自己一说话就伤了周槿父母的面子。因为最近一两年，每当和他们在一起的时候，即使是他们再怎么说，马达的原则就是，沉默是金，可是今天不说话是不行了。

　　"爸，妈，我看我们都不是小孩子了，这种事情，你们还是让我们自己拿主意吧。我觉得周槿可以去外企，只要是她喜欢。至于我该不该去网站，也是我的事情，我还是决定去，就是这样的。"

　　周槿抬起头，满意地看了马达一眼。而周槿的妈妈更加生气了："那不行，小马，你是我们的女婿，说到底不是我们生的，我们对你去网站就不说了，但是她，"她恼怒地指了一下周槿，"她是我们养大的，就得听我们的话。要不然我就死在这里不走了。"

　　场面十分尴尬，马达领教了这两只"九头鸟"的厉害，马达看着身边闹哄哄的场面，很佩服这两个武汉小市民，他的岳父岳母。

十 一

送走周槿的父母是一个星期以后的事情，其间经过了长时间的争吵和反复讨论，周槿终于决定不去外企了。

周槿最后还是听了她父母的意见，决定先在学校待着，之后她的父母十分高兴，就让他们陪着在北京一些风景区好好转了一下。他们去看了亚运村，吃了巴西烤肉，还在电视塔上俯瞰了整个北京城。

"真大，大得有些不像话。"周槿的父亲说，"你说北京弄这么大干什么？"

"而且这么多人都跑到这里来了，比武汉人多一倍。"

"而且北京的外国人就是多。"

"对，就是多。"

马达印象最深的是他们从建国门地铁站出来，往友谊商店走的时候，因为这里人行道上外国人很多，周槿的父母跟看猴子似的，东张西望，把人家黑人和白人老外看得都不好意思了，他们特别兴奋："北京真好，这么多外国人。他们都在北京干什么？"

马达算是服了这两个老家伙了："他们来北京都是捞世界的，因为这里到处都是赚钱的机会。"

　　两个恶俗的人是马达的岳父岳母，这样的现实他必须接受。周槿的父母这次来北京，知道他们喜欢花，专门把他们养得很好的一盆迎春花带来了。"春天快来了，这花开起来很好看。"这个时候，两个老人才显得亲切了一些。迎春花是一种小型的灌木，露出来的根就像是龙爪一样。马达发现这盆迎春花的茎上已经生长着很多小枝叶，叶子很厚，像是辣椒叶，已经结了蓓蕾，马上要开了，马达知道迎春花的颜色是鹅黄色的，有六瓣，又名金腰带，是和梅花在寒冬中比翼而开的花卉。

　　此外，他们还带给马达一本书，是香港一个靠卖洋参丸起家的商人的传记《洋参丸大王自传》，是专门为了让马达学习学习的。"看看人家的发家路，要多学学。"周槿的母亲叮嘱道。他们走了之后，马达就把那本书给扔了，因为他觉得他这一辈子都不会成为一个卖洋参丸的。

　　周槿的父母成功地劝说周槿放弃了瑞典一家电信公司的招聘职位，但是，他们没有使马达放弃他的网站的工作，可能就像周槿的妈妈说的那样，他不是他们亲生的，所以他们对他的选择只有建议权。他们愉快地乘坐火车又回武汉了。目送他们离去，看着他们男矮女高的身影，马达很郁闷。因为这个奇妙的搭配就像是特殊的风景一样，定期影响着周槿和马达的生活。

　　周槿照样哭了一场，然后就打算忘了这一次的不快。从根本上来讲，她已经习惯了对父母亲的顺从，即使是她已经离开父母亲独自求学和生活了这么多年，也是他们手中的一只风筝，飞得再高，那根线还是连着的。

　　那天她先到中粮广场的地下二层，去看各种进口家具，那里世界名牌家具十分齐全。她一直想换一张床，因为她和马达现在睡的床已经老是吱吱响了，应该淘汰了。只是这里的东西是好，但是奇贵，动不动都是几万块钱的，完全是周槿消费不起的，她的心情很憋闷。

　　就是在她从地下商场出来，又到了东方广场的时候，她给穆里施所在的那家公司打了一个电话，向穆里施表示歉意和遗憾。但是穆里施除了十分遗憾以外，还请她喝了一次咖啡。因为她给他打电话的时候，她刚好在东方广场地下商场买东西，离公司很近，于是穆里施利用午休时间邀请她喝咖啡。

　　"周槿小姐，你在哪里？这个问题可以面谈吗？"

　　"穆里施先生，即使是面谈，恐怕我也不能够来了。我其实十分沮丧，我有我不可抗拒的原因，主要是家庭的原因。"

　　"那我请你喝咖啡吧，我们还是要聊一聊，好不好？"

　　他们在长安大戏院的地下咖啡厅见了面，穆里施那白色的胡子，在咖啡厅的灯光下变成了红胡子，他十分遗憾不能拥有像周槿这样的助手。

　　"我很遗憾，我们尤其是我对你很满意，即使是你现在不能来，我们也给你留下一个承诺，就是只要我还负责销售，你最近几个月什么时候来，我都欢迎。"穆里施喝了一口带泡沫的爱尔兰咖啡，对她讲。

"我很抱歉，因为我们……学校坚决不同意，再说可能这需要一个过程，"周槿撒谎道，"我再继续争取——"这样说她觉得可以好向穆里施交代一些。如果说出实情，穆里施可能根本不会理解她的父母的作为，因为没有人会相信现在还有控制欲这么强的父母和这么恭顺的孩子。

他们聊了半个小时，然后穆里施送给她一本法国很有名的一种时装品牌的画册，和一瓶女士香水。"希望你喜欢，也希望你有一天能够成为我们的雇员。"

周槿翻看着画册："谢谢您，穆里施先生，我很喜欢这本画册。但是香水……"

穆里施先生特别大度地说："啊，那是我的一个小礼物，你一定要收下。"

周槿感激地一笑："好吧，非常感谢，我想我可能到时候还会麻烦您的。"

穆里施说："只要是你愿意来，三个月之内，都是可以的。"

穆里施告别的时候，轻轻地握了握她的手，那种手的触摸似乎有一些内容，但是她从他的绅士般的举止中又看不出别的，他在她的面前，留下了一股较为浓重的烟草型香水的味道之后，他们就互相告别了。

出了大厦的咖啡厅，周槿的心情好些了。和穆里施的见面，因为他的承诺，使周槿的心情有了一点恢复，她知道自己给穆里施留下了非常好的印象，看来应该再等等机会。她若有所失地在建国门一带溜达，手里的画册很重，周槿觉得不好回家向马达说这画册的由来，便把那本精装的时装画册扔进了一个垃圾箱，只是把香水留在了身上。

十 二

　　马达在"北极星"网站干得昏天黑地，有更多的人加入网站，他们都是从报纸这样的传统媒体来的，马达的手下现在已经有三十多个人了，他每天都在负责策划新闻报道选题，安排合适的记者出去采访，支撑着网络那吞噬各种信息的巨大的黑洞。

　　确实，这个时候似乎北京到处都是网站和网络了，无论是地铁还是平面媒体，仍旧到处可以看见网络广告。而更多的网络公司已经租下了北京最贵的写字楼，在国际贸易中心附近的摩天大楼里安营扎寨。当网络的时代从视觉和声音上向每一个人扑面而来时，像马达当初所感受的一样，很多生活在传统的时空中的人感到惶惶不可终日，认为自己接近被社会淘汰了。

　　更有一些三流的网络写手，打着网络作家的名义出书挣钱。一时间，网络文学满天飞，垃圾到处都是，居然很畅销。这个时候，马达庆幸自己从报纸出来得十分正确，而忘记了"老狐狸"——周槿的妈妈的话：网络长不了。一年以后，不，其实仅仅是到这年的年底，网络就已经开始崩溃，寒冬立即来临了，像是得了一场瘟疫，网站一下子几乎全部死掉了。但是在2000年1

月的时候，完全没有任何迹象，投资人很有信心，所有的人也都没有感觉。

报纸这样的平面媒体很多人已经军心动摇，他们中纷纷传说着各种网络高薪的神话，并且羡慕不已，在网站的策应下，于是一些报纸的骨干发生了哗变，因为很简单，这些人一到网站，收入立即增加了一倍。

当马达向上司递交辞职报告的时候，马达的上司，部门主任，一个四十多岁的女性对马达的辞职十分吃惊，她约马达进行一次谈话。她其实很有风韵，有着两个大胸，臀部有着这个年龄罕见的上翘，还没有到绝经的年龄，却不会打扮，把丰满肉感的躯体完全遮在了类似更年期女人的衣着中间，马达为她感到可惜。

"马达，你是我们培养的重点对象，你辜负了我们，你现在回头还来得及，你再考虑考虑。我们不接受你的辞职。"她简直就是苦口婆心了，"辞职可什么都没有了，医疗和养老保险、住房公积金，还有各种福利，防暑降温费、独生子女费等等就全都没有了，你可就是全靠自己了。"

"没什么考虑的，我已经决定了，我要改变一下自己的生活状态。"马达说，"我就是想换一个活法。"

"那你不怕报社把你的房子收回去？"果然，女主任用房子威胁他。马达已经预料到这一点了。他忽然想起自己分配到北京，一开始时的窘迫情景来。当他还在为自己分到了一家北京的大报而高兴的时候，他发现，报到的时候，报社连一间宿舍都没有，每个月几百块钱的工资，还要他自己租房子住，他就每个月花两百块钱，租了亚运村北面的城乡接合部的一间平房，每天拖着自己疲惫的身体，要来回骑两个小时的自行车。住处四周，都是捡破烂的、做早点的、卖菜的、狗贩子、性病游医、办假证件的、皮条客、下等暗娼们。他才发现，所谓的北京大报的记者，其实不过是混迹在城市底层的边缘人罢了。那种小知识分子的优越感立即就没有了。

当他骑着车一路上走过去，却看到亚运村往北开发了大量的高级住宅区，有各色的公寓、别墅，他那个时候就在想，能够住在这里面的，都是一些什么人？他们从哪里弄来的钱买的这个房子？这个问题直到现在，他才得到了一些答案。他们都是在八九十年代，用各种手中的权力、先天就有的机会，进行权力寻租，或者从银行骗钱，或者搞官倒、倒卖批文，穿着合法的外衣，赚到了黑钱和白钱，也就可以买得起天价的房子。即使政府征收再高的土地出让金，使得房价居高不下，也永远有人买得起房子，因为他们的钱比一般市民要来得容易多了。这种情况从近几年北京出现的一些知识阶层，通过知识变现改变了自己的生活水准之后，才有所改观。

当报社记者当然也有发财的机会，比如报社报道房地产的记者，他们和房地产商人沆瀣一气互相勾结，吹吹打打，这样的记者就像是鳄鱼嘴里的专门吃残渣的小鸟，地产商吃肉，他也有汤喝。不过最近一个同人被逮捕了，就是因为他干得太过火了。听说中央电视台也抓了几个。

后来报社给了马达一间地下室作为宿舍，条件就好一些了。等到马达和周槿结婚之后，报社终于给了马达一套很小的一居室住房。当马达和周槿在这套房子里住了一段时间之后，邻居告诉他们，这个房子里死过一个女人，是被人入室抢劫时杀害的，凶手到现在还没有找到。

　　"我结婚了，报社就应该给我房子，我不能住到大街上去吧。再说，现在正在进行房屋产权改革，我现在住的房子，我买下来不就行了吗？说起房子我还有气呢，报社给我的是一个凶宅，里面死过一个被杀的女人，当时没有人要了，才给的。这个事情我还没有找报社算账呢。"

　　女上司觉得马达说的没错，她的胸部也有很大的起伏，尤其是提到凶宅的事情，她心里也有一些发虚。"房子的事情还好说，确实，分给你了，再要回来也不可能了，但是你知道吗，你这一走，开了一个很不好的头，现在报社一些年轻人都有一点不稳定了，他们也都军心思变了。他们都想走了，这都怪你。"

　　"太可笑了，"马达觉得这个女人真是疯了，"这和我没有关系，主任，我是我，他们是他们。再说，人挪活，你干吗非要让他们都在这里待着等死？"

　　"那你是去找死吧。"

　　"是啊，等死不如撮死，您就别管我了。"

　　"我看，你还是因为报社挣钱少吧？其实，你看有一些人通过报社也挣了不少呢。网站一个月给你多少？"女主任问他。

　　"一个月一万。"马达多说了一些。

"有这么多？"女主任的眼睛都亮了一下，"一万块钱，是不少，比我们多好几倍呢。那我就不拦你了——拦也拦不住，你还是挣大钱去吧。"

　　"对，主任，你就放了我吧。"

十 三

马达快从网站下班的时候，接到了周槿的电话，说学校让她出差到深圳，在深圳大学进行一个学术交流活动。马达赶到了家里，送周槿出差去机场。

每当像出差这样短暂分别的时候，马达对周槿就会油然产生一种怜爱之情。因为周槿外出一直都不会照顾自己，她特别马虎，经常会丢一些东西，像出差这样的事情，都是马达给她把东西准备好，而不是相反。

周槿长得十分苗条纤细，但是胸部特别饱满上翘，在街上走着，总是男人注目的对象，马达和周槿走在一起感到很骄傲。男人是有一些虚荣心的，当他拥有了一个漂亮的女人的时候，他确实精神特别好，但是报纸上说娶了漂亮女人的男人一般寿命都不会长，因为他又总是担心会失去漂亮的妻子。不过，后来结婚了，他就明白了，女人漂亮是给人家看的，能干才是给自己干的。

在去机场的路上，马达在出租车里拥抱和亲吻周槿，但是周槿似乎十分麻木，她根本不回应马达的亲热，让马达有一些失落。

"你怎么了？还在为不能去外企的事生气？你爸妈已经帮你定了，也就算了，你还不是得听你父母的。再说，我的收入提高了，也一样，钱还不都归你管。"

"这不是钱的事情。我这些年总是不顺心，我在想，这到底是什么原因造成的。"周槿看着窗外的风景，心情沉闷。

"什么原因？难道是因为嫁给了我？我倒是觉得你过得挺好的，大学的教职挺好的嘛。"马达听不懂她的话。

"反正我的生活出了问题。"

"出了什么问题？"

"不知道，我还没有想明白。"周槿郁郁地说。

"生活本身就是不明不白的，你想不明白的。"

当她的身影在机场安检处消失的时候，周槿都没有回头向他招手告别，只是扭动着精致丰满的屁股，快速地消失在人群中了，马达觉得十分失落。他把周槿的这个表现当作是她还在为自己没有能够去外企上班而生气，只是把气撒在了他的头上而已。但是周槿的表现确实有一些反常。首都机场新航站楼是刚刚投入使用的，非常漂亮，窗明瓦亮的，人来人往的景象反而让他有些困顿。

马达觉得有一些郁闷，他乘坐机场大巴回市区，临时决定去网站加班，这个时候他的心情有一些莫名其妙的烦躁，需要转移一下。显然，这样的情绪都是周槿带给他的。机场大巴在三元桥停车，他就下来了，从三元桥一直步行往亮马河走，街上风很大，都是从蒙古高原上吹来的，这个季节是北京最冷最干燥的季节。风像是刀子一样切割在他的脸上，他想，沙尘暴快要来了。

他走到了亮马河边上的网站所在的那幢写字楼，坐电梯来到自己的办公桌跟前的时候，发现还有很多人在加班。而在他白天工作的电脑跟前，却坐着一个女孩，背影冲着他，他看不见她的脸。莫非又来新人了？现在网站扩张的速度很快，业务繁忙，投资源源不断地进来，也总是在招兵买马，似乎永远都缺乏人才似的。

马达走到这个女孩的跟前，把脸凑过去，发现自己根本不认识她。她真的是一个新人，一个很清秀的小姑娘。

"你是谁？"马达觉得有一些奇怪，"咱们没见过，才来的？"

这个女孩长着一张清秀的娃娃脸，还有一些稚气和清纯，但是身体已经完全成熟了，乳房坚挺得像是要冲出奶罩，看到马达，她似乎有一些紧张。"我是来实习的，老师，随便找个地方发邮件，这是您的电脑吧——我马上就完——"

马达笑着摆了摆手："没事儿，你就随便用。我叫马达，也是刚来的。我是专题策划部的。"

女孩子十分清丽，看他的眼睛似乎特别无辜和纯亮，即使是她有着坚挺性感的胸部，可能她自己还不会有胸部的性意识。男人总是首先要注意到女人的胸部，这是这个时代的审美习惯，就像是今天再瘦的女人都嚷嚷着要减肥一样。"噢，马达老师，我听说过您，我叫米雪，我今年就要从中国人民大学毕业了。"

"你是学新闻的吧。"马达看着她发走一个邮件，揣摩着她有多高，腿有多长，"我猜你一定是，人大的新闻学院特别有名。"送走老婆周槿的不快和寂寞，现在立即被眼前这个清纯的女孩米雪带给他的感觉所驱散了。

"怎么谁一猜就知道我是学新闻的呢。我就是，而且我正在找工作，我妈妈希望我继续考研究生，然后留在学校里教书，但是我想到社会上待一待，锻炼锻炼再说。所以，我就到网站来了。"

"还是工作几年再说比较好，先历练历练。这电脑网络的潮流属于你们这些'新人类'和酷的一代。"马达细心地观察着她。

米雪有一些不服气："你也没多大嘛，你就是老人类了？"

这个时候值班的副总编看见他了："来来，马达，这里有一篇稿子要你给修改修改，刚好，今天你加班吗？今天没有排到你啊。"

马达冲米雪挤了一下眼睛："你就在这里玩吧。我的抽屉里有很多好玩的游戏盘呢，你自己可以随便玩。"说完就跟副总编到他的办公室去了。

他在那里大约忙活了一个小时，等到他再出来的时候，发现时间已经接近晚上十点钟，网站上夜班的人全都来了，在他的电脑跟前，米雪已经不见了。

马达暗自猜想，如果米雪没有回家，他会不会送她回家，他认为自己会送她回家的。马达走到窗户跟前，从二十五层的高度望出去，北京的夜景十分璀璨，燕莎购物中心附近特别繁华，灯光照亮了覆盖大地的肮脏的雪。又下雪了，细碎的雪粒划过路灯的时候，留下了重力的白色痕迹。而米雪就刚刚消失在眼前的城市中，马达想，他的妻子在两个小时以前，也消失在自己头顶的天空中，穿越了冬季的乌云，到另外一个地方，人们都是不断地在生活镜面中行走的。

　　从写字楼中出来回家，刚好路过一个花卉市场，已经很晚了，但奇怪的是那里依然灯火通明，他觉得十分好奇，就来到了花卉市场，看见很多花贩在忙着把各种各样的玫瑰花卸下来，有红玫瑰和粉玫瑰，还有黑玫瑰和紫玫瑰，这么多的玫瑰似乎预示着一个重要节日的到来。

　　他问一个商贩："你们进这么多玫瑰，能卖得完吗？"

　　商贩看了他一眼："你要是一个记者我就告诉你。"

　　马达掏出了记者证："你看，我刚好是一个记者。"

　　商贩说："哈，真碰上记者了。你看，还有二十来天就到情人节了，所以大家都赶紧先进一些玫瑰，到时候猛赚它一笔啊。你看，我们一枝几分钱进的，到情人节前的那几天，一枝最少卖十块钱。每年的现在，我们就靠卖玫瑰挣钱过年了。什么样的玫瑰都有，你不挑几枝玫瑰先养着？"

　　马达笑着摇了摇头，他算是知道了玫瑰的秘密，那是情人节的秘密，而他很久没有过这个节日了，于是就转身回家了。但是小贩还是给了他一枝黑色的玫瑰花，他一边走，一边端详着这黑色的花朵的头颅，觉得这玫瑰花很神秘。他揪开了花瓣，然后让花瓣在黑色的亮马河边飘散，和小雪一起降落在地上。

路过燕莎商城前面的亮马河大桥的时候，一些"野鸡"在三三两两地出没，她们拉开散兵线，对路过这里的男人明着挑逗。一般她们是一个个地迎着你走，靠近你的时候冲你抛媚眼。靠着夜色，她们在黑暗中似乎十分不真实，就像是幽灵一样。马达路过她们的时候，出于好奇，擦身而过之机，他一个个地盯视着"野鸡"的脸，看看她们有长得漂亮的没有，但是令他失望的是，她们显然都像是从乡村来的那种营养不良的女人。在彼此交错而过的时候，他发现只有一个十分丰满的、胸部有着巨大的肉球的"野鸡"引起了他的骚动。他暗自嘲笑着自己的低级趣味和有些病态的乳房眷恋症，和那个女人闪身而过，急着回家了。

他进了家门，发现家中没有了周槿，似乎特别冷清。他们养的植物都很安静，没有任何要疯长的迹象。因为没有人和他吵架，当然也没有任何古怪的事情发生。周槿不在家，房间中也没有了生气。

洗漱完毕，他赶紧脱衣上床，但是一时不能够入睡。他摸到了自己的那个东西，那个不听话的东西现在似乎特别亢奋。于是他开始抚摸了起来——他已经很久没有这样做了。但是奇怪的是，在黑暗中浮现的女人的脸不是他的老婆周槿，而是刚才在亮马河畔遇见的那个胸部丰满的女人，一直到他在想象中把体内骚动的液体向那个女人排了出去，排空这些液体的瞬间，他感到了羞愧，也陷身于一片虚空之中。而那个妓女的脸也消失不见了，他觉得有愧于周槿，在后悔的情绪中沉沉睡去。

十 四

有一个时期，那还是他们结婚之后不久，他们俩迷上了插花。对鲜花的迷恋被对插花的新鲜感所替代了。

插花当然完全是一种人为的花卉艺术，它要的就是你自由地用干花来造就你自己梦想的小型花园。不需要费太多的时间，就可以任意组合自己心目中的花卉的搭配，然后用特殊的花瓶花篮来装饰，就创造了一个干花的世界。

在喜欢上插花之前，马达清楚地记得，这些年，他们养过很多花，也养死了很多花。北京的几个大的花卉市场，像莱太花卉市场，城南的良乡、花乡（你听听这名字！）的一些花卉市场，他们都去过了。后来，作为疯狂的养花发烧友，他们乘坐飞机，专门去过云南的一些花卉市场，在那里见到了令他们惊叹的十分便宜的各种花的品种，使他们为植物的生殖器能如此的绚丽而感叹，不知道这是不是造物主为了迷惑人们的眼睛所专门造就的，其实就是为了能够繁殖与生存。有一段时间，他们把自己的居所变成了一个花卉的海洋和森林的时候，连他们自己也已经没有地方住了，他们即使是进入了家门，也好像是生活在一个植物的世界中。

在北京的四季，这些年城市绿化搞得不错，到了春天，天坛公园里面的桃花开得艳丽繁茂，云蒸霞蔚，如火如荼，如同一团团生命的火焰，绽放在枝头，他们就一起去观赏。马达在那里还发现了一种紫色的野花开得遍地都是，非常美丽，那种花他查了《花经》，才知道是一种属于兰科的植物。再过些日子，很多地方的玉兰花就开了，长安街上就有不少，玉兰花的花朵是乳白色和奶黄色的，花朵特别大，很招人，那种感觉是明确告诉你，春天来了。随后，他们又会到玉渊潭公园看樱花，一起比较母校的樱花和北京的樱花有什么不同。至于夏天和秋天，北京的花更多，简直都欣赏不过来。

但是花卉也是很娇气的，要施肥、打药、锄草，要半干半湿，有时候甚至不浇水，各种花的脾气都是不一样的，所以一场花的传染病让他们的花死了不少。后来，他们决定自己插花。

而插花，也是需要学习的。首先，你必须选择插花用的器皿。这方面马达和周槿积累了丰富的经验，他们发现，插花用的器皿以瓷器、陶器、金属物、盒子和篮子为主，其他的东西完全可以发挥自己的想象力，而把它变成插花的器皿和用具，会获得出乎意料的效果，比如一个废旧的饮料瓶。

像周槿有一次用拖鞋和帽子巧妙地插花，结果特别好看。或者像用玻璃盘子把水果和一些挑选好的鲜花搭配在一起，也非常绝妙，是画水彩静物的好景致。

马达和周槿发现，在插花用的这些器皿中，各自都有各自的属性，比如瓷器，特别鲜亮，容易使人首先注意到瓷器本身的光泽和图案，和插花相比，有时候会喧宾夺主，而瓷器一般都无法露出插花的下半身，所以这些是它的缺点。

而陶器则因为它朴实的外表和来自泥土的原因，天然地和插花有着一种亲和力。不仅如此，陶器和鲜花等任何花都有一种天然的亲和力。但是陶器插花，你还需要在陶器中再放进一个盛水的容器杯。而篮子和盒子的特点就是可以放很多的花束，同时可以随处摆放，也十分协调，不会显得难看。

这些都是马达和周槿在学习插花的时候，总结出来的经验。除了插花选用鲜花以外，他们还花了大量的业余时间，来自己制造干花。他们一般从花卉市场买回来要进行插花的原料——鲜切花，然后把它们放进通风好的柜子来风干。比如满天星、绣球花、飞燕草、蒲苇等，风干它们的过程十分美妙。

而除了风干，他们两个还直接用干燥剂来制造干花，这种方法适合用来制作各种的菊科和兰花科的花，他们实验了硼砂、明矾和干银粉的特性，找到了使用它们所造成的不同的效果，和针对不同的花使用这些不同的干燥剂，最后，他们还掌握了用微波炉来制作干花的技巧。

这当然也是从书上学的，但是为了掌握用微波炉制作干花的方法，马达多次把鲜花烧成了干尸一样的东西。鲜花的尸体一样特别难看，比人烧焦的尸体好不到哪里去，也是惨不忍睹。

最后，马达和周槿这两个花卉艺术的执着爱好者，掌握了用微波炉制作干花的火候。到底是功夫不负有心人！而懂得这个特别难掌握的火候，是以大量的鲜花难看的烧焦了的尸体为代价的。用微波炉制作干花，像浆果类的花卉会在微波炉里爆炸，而像风信子、紫罗兰一般不要一下子把花烘得太干，要留有一些水分，然后在一些大的杂志中把它们压制成型，就可以了。

他们饶有趣味和几近疯狂地和花卉亲近，和鲜花、鲜切花、干花和插花亲近，从而使他们之间的关系也特别亲近。他们制作了各种各样的瓶花和盆花、花篮与花环、花球与花束，以至于一个礼品店专门请他们给他们提供货源，而这也满足了他们插花的创造欲，他们做出来的插花卖得都很快。

此外，他们有一段时间，也曾经热衷于用一些奇特的蔬菜和花草搭配来做饭做菜，像色彩鲜艳的彩椒、樱桃西红柿、紫甘蓝、樱桃萝卜、紫背天葵、羽衣甘蓝、紫菊苣、苦苣、黄秋葵等，都是他们喜欢的原料，做出来的菜的颜色特别赏心悦目、五颜六色，也十分好吃。这是他们喜欢花卉的延伸了。

那一段时间是他们最幸福的时光，也是关系最为亲密的时期。每一对恋人都有他们最幸福的时刻，他们，马达和周槿的欢乐时光都是和花卉有关的，是花朵的力量使他们拥有了花的所有温柔美好的情感。

十　五

　　周槿已经到达了深圳，在深圳大学参加一个学术讨论会。南方的深圳给了她一些新鲜的感觉，这里的1月对于北方来讲，完全是春天的天气。首先，草地都是绿的，花还在盛开，南方的树种像棕榈、散尾葵、剑麻、椰子树、榕树特别多，给她造成的视觉效果很清爽，南方天空的云彩非常白，流动的速度特别快，这种南方的景观给了周槿十分新鲜的感觉。

　　不过，周槿特别不喜欢深圳的建筑，这里的大楼又高又细，把大街变得很狭窄，对人很有威压感，有的建筑竟然用黄灿灿的金色和紫红色、粉红色的幕墙玻璃，特别扎眼庸俗，透露着浮躁和拜金的趋向。难怪，这里毕竟离香港近，建筑就有着一种模仿香港的"港式俗气"。

　　周槿在这里有很多大学同学，当她在宾馆安顿下来，在给马达打电话告诉他，自己已经安全抵达以后，她就一直和这里的一些同学联系。但是不巧的是，几个同学碰巧都不在深圳，真的是人如流云，他们都有各种各样的原因，出差、旅游度假或者探亲去了。

这个时候周槿想起来一个人——王强。但是她拿不定主意是否应该和他联系，因为王强是她在攻读研究生的时候，追她最猛的一个追求者。当时因为周槿已经有了马达，而且她的想法就是毕业了之后，去北京赶紧嫁给马达，所以她十分坚决地没有留情面地拒绝了王强的追求，而王强追求周槿的事情，她也从来都没有告诉过马达。王强毕业后来到了深圳，在深圳一家银行的国际业务部工作。

　　周槿犹豫了半天，她在想自己应不应该打扰王强，如果他已经有了稳定的情感生活，那她的出现就会给他带来情感上的涟漪，总是有些不好。考虑了很久，她才终于下决心和王强联系，于是她拨通了通讯录上她从来没有拨打过的电话，这个电话是王强银行办公室的，因为现在时间已经是傍晚了，他很可能不在。周槿的心里暗暗希望王强已经下班了，但是她立即听到了王强的声音。

　　"您好！这里是国际业务部，"王强的声音是那种特别有磁性的男中音，"请问您有什么事？"

　　"我就找你呀，"周槿开玩笑，"你是王先生吗？我是你的一个同学……"

　　但是王强已经听出来她是谁了："你是周槿！怎么到深圳了呢？你现在在哪里？我请你吃晚饭，我在加班，还有一会儿就完了，我会很快赶到你所在的宾馆。"

　　周槿从他的声音中听出了狂喜，这种感觉使周槿有一种欣慰的感觉，她现在突然觉得，自己似乎很久没有受到丈夫马达的重视了。或者他依旧重视她，只是她感觉不到他的重视了。她告诉了王强自己所在的宾馆和房间号，就挂了电话等待着王强。

过了二十多分钟，王强就赶到宾馆了。周槿打开门，两个人一见面，周槿就看见王强的眼睛亮了，他的手里拿着一枝粉红色的玫瑰。他把花递给了她，说："你还是老样子，还是那么清秀漂亮，没有什么变化。"

"谁说的，我肯定老多了。"周槿虽这么说，可还是满心地高兴。她接过他递过来的玫瑰花，心里有很温暖的感觉。她也知道他送她粉红色玫瑰的用心：这种颜色的玫瑰，既表达了超过一般友情的情感，但是又不是表达爱情的，和红紫色的玫瑰完全不同，带有试探和态度暧昧的意思。

"我就不在这里坐了，"王强环顾了一下宾馆的房间，"咱们先出去兜兜风吧。这里城市的夜景是很美的。"

"好哇，我这是第一次来深圳呢。"周槿把玫瑰花放到洗脸的池子里先用水泡着。

"毕业这么长时间，你居然没有来过深圳？这里成为特区这么久了，也没有让你入眼，那我可要陪你好好转一转了。我们先在市区转一转吧。"

"主要是没有机会。"周槿觉得心里难受了一下，因为学校确实没有机会让她四处走一走，她觉得自己的工作真是糟糕，什么机会都没有轮到她，"走吧。"

王强是自己开着车来的，是一辆黑色丰田车，拉着周槿先在城市里兜风，四处转了一下。"这是我自己买的车，其实是走私车，我才花了十万块钱就买下来了，但是不能出广东省，否则一旦被扣，就不行了。"

"看来你混得挺不错的，车房俱佳了吧。"周槿觉得王强的气色特别好。车子很快就上了深南大道，这是深圳的一条景观大道，路两边高楼林立，形成了一道城市峡谷。附近的高楼她过去经常可以在杂志和报纸上看到。其实周槿对城市没有什么感觉，对于她来讲，任何城市都是一样的，或者说现代化已经把中国所有的城市建筑给统一了，没有了文化的韵味和特点。所以当王强兴致勃勃地给她讲解深圳的楼厦和街区的时候，周槿似乎心不在焉。王强没有察觉到周槿的状态，他对深圳的高楼如数家珍，地王大厦、赛格大厦、联合广场的层高和高度是他介绍的重点。"北京没有这么高的高楼吧？"王强似乎对高度特别痴迷。

"北京不让盖特别高的大楼。再说，我不喜欢高楼。"周槿终于憋不住了，说了这么一句，"高楼是丑陋的。"

王强立即刹了话语之车，沉默了一会儿，说："那咱们去吃些什么？"

"随便，我都可以，只要是见个面，就挺好的了。不巧，老同学像韦兰兰她们都不在深圳。"

"这里的人都很忙的，我一年也见不了他们几次。那我请你去农业科学研究所边上一个餐馆吃蛇吧，深圳最近流行吃蛇。"

周槿微微地哆嗦了一下："我害怕蛇，我觉得还是算了吧，吃点别的，比如川菜、潮州菜什么的？"

"好，我知道有一个很好的潮州菜餐馆在华强北路，咱们到那里去吧。"

　　他们在一家潮州菜餐馆里坐下，周槿环视四周，发现这家餐馆的生意特别好，几乎没有空桌，但是宾客们说话的声音都特别大。她微微皱了一下眉头。

　　"咱们学英文的，就是不习惯中国人说话声音特别大的毛病，"王强明白周槿所想的，说了出来，"我一到国外，在说话的声音上特别注意，生怕自己说话的声音大了，可是不知不觉声音就大了，还是遭到白眼。"

　　"你经常出国？"周槿问他。

　　"东南亚去得多一些，美国和欧洲的很多国家，这些年利用各种机会也都去过了。"

　　因为没有出过国，周槿对这个话题特别感兴趣："你都有什么样的感觉？还是外国好吧？"

　　王强说："一言难尽，总之，从经济发展和文明程度上讲，我们和欧美至少还有几十年的差距。不过物质上的差别已经越来越小，但是精神和文明状态，还差得远，像欧洲，我看那里的人似乎都熟透了似的，即使是一个小偷，你也感觉到他背后的欧洲文化在浸透着他的全身，并影响着他的一举一动。而咱们中国，是一个欧洲的富足和非洲的贫穷一起存在的国家。你现在在学校的情况怎么样？教书累不累？"

　　周槿给王强讲述了学校的情况："我想到外企去，但是我的父母就是不同意。他们希望我还是待在学校。”

“什么时候了，还被父母这么管着。你结婚了吗？”王强看着她，不经意地问。这个问题是王强最想知道的。

“结了，嫁给了我的老同学。你不认识他，他叫马达，是我读本科时候的同学，你的本科不是在中山大学读的吗？对了，你的个人问题怎么样了？”

听到这个消息，王强似乎很受打击，他低了一下头，又抬头看着周槿。“我还是一个人。深圳这种地方很难有稳定的东西，婚姻更是如此。”他犹豫了一下，“因为老实说，我还爱着你呢。”

这句话使周槿觉得十分意外，因为她以为王强早就死心了，但是他冷不丁又说出来了。当年他就是死缠烂打，被她迎头痛击了的。她沉默了一阵子：“你应该在这里找一个好女孩结婚。”

“你说在这里？在这里找个好姑娘可太难了，这里的女人物质欲望太强。没有好女孩了，除了你。”

“哪里都有好的，哪里也都有坏的。看你的造化了。我也不好，我和马达经常吵架的，后来我发现我的脾气也很大，也不会做饭。人人都有毛病。”

“我这方面的运气就是不好，我喜欢的人都不喜欢我，喜欢我的人我又不喜欢她们，所以特别尴尬。”王强有一些忧郁，“当初要是和你在一起，就太好了。”

周槿也低下了头，她现在似乎有一点觉得对不起王强，她弄不清楚这种情绪从何而来。"我已经晚了，我嫁人了。"

王强看着她："那你过得怎么样呢？结了婚以后——"

周槿这个时候突然有一种委屈，和对马达的怨气，她也根本就不知道这个怨气是怎么产生的，但是她就是有一些埋怨马达，或者，他们之间过去所有的不如意似乎全都涌现了。"还是不结婚的好。结婚没意思的。"

周槿的这种说法显然十分暧昧地否定了她现在的婚姻，也成为王强下决心追求周槿的一个契机。

"你怎么这么说？"王强在心中狂喜的同时，继续追问她，"两个人在一起，无论如何都比一个人要好的。"

"你要是和一个人每天都在一起，你还要面对这个人的所有的社会关系，和他所有的坏习惯，你就明白我说的意思了。"

"我还是不明白。咱们换个地方吧，找个酒吧待一待？"

他们后来又到了一个小酒吧，在那里，靠着威士忌的作用，王强的胆子变大了，他甜蜜地回忆了自己在学校的时候，如何喜欢周槿的一些细节，比如暗中跟踪周槿上下晚自习，既是保护也是欣赏她，远远地跟着周槿回到宿舍，而不被她察觉。因为周槿明确地拒绝了他，所以反正只要是周槿出现的地方，王强也总是在不远的地方观察和注意着她，而又不让她发现。整个硕士研究生的三年时间里，王强可以说是疯狂地爱着周槿，对她用尽了办法，可是周槿就是不答应。所以，对于王强来讲，周槿是他的一个难以解开的情感的结，是一个无法逾越的感情的山头，一个没有了结的梦想，他一直想得到周槿，但是终究未能如愿。

就像是一句老话："得不到的就是最美丽的。"王强因为从来就没有得到过周槿，因此周槿对他来讲，就是全部的希望和爱的幻想的代名词。

这天，他们在酒吧中聊到很晚的时候，这期间，周槿特意关闭了手机，她不希望马达在这个时候打进电话，因为单独和男士约会，马达要是知道了，肯定会生气的。而她又不会撒谎，所以还是回宾馆再说。

王强再次坚定地强调，如果他们之间还有机会，他愿意和周槿在一起，即使是她曾经结过婚。"因为你不知道，我到今天还爱着你。"王强的眼睛发亮，额头放光，"我对你的感情，从来没有动摇过。"

"你真的不在乎我已经结过婚了？"周槿有一些不相信似的，问向她表白的王强，她从来就不相信有这样炽热的感情。毕竟她已经结过婚了。

王强的眼睛继续发亮："当然，如果你现在的婚姻使你痛苦，你要是离婚了，我愿意和你在一起。我愿意和你结婚。我没有任何的障碍。"

看着王强态度坚决的样子，周槿似乎有一些感动，而现在，对马达多年以来所有的不满全部地浮现了出来，她一直怀疑自己和马达是否真的合适，现在似乎有一点结果了。周槿忽然有一种想告别这段婚姻的想法，在和王强的聊天叙旧中，她渐渐地坚定着自己的这个想法。

王强把她送到宾馆房间的门口。现在，在王强的请求下，周槿决定额外地在深圳再待上两天，王强要带着她去一些地方，像是大梅沙那边一些海滨度假村去玩玩。周槿答应了，她想，反正出来一次也不容易，为什么不好好玩玩？

周槿进入自己宾馆房间的时候，王强突然从后面抱住了她，吻着她温暖白皙的脖颈，还要吻她的嘴唇。周槿慌忙躲开脸，但是身体并没有离开王强的怀抱："你别这样，别这样好吗？我还是别人的老婆。"

王强松开她，有一些幽怨："好吧，明天下午我陪你去'世界之窗'和中华民族园，我们后天去大梅沙和小梅沙的海滨去看看，一定叫你很高兴。"

关上门，周槿的心跳突然地加快了，她觉得王强十分打动她，因为原来即使是王强再努力地追求她，可是已经有了一个马达，她已经先入为主了，她就是不能够接受王强。而现在，她感到自己正在不可遏止地滑向一个她无法预料的结局，就是离开马达。有一种疯狂的力量在拉扯她走向另外一种生活，这样的力量很巨大，现在，当外力——王强出现的时候，这个结局就要到来了。她躲在门后头，听着自己剧烈的心跳，感到生活变化的可能性是那样巨大。

十 六

　　周槿梦见自己还是一个小姑娘的时候的样子，她在微笑与跳跃。她的四周，总是有赞扬和欣赏她的目光和话语。那是在一种光圈中的生活。她整天被周围的人宠爱着，因为她从小就长得很好看，像是一个小洋娃娃。尤其是父母亲，特别喜欢她，加上她又是独女，那种宠爱的程度是可想而知的。

　　她遇到危险的时候只有六岁，当时她还没有上学，附近的一个邻居，一个戴着眼镜的中年男人，就经常喜欢和她说话，给她买雪糕和零食。他总是笑眯眯的，是一个中学数学老师。他没有老婆，一直是一个人过。有一天她从幼儿园回家，在快到家的地方，又碰见了这个数学老师，他的脸色很难看，天色已经晚了，可是这个男人说要给她看一样东西，就带着她来到了住家附近的一片树林中，把一些零食和玩具给她，看她开心地吃东西，接着就蹲下来，掀开了她的小裙子，褪下来她的裤衩，然后用手指触摸她那里。她一开始没有觉得什么，但是突然感到害怕了。这个时候，那个男人露出了凶相："不许叫，也不许哭！"

　　数学老师仍旧继续探索她，但是她终于尖叫了起来。她从来都没有想到自己的声音会那么尖厉，声音把远处一些没有亮的路灯，全部给弄亮了。那个男人立即捂住她的嘴，还要掐她。刚好她父母正在附近找她，他们扑进了树林，抓住了那个男人。

那个中学老师因为企图强奸幼女，被判了很重的刑，她再也没有见过他。从此父母亲把她看得很严，再也不允许有男人和男孩子靠近她了。她也经常做噩梦，梦见有一只不怀好意的男人的手，在她的那里摸索。现在，又有这样的一双手在她那里摸索，她吓坏了，一下子惊醒了，明白在她那里夹着的卫生巾，因为涌出的经血的作用，有饱涨的感觉和压迫感，才松了一口气。她确定自己是在深圳大学的一家宾馆中，自己又在做梦。但是这样的噩梦她是经常做的。

她现在一点也不想马达，她倒是忽然想起来另外的两个男孩子。在深圳这个和北京相距很远的地方，她可以让内心隐秘的细节在脑海中自由涌现了。在她来了例假，进入了危险的青春期，父母亲把她看得更严的时候，在高中二年级，有两个男孩子喜欢上了她。他们疯狂地追她，但是她有意识地和他们都保持了距离，对每一个都是一样的态度。和一个看了一场电影，那一定会和另外的一个也看一场；接受了一个人的礼物，另外一个人的东西也收下来。而有时候她更是和两个人一起出游，让这两个人一直有一种平衡的关系。因为她知道，在这个时候萌发的情感，都是青春期的性骚动，是会无疾而终的，是经不起一点风浪的。一年之后，她考上大学了，在面临分别的时候，两个男孩需要她做出选择，她这个时候才慌了，不知道该怎么办，就和其中的一个约会了，并且让他吻了她。但是另外的一个暗中跟踪了，以为她没有选择他，于是很快下了手，把和她单独约会的那个给杀了。是用斧头砍的，场面很惨，杀人的人和被杀的人都刚好十八岁，于是被判了重刑，到青海服刑了。不久因为杀警卫越狱，那个人也被处死了。

那一段时间是她最难过的时候，一时间，关于她是一个狐狸精的说法在四周的邻居中间流传，因为一下子有两个本来很好的男孩子，都因为她，走上了一条不归路。他们喜欢她的目光，一下子全部没有了，代之以厌恶和冷漠的表情，暗地里骂她是一个天生的小骚货。整个暑假她都基本不出门，忍受着内心的痛苦和外部的冷遇，然后大学一开学，她就很少回家。她用了两年的时间，才慢慢地把内心的阴影给消除了，而这样的阴影，她从来都没有给马达说过。

十　七

马达看着桌上的三枝玫瑰发呆，这几枝玫瑰是今天早晨他来网站上班的时候，昨天和他说话的那个花贩子碰见他的时候给他的。

"喂，记者，给你一把玫瑰！"

"干吗要给我玫瑰？"

"我知道你有一个漂亮的女朋友，昨天我看见你和她一起出来了，你送给她吧。"花贩子十分热情，给了他一大把。

马达很高兴，他发现这是一种少见的玫瑰，里面有三条淡淡的花纹，像是猫脸上的花纹。"是刚刚从云南空运过来的。"花贩子介绍说。为了不让花贩子有损失，马达就挑了三枝，把它们带回了网站。他明白花贩子说的人是米雪，昨天加班，他们晚上一起出来，马达当时犹豫了一会儿，没有把米雪送到家，而是在三环路边和她告别了。

在忙忙碌碌的网站办公室里，这几枝开得特别艳丽、花朵奇大的玫瑰花，改变了写字楼中那种公文和公事公办的气息，和网站特别忙乱的气氛。这就是花卉的力量。花卉是那样柔弱，但是它仍旧是有力量的，有时候你无法估价花朵的力量。花朵甚至还有爆发的力量，可以改变心灵和物质世界的很多东西。

他在想，两天以后周槿回来，这玫瑰会不会就凋谢了呢？他觉得周槿最近有一些不对劲，但是到底哪里出了问题，谁都不知道。谁知道呢？女人是一种特别情绪化、特别古怪的动物，马达觉得这种每个月要随着月亮的潮汐流月经的神秘生物，确实是经常让他摸不着头脑。

一直以来，几乎每个月，周槿都会莫名其妙地发火几次。开始马达还十分上心，又是赔笑脸又是哄劝，结果这一哄反而把周槿弄得更加生气了，后来他发现，只要不理会她，假装什么都没有发生，周槿的情绪会自己好起来，因为，她完全是情绪化的，是根本就无法控制自己的情绪的。所以，后来他就不太理会周槿的发威了。

周槿出差这几天，马达大多数时间都在网站加班。本来周槿在周末的时候就应该回来了，但是她突然打电话说自己还要在深圳多待两天，说是会议延期了。

"那你刚好也可以在深圳好好转一转。"马达叮嘱她，"例假期，千万不要下水，吃东西也要注意。"

网站的总编辑金磊特别喜欢马达，因为网站有背后国外的资金做支持，所以金磊在刚开始和马达谈话希望他加入网站的时候，就许之以"股票期权"的诱惑。当然，网站刚刚创办，现在就谈论股票期权显得太早，但是这个东西毕竟是一个诱人的大饼，或者是挂在一头驴前面的胡萝卜，永远都是一个希望和诱惑。马达其实对这个看不见的诱惑不是很感兴趣，他关心的就是换一种生活状态，这才是他到网站的直接原因。

马达不想在下班之后就立即回到自己的住处，因为他的房子过去是一个"凶宅"，他是结婚搬进去住之后才了解到的。每当周槿出差，他就不愿意很早回家，这也是一个很大的原因。

前几年，在马达现在住的屋子里住着一对年轻的夫妇，他们都是马达所在报社的同事。有一天丈夫回家，发现妻子已经被杀了，死在了床上。没有强奸的痕迹，因为没有阴道残留液体，也没有丢失多少钱，女主人的死特别神秘。警察最后的结论就是入室抢劫杀人，罪犯后来逃跑了。当时因为他们家的现金都不在房间里，所以歹徒没有得到想要的东西，就把女主人杀了。但是这个案子一直没有破，警察也没有抓到凶手。

后来那个丈夫很快就出国了，在这个丈夫出国之后，有一种说法流传开来，说真正的凶手就是死者的丈夫。是这个丈夫杀了自己的妻子，并且侵吞了她所有的财产。但是也仅仅是流传的说法而已，毕竟一个人死了，另外一个人伤心地离开了中国，就无法追究下去了。

马达结婚以后，报社把这套房子给了马达。这个事情是马达的邻居方大妈告诉他的。刚听到这个消息的时候，马达很生气，准备找报社算账，但是周槿却对此持特别无所谓的态度，她觉得自己一点都不害怕："我才不怕呢。我从来就不信什么神神鬼鬼的。"马达也就算了。

而当时报社的房子非常紧张，刚刚结婚，就有了这么一套小房子，在九十年代的北京已经相当不容易了。商品房还很贵，他们根本就买不起，所以马达和周槿就在那间屋子里住下来了。

　　但是每当周槿出差或者别的原因不在家的时候，马达自己倒是感到害怕，他的想象力非常丰富，所以每当他一个人坐在小客厅的沙发上，他就会想象着，在床上躺着的那个已经被杀了的年轻的女人，加上屋内有各种各样的花卉植物，它们填充了房间的各个角落，散布开来它们疏影横陈的叶子，使屋子显得很阴森；加上他看过一些惊悚片，像库布里克的《闪灵》，他就越想越害怕，结果他被自己的想象给吓坏了，所以，他就愿意在网站加班。

　　而加班的时候，他又看到了米雪，那个清纯可爱的实习生，金磊要他带一带她，因为金磊和她父母的关系很好，专门嘱咐马达要对米雪耐心一点，尽快把她带上记者之路。而米雪本来就很可爱，所以马达就十分有兴致地带着米雪，教给她各种网络的操作和编辑的技术，还有如何采写和修改文章。

　　"马老师，你结婚了？"米雪看着马达左手上戴着的一个白金戒指，它有时候闪闪发亮。

　　"结了，怎么，我结婚了就没有追求别人的权利了？"马达和米雪开玩笑。

　　米雪的脸红了："现在人们都很花心嘛，所以无所谓的。只要你的老婆不管，就没有人管这样的事情。"

　　"那你对婚外恋怎么看？"

"婚外恋挺好的，我觉得挺人道的，总比两个人没有爱情了还互相折磨要好。再说，还可以选择同居，即使结婚了，也可以不要孩子，是那种丁克家庭——现在的选择可太多了。"

"你还怪通情达理的。你在学校肯定有男朋友了吧。"

"没有，我爸妈坚决不同意我在大学里谈恋爱，因为，他们给我设计的路就是毕业以后工作一段时间，再出国学习。"

又是一个要出国的女性，马达想，似乎知识女性的唯一目的就是出国，就是肉包子打洋狗，让洋鸡巴干，有去无回。马达对米雪的好感顿时减掉了大半。

米雪到今年的7月才毕业，她的父亲是一个外交官，母亲是一家出版社的编审，所以米雪有着一种书卷气，米雪的个子不高，但是身体显得很饱满，臀部微微翘起来，所以她走路的样子很好看，还算是非常性感的姑娘。

和马达在一起操练网络的各种编辑技术，还有各种新闻专题的策划和写作，米雪进步很快。米雪老是马老师长、马老师短地叫个不停，马达听着心里也十分高兴，很快就把这个冰雪聪明的姑娘引上了正路。

而且，在晚上下班的时候，马达特意打车送米雪回家。车子从三环上二环，到了朝阳门，现在这里十分繁华，而米雪就住在朝阳门高大的外交部大厦旁边的一幢外交官公寓楼里。

"我到了，再见！"米雪迅捷地下车，并且向他招手告别，像一头小鹿一样，走远了。看着米雪的身影在外交部大楼那巨大的身影下消失，马达的心情有一种当初和周槿在学校里刚开始相识时的淡淡的忧伤。

　　他回到家中，给周槿的手机拨电话，但是周槿的手机关机了，马达一个人躺在床上，不敢想象身边的位置上躺着的，正是那个被杀了的女人，但是就在他被这种想象所攫取的时刻，他也睡着了。

　　在梦中，他梦见了周槿，但是奇怪的是周槿浑身都是血，变成了那个在这个房间里被杀害的女人，扑上来咬马达。

　　马达从梦中惊醒，心有余悸地打开灯，这样一直到天亮，他就再也没有关灯。

十 八

　　在深圳，由于周槿又可以多待两天，所以给了王强一个很好的机会，王强展开了对周槿的攻势。

　　他把她带到了"世界之窗""中华民俗村"这几个深圳的人造景观去玩，但是周槿对人造的景物并没有什么特别的感觉，而且她似乎很不喜欢人多的游乐场。为了不扫王强的兴，她没有做出任何不愉快的表情。

　　但是她一直在思考着她和马达的关系，这个关系是不是应该结束了。当王强作为外力出现的时候，就加速了她对自己和马达关系的反思。

　　周槿觉得自己自从嫁给马达之后，生活处处都不是那么顺心。她的同学大多数都出国了，少数没有出国的在外企拿着高额的工资和薪金，而她却似乎一事无成。当父母亲阻挡了她去外企的想法之后，她把这种不满全都发泄到了马达的头上，所以在机场告别的时候，她都没有怎么好好理会马达。

　　这就是一个象征，她要告别这种生活了，她现在得出了一个结论：自己很多事情不顺利，就是因为嫁给了马达。

这是非常要命的一个结论，等于说把马达和她的婚姻关系判了死刑。在深圳，远离北京，周槿有了一种距离感来看待自己的生活，她渐渐地打定主意了。现在，起码她又有了下家，这个下家就是王强。任何婚姻中要是有了外力，那么这个婚姻原来就有的裂缝会立即变大，即使这个外力不是决定性的。

　　王强十分痴迷地看着她，在带着她游览深圳的景区的时候，他的目光充满了柔情蜜意，就仿佛她从来就没有出嫁过。他看她的目光使周槿再次获得了一种自信和自我肯定，原先她以为自己的魅力随着结婚时间的增加，正在慢慢地衰减，但是王强的表现却告诉她，自己依然美丽动人。

　　她在大梅沙的海滩上狂奔，把一切烦恼的事情全都忘了，甚至把马达都忘了，她不知道自己是从哪里来的，就是在沙滩上狂奔不止。王强在她的后面追她，为了陪着周槿，他特意请了两天的假。而且，每天都不断地向周槿表白，自己这些年依然爱着她，希望能够有一天能和她在一起。

　　在昨天吃晚饭的时候，王强问及她和丈夫的关系的时候，周槿第一次明确地说了："我们的关系好像总是哪个地方不对劲儿，哪里出了问题，所以，我就一直没有想过要和他生一个孩子。"

　　王强握住了她的手，但是她立即抽出了自己的手。她感觉到王强对她的强烈的情欲，但是即使是她背着马达和王强这样的追求者一起吃饭游玩，但是底线，也就是不和王强上床，是周槿内心所把握的一个尺度。所以，当他们晚上在周槿的房门口告别的时候，周槿总是果断地告别，并且把王强关在了门外。

周槿不知道的是，当王强把她送回宾馆，而无法和她度过夜晚的时间的时候，他是相当痛苦的。他在深圳的街上，立即变成了一个孤魂野鬼，一个可耻的孤独的男人。

十　九

　　周槿的突然出现，使王强又回到了大学时代他疯狂地追求周槿的记忆中，所以他无法使自己躁乱的心情平静下来。和周槿分别后，他像平时那样，晚上接着去酒吧解闷，这是周槿无法知道的。人性中有十分复杂的东西，它决定着我们每一天随机的行为。

　　在前年，王强还和一个从事饭店管理的女孩子同居。他当时也很忙，因为要和很多客户打交道，所以晚上经常要陪他们洗桑拿。在南方，洗桑拿是一条龙服务的，除了蒸桑拿，还有女人可以打炮，这样一般是早晨才结束整个活动回家。他回到家中，女友也才回到家中，她在宾馆也很忙，因为负责接待，她的接触面比他还广，他暗地观察她，觉得有时候她也一定和客人上过床，属于那种偶一为之的，因为他发现她总有很多港币。这钱的来源据她讲，都是小费。后来他坦诚地说了洗桑拿的含义，她也就开诚布公地说确实有香港来的客人主动想和她求欢，她觉得喜欢的，也就没有拒绝，那些钱，都是他们主动给的。她早就知道他在外面洗桑拿的内容了，所以最开始有一些报复的心情，可后来是为了自己的自由——他们并没有结婚，他可以干的事情，她为什么不能干呢？而这里离香港近，所以"香港炮队""台湾炮队"来得很多，于是就有各种各样的诱惑。王强觉得自己如果反对女友，那自己太自私了，就默许了女友的行为。

王强就这样奇怪地和女友相处着，后来他们彼此对对方的身体都不感兴趣了，但是他们交流自己和他人做爱的情况时，情绪却很高。再后来，他们终于发现这样的关系实在古怪，根本就没有前途，就友好地分手了。

王强因此更加盼望有一种传统的男女关系，他一直觉得周槿是一个特别传统的女孩，严谨保守庄重，类似于贤妻良母，但他觉得，即使是周槿答应可以和他在一起，也有重重的障碍，使他的爱情前途渺渺。

深圳的酒吧大多数都是有色情气息的，不像北京的酒吧，是艺术家、白领和外国人群聚的场所。王强送周槿回宾馆之后，一个人十分苦闷地坐在酒吧里，他已经习惯了深圳的某种法则，就是不坠入情网，但是显然他遇到周槿之后，再次坠入了情网。可是这是一个似乎没有前途和出路的情网，无论他如何向周槿表白，周槿也没有任何明确的表示，他因此觉得十分痛苦。

为了寻找刺激，在酒吧中他很快就看好一个小姐，谈好价钱就带走了。之后就是和妓女的一夜胡搞。

早晨他醒过来的时候，昨天晚上的荒唐和那个女人的脸他都记不清楚，他需要面对的仍旧是和周槿的相逢。他害怕自己对周槿产生的狂热激情，但是他又无法制止住自己内心的激情在熊熊燃烧。这种激情使他觉得自己的可怕，他担心无法控制自己，听任这爱欲的火焰把自己烧死。

而对于王强对自己的表白，周槿的内心首先是一种感动，她确实被完全打动了，因为过了这许多年，王强仍旧能够爱着她，不在乎她已经结了婚，也愿意和她在一起，这样的承诺是非常不容易的。况且现在正是她自己面临的关键时刻，她十分需要一种特殊的关爱。

可周槿即使动了心，她也不能对王强有任何亲热的表现，现在她根本没有做出任何承诺的权利，因为她现在还是马达的妻子，在和马达离婚之前，她不可能和王强有太亲近的发展和承诺。

深圳之行就要结束了，周槿要赶傍晚的飞机，而王强也在银行加班。他们在红岭南路金融区的人行道上，来来回回地走了好几遍。城市峡谷造成的风很大，面对再次的告别，王强的情绪特别不稳定，十分伤感。

"我觉得和你见面简直是一个梦，你来了，又走了。你对于我来讲，似乎显得很不真实。"

"你看，我是一个活生生的周槿啊。这是很真实的，对不对？"周槿认真地看着他，眉目传情。

王强揽住了周槿的腰："现在我的手感觉到了，你是真实的。可是我没有把握，我们还能够再有这样的时候吗？"他叹了一口气。

"如果我离婚了，你肯定不在乎吗？肯定会和我在一起吗？"周槿在一阵猛烈吹来的风中大声地问他。这是来自附近沿海的海风，有着一种浓烈的海腥味儿。她想要再听到肯定的回答。

　　"如果你离婚了，我愿意和你结婚。我肯定会的。"王强十分坚决地回答她，"如果你对你的婚姻不满意，就应该尽快结束它。"

　　周槿十分激动，王强借势抱住了周槿。他们的身边是一棵很大的棕榈树，在深圳的夜空下，风把棕榈的叶子吹得哗哗响。

　　"那，你就等着我的消息吧。"周槿算是给了王强一个鲜明的承诺，"如果我离婚了，我就可以和你谈一些别的了。"

二　十

马达的玫瑰花确实等到周槿回来的时候还开放着，但是奇怪的是，当马达在首都机场宽阔繁忙的接站地，迎接到周槿，献上这三枝玫瑰花的时候，周槿接过来，脸上的笑容迅速地变成了慌乱，她尖叫了一声，慌忙扔掉了玫瑰花。因为玫瑰花的花心中爬出来很多橘红色的肉虫。

"里面是什么东西？"周槿吓得快哭了。马达赶忙哄她，同时捡起玫瑰花，对里面跑出来的这些橘红色的肉虫感到十分诧异。他把玫瑰花扔到了废物桶中，赶忙和周槿说着道歉的话，以最快的速度上了出租车。

他们到家以后，马达闻到了周槿身上残留的海水气味，说："你身上还有海水的气味。"周槿对马达的嗅觉感到吃惊。"是啊，我去了深圳的海边游了泳。你还闻到什么了？"周槿心虚地问他。

"我不是不让你游泳的嘛。我……还闻到了别的男人的气味。"马达看着周槿，他是在开玩笑。可听了这话，周槿的确有一些紧张，但是她旋即觉得自己又没有做任何过分的事情，只是和王强约会吃饭，又能够怎么样？她很快又放松了。

"那一定是你的味道，你刚才拥抱我来着。你说，你刚才给我有虫子的玫瑰花，是什么居心？"周槿反咬一口，以攻为守。

马达感到很委屈："花已经从花市拿回来三天了，本来以为你可以早一点回来，就提前准备了花，但是……"

周槿心中有愧，就摸了摸马达的脸，说："我逗你的，今天不晚了，咱们都累了，早一点睡吧。"

他们很快洗漱完毕，上床休息了。马达向周槿求欢，现在，因为短暂的分离，两个人已经如火如荼地胶合在一起，就像是两条交配的海蛇，在床上扭曲着、翻滚着，嘴里吐着狂乱的芯子，嘶嘶叫着。而周槿在一阵紧似一阵的尖叫中，发现自己把马达想象成了王强的脸和身子。这是她从来没有过的，她叫得更恐怖，也更快活了。

早晨，马达先醒来，这个时候他产生了一种幻觉，在一刹那，周槿熟睡的身姿特别像那个在这间屋子里喋血的女人，是一具接近完美的尸体。他吓了一跳，再仔细地定睛一瞧，躺在那里的人分明又是周槿。

周槿很快也醒了，在马达看来，周槿这个时候的样子，是她最丑的时候，她的嘴里还有昨天吃下的食物发酵的气味，她却喜欢马达在这个时候不刷牙和她接吻。

马达没有吻她，因为周槿显然有话要和他说。"我想了一个晚上，马达，现在我告诉你，我想先和你分居一段时间，我要住到学校的宿舍里去。"

马达愣住了。他从来没有想到周槿会在这个时候、以这种方式和他谈到这个问题。"我还没有刷牙你就谈正事了，你是当真的吗？"

周槿蓬头垢面地仰脸看着他，抠了一下眼角的眼屎："当然了，你说呢？我是认真和你说的。"

马达稍微犹豫了一下，赌气地说："好吧，我同意。你什么时候到你的宿舍？你不会今天就不回来住了吧。"

周槿："对，我今天就不回来住了。"

马达沉思了良久，突然发火了："给我个原因和理由。你到底想干什么？我们未来会怎么样？"

周槿："没有原因和理由，现在，我只是想静静地一个人待一段时间，把自己的事情想好。我对两个人天天在一起，开始有一些不适应了。请你给我一个空间，哪怕是暂时的，好不好？"

看着周槿请求的目光，马达同意了："好，好好——我也不适应了呢。咱们都清净清净也好。早餐还是牛奶面包煎鸡蛋，行吗？吃完了你再走行不？"

二十一

　　周槿说一个人住一段时间，她当天真的就住到学校给她的一间宿舍里去了。马达对他们之间的这个突发的变动，一时从心理上和感情上都没有反应过来。一个多星期以后，他才明白，周槿可能准备离开他了。

　　这是马达最想不通的一件事情。当初他们两个人的周围都有如云的追求者，他们谁都没有选择，十分坚定地要和对方在一起，就像是磁极的相互吸引，压抑不住地要彼此吸引并且牢牢地咬合在一起，为此，他们等待了好多年，终于在一起了，过了几年快活日子，现在，他们却要分开了。

　　这就像是一个著名女作家的一篇小说，讲的是一个女人爱上了一个男人，当他老了的时候终于嫁给了他，但是发现他已经不是当年的他了，或者她爱的那个他只是存在于她的想象中，于是这个女人又自己一个人过了。

　　马达感到十分迷惑，他一直觉得他们过得不错，感情也相当好，对很多人都说自己的婚姻很稳定——即使有一对讨厌的岳父岳母，可是为什么现在周槿却要暂时分居？他想不明白，就给周槿打电话，因为他们只靠着电话联系。

　　"周槿，你到底要干什么？回来吧。"马达央求着，"这个星期我都没有睡好，没有你我睡不好觉。"

　　"我……要好好想一想我们的关系，我们的未来，我们应该……"周槿吞吞吐吐，就是说不明白。

　　"周槿，你不会离开我吧。"马达有一些急了，"我觉得你有别的想法。你为什么要和我分居？是不是要和我永远分居？我不明白你到底要什么。"

　　"你一直都不知道我到底要什么……"周槿没有直接回答这个问题，显然她的意思是各种可能都会有的。

　　"是不是你外面有人或者网上有人了？要真的是那样，我一定和你分开。"马达试探性地问她，"我不和任何人抢东西。你要是外面有人了，我立即和你分开。"

　　"嘻，"周槿在电话里轻蔑地一笑，"你才网上有人呢。女人比男人要忠诚，而绝大多数男人都是花心的。"

　　这个时候，电话两头的两个人的脑海里分别浮现了王强和米雪的脸，但是在内心之中，两个人都迅速地否定了他们。对于周槿来讲，回到北京，她才发现王强对于她来讲是那么遥远，王强可能仅仅是一个外在的呼唤，他是那么虚幻，就像是海市蜃楼一样遥远。即使她需要王强，那也是她要的一种拉力，来把她从她的婚姻中拉开来的那种可以暂时利用的力量而已。而对马达来讲，突然想起了米雪，倒是令他吃惊，为什么这个时候我会想到米雪呢？难道我会和她发生一些什么吗？我的正在变化的生活，和米雪又有什么关系？

"你还是尽快地回来吧，我一个人睡不好，也睡不着。再说，我习惯了你的身体——我太需要你了。"

"如果你仅仅是因为要解决生理问题的话，可以去性商店买一个女性性义具，我同意你去买，但是你不许嫖妓。明白吗？尤其是别去东三环所在的那条街上找街边妹，那些女人都带艾滋病毒的，脏死了。"

"我操，周槿，你是我的老婆啊，你还劝我买性义具，我简直都恶心坏了。我还是等你回来吧。"

"等我想明白了再说吧。"周槿就挂断了电话。

马达在上班的途中确实要经过一家性用品商店，过去马达和周槿在逛街的时候，经常路过各种各样的性用品商店，这些商店的门脸都不大，但是里面的东西却特别丰富，完全是人类性文化的集中展示。这样的性商店是九十年代早期开始在北京出现的，马达当时就觉得奇怪，因为有时候中国是很开放的，就像是现在电视上经常做的关于妇女卫生巾的广告，里面有很多几乎是性骚扰的画面和广告词，可是居然没有人说。那个时候，周槿被马达拉着，走进过这样的商店，在马达的解释下，周槿算是弄明白了那些看上去很奇怪的东西的用途，像各种锁链、性义具等，但是即使马达再三请求，要和她玩床上互相捆绑的游戏，周槿就是不愿意，她觉得自己是东方女人，不玩那些淫荡的游戏。

马达再去网站上班的时候，果然若有所思地走进了那家性用品商店，拿了一个叫"取精器"的女性性义具，觉得这个东西做得真是惟妙惟肖，很像是女人的那个东西。不过，它已经被简化成了一个通道。他犹豫了半天，看到最便宜的标价二百多块，还是买了一个，心中涌起了一种对周槿的恶毒的快感。

周槿在宿舍里住了一段时间，确实觉得非常自由和自在。现在，再也不用给马达做饭了，自己想吃什么就吃什么，晚回家也可以不用打电话了，这样的生活好久都没有体会过了，周槿过得相当愉快。

周槿当然不会回去，重要的是，她以分居并且住在宿舍里这第一步，来走出离开马达的后面的几步。既然第一步已经走出来了，那么也可以促使周槿义无反顾地走出后面的几步，毕竟和自己好不容易才建立的婚姻告别，是需要很大勇气的。需要理由，需要机会，也需要力量和非理性。她现在还没有弄明白为什么自己现在这么想离开马达，也许这样做仅仅是为了报复自己。

周槿也可以没有顾忌地接听王强给她打的电话了。在单身宿舍，她可以长时间地接听来自王强的甜言蜜语。王强见不到她，每天就通过电话给她倾诉衷肠，那些发烫的话一阵阵使她激动和甜蜜。不管未来如何，她首先要坚定的就是用王强的外力，来推开马达的吸引力。谁都知道，要是想告别一个人，最好的办法就是赶紧找一个替代的人。可是，王强是那个替代的人吗？现在要回答这个问题还太早，周槿还不能够完全确信，需要从他的表白中去仔细体认。

而马达则惶惶如丧家之犬，他无法适应没有周槿的生活，现在，当周槿从他的生活中暂时离开的时候，他每天都想着周槿的很多好处。不过，他已经感觉到，周槿就要从他的生活中永远地离去了。

很快，2000年的春节要到了，马达和周槿商量他们到谁家去。往常这个时候他们已经准备好要出发了。

"今年我回我的家，而你回你的老家老河口，或者你就在北京待着吧。我不管你了，"周槿看来已经把这个问题想清楚了，"我想一个人到父母身边过个春节。"

马达明白她的意思了，今年过年她不希望他去她的武汉父母家了，往常一般他们今年到你家，明年到他家，互相换着来。

"你到底要干什么？是不是真的想和我分手？"马达十分生气，"过年都不愿意和我在一起，我就不明白了。"

"马达，你给我一点时间好不好？让我把这个问题想清楚。回家正是想清楚这个问题的好时候。等过了年，我就有答案了。"

"那你最好快一点想明白了。"马达十分恼怒地挂了电话。

而他不会知道的是，周槿已经同意王强以同学的身份，在过年的时候去他们家看她。周槿这么做，实际上是为了叫自己的父母看一看，王强是一个什么样的人，听一听他们对他的评估，以免以后真的走到一起去了，让父母亲没有任何心理准备。

周槿还有一个打算就是在过年的时候，好好地和父母亲商量一下自己未来的生活，包括是否决定和马达最终离婚。在人生最紧要的关头，父母仍旧是她最亲近的人，这是她后来才发现的。

二十二

　　年关像是一个注定的命运那样来了。北京的冬天显现了它特别北方的一面，就是十分肃杀和寒冷。大地上的植物已经完全裸露了，凄清的景象到处都是。似乎好久没有这么冷过了。

　　马达仍旧在网站编发和策划报道新闻。他得到了可靠的消息，涉及金额数百亿元人民币的厦门远华特大走私案今年春节前就要宣判了，所以得提前组织一些资料。可是后来，马达又听说可能下半年才能够宣判，而对全国人大常委会原副委员长成克杰的调查已经有好长时间了，也会在今年宣判，可能死罪难逃。此外，一种治疗阳痿的药"伟哥"即将在中国全面登陆；很多企业争着要到美国的纳斯达克上市；马达还策划了一个关于山东为什么出像是张瑞敏、彭作义、张继升这样的大企业家，而广东的民营企业家却纷纷落马的专题报道；三本叫《哈利·波特》的书开始走俏，而今年大街上流行的还有各种各样的CEO，据说蹬三轮车的人的名片上也印着"车行CEO"的字样，至于各种".com"就更多了，连一些厕所的后面也加上了".com"，否则据说上的人都不多……

马达出生在湖北一个叫老河口的城市里，这是一个不大的城市，因此当年周槿的父母反对他们在一起的其中一个理由，就是马达不是出生在武汉，而是出生在湖北的一个小地方，坚决不同意他和周槿的恋爱关系。后来马达毕业后去了北京，变成了一个北京人，周槿的父母才多少觉得这个问题不算是一个问题了。

而且他们还觉得马达这个名字就不好。"叫什么不好，非要叫马达？让人一看就想起汽车的马达！"

于是周槿就希望马达改个名字，马达很生气："我就是喜欢叫这个名字。马达马达，意思是我可以像马一样，自由驰骋到达任何地方，多好的名字啊。"

马达过去特别痛恨一些武汉小市民的那种思维和对生活的态度，凑巧的是，周槿的父母恰恰就是这样的人。马达记得，在他和周槿刚刚结婚的那一段时间，他们来北京和马达、周槿住了一个月，之后，马达借报社的一间地下室和周槿完的婚。那个光线十分昏暗的地下室，却是马达和周槿彼此安慰的安乐窝，他们特别喜欢那个地方，在那间地下室里，他们度过了最美好的一些日子。

周槿的父母来北京，被马达出钱安排到了一家宾馆，平时都是马达陪着，他们整天对马达说的就是男人一定要有大的事业，要有房有钱，还举例子说他们认识的几个武汉大学的教授，谁谁光卖字编书，几年下来也买了一套大房子等等，企图阻止他们的婚姻关系。周槿的父母说这些的时候，马达的脸色十分不好看。这显然是在说马达的条件太差，没有足够的经济能力，安排好他们的宝贝女儿的生活，这样给马达很大的压力。马达觉得十分难受。不过那个时候，周槿还很反叛，好像就是处处为了和父母亲唱反调似的，父母亲说让她出国，她就是不考托福；父母对马达的条件不是很满意，周槿就说非马达不嫁。

现在，周槿似乎觉得世界上最爱她的人仍旧是她的爸爸妈妈，无论他们怎么有些过分地安排她的生活，他们也是为了她好，而和马达的关系到底该怎么样，周槿要和自己的父母当面商量再做决定。

马达给父母亲打了一个电话，说自己不回家过年了，就在北京过节。马达的父母都是普通的市民，现在也全都退休了，以前在家里打打麻将、练练气功，后来什么功都不练了，只是跑跑步。

"你不回来过年，家里特别沉闷，你弟弟在广州，他也不回来了，家里就我们老两口，过年多没意思啊。你还是回来吧，北京又冷，再说，年夜饭你在哪里吃呢？我们放心不下，你和周槿闹别扭了吧？"

"没有，我们关系好着呢。"马达撒谎说。

"她还整天想着出国？"显然，马达的父母对这个问题一直也不放心，"好端端的日子不过，出国干什么？现在的女孩真是够呛，不知道她们到底要什么。"

"没有了，她不想出去了。"

"就是，出国干什么呢。你们赶紧要个孩子吧，有个小孩，日子就彻底过踏实了。你还是回来过年吧？"

但是马达对父母仍旧表达了不回家过年的想法，因为一想到要和成千上万的人一起挤火车，他就头疼得厉害，这是中国每年春节最独特的风景。再说，趁着周槿不在，他也难得清净，刚好可以好好安静地想一想自己的未来。

网站的工作似乎越来越忙了，因为招聘来的一些人素质参差不齐，有的甚至完全不能够胜任，马达很快就担任了总编助理的要职，全面负责网站的新闻报道，以及专题的策划工作，工作非常忙。

让他意外的是，米雪在他的点拨下，进步很快，很快就成了一个文笔犀利的记者，采写新闻的好手。当米雪听说他过年不回家的时候，她就主动说："你到我们家吃年饭吧，我父母一定很欢迎。我给他们讲了，你把我带得进步很快。"

"你本来就冰雪聪明，一点就透的。"马达也很高兴。在网站日夜加班，他完全忘记了周槿正在和他闹别扭这件事情，而米雪的处女般的纯净，使他感觉十分清爽，和米雪一起工作，他觉得弥补了周槿带给他的一些不快乐。但是，要到她家去吃年饭，这可不是闹着玩的，这可要好好考虑一下了。因为按照中国的传统，春节和大年夜，都是一家人在一起吃年饭，外人一般是不会请到家里来的。如果请到家里来，那就是一家人，或者是要上门的人了。

米雪似乎看出了他的顾虑："没事的，你别以为你不是我男朋友就不能到我们家玩了，我妈她知道你已经结婚了，就是因为你一个人在北京过年，才特地邀请你——以我的同事和辅导老师的身份，去我们家过年的。"

马达反而有一些不好意思："是我多虑了。那好吧，我一定去。"

二十三

"你说你有可能去深圳？"周槿的父母在大年二十九这天和她聊过之后，为她的想法吃了一惊。

周槿告诉了他们，自己准备和马达离婚了。对于周槿的这个选择，周槿的母亲很支持："我早就给你说了，马达这个人不适合你，你不听。好在现在回头还来得及。他一个老河口人，想和我们武汉人攀亲戚，我们总是别别扭扭的。再说，你是研究生，而他是一个本科生，虽然是同学，可是差距越来越大，你们以后不会好的。"

"是不是研究生倒是无所谓，关键是，我觉得他并不是特别爱我，我要找一个真正爱我的，而王强已经等我好多年了。"

"这个王强是个什么人？"周槿的父亲没有发表看法，谨慎地问，"再说，你和马达还没有分开，王强就来家里，不太好吧。"

"我还不是为了叫你们看看人。人家当天就走，也不在咱家住。"

"那王强也是一个研究生了吧？我看可以来家里玩玩嘛，

没什么的，再说我们也可以见一见，给女儿参谋参谋。他什么时候来家？"

"他明天一大早就来家里看我，你们会见到的。"周槿说，"然后明天下午他就回长沙了。"

"那就好，不过，先别让你的舅舅们看见了。"周槿的父亲想得就多一些，"感情这个事情，一定要处理好。没有把握不能见亲戚。"

大年三十就这样猛然来到了，一大早，马达醒过来，发现屋内的所有植物全部都在疯长，比如他们养的龙血树、金橘，都长成了高及屋顶的大家伙。马达猜想，过去过年，都是他和周槿在一起的，今年只有马达孤独的一个人，那么，一定是那个看不见的"贝贝"以为他和周槿又吵架了，开始发威了，让屋内所有的植物疯狂地生长。这个"贝贝"，你真的存在吗？难道，你看不见周槿的身影在屋子里活动，就格外想她了是不是？你真的存在吗？

马达看着屋内的植物和花卉，感到很伤感，因为他们是由于喜欢花而在一起的，当他们分开的时候，这些花怎么办？是不是花都是通人性的，它们也在为自己的命运担忧，才这么疯狂地生长？马达想不明白。

米雪很快就给他打来了电话，约好让他下午到朝阳门外她家吃饺子。"吃完了饺子，我们一起去顺义放礼花和鞭炮，我老爸开车，我们一起玩个痛快，我好久没有放鞭炮了。"米雪似乎十分兴奋。

"好啊，太好了。"马达也很高兴。

但是马达仍旧牵挂着周槿，和米雪通过电话，他立即给周槿打了一个电话："老婆，你怎么样了？咱爸妈都好吧？"

电话那边传来周槿欢快的声音："挺好的，我和他们都挺好的。你呢？最好找几个朋友一起过年吧，别太孤独了。我在忙着呢，就不和你多说了。"

周槿那边抢先挂了电话，马达似乎有一些失落，看来周槿一点也不想他。于是他决定真的到米雪家去过年了。

此时周槿正在家中接待王强呢。王强是湖南长沙人，他一大早就抵达了武汉，周槿在机场接的他，他们没有立即先到周槿家，而是到宾馆开了一个房间，在宾馆里幽会了一场。

这是王强和周槿第一次如此短兵相接，王强渴盼得到周槿的肉体，在大年三十的上午，终于在武汉的一家小宾馆里得到了。他们彼此都非常渴望这样的相逢，在床上折腾得十分热烈，而周槿也把自己两个月没有和马达过性生活的激情，全都喷发出来了。肉体的狂迷与精神的缠绕，是他们相聚的目的。

当王强带着她去宾馆登记房间的时候，周槿一开始确实犹豫了，因为毕竟自己现在还是马达的妻子，但是当王强抱住她的时候，她忽然想，也许马达不定和谁正在亲热呢，一阵反叛的情绪涌了上来，于是内心涌动着对马达的怨恨，和对王强的怜爱之情，就顺应了他。

在宾馆的大床上热火朝天地待了一个小时，这期间周槿靠着自己内心之中对马达的怨恨，才战胜了她在王强眼前裸露身体，并且向他奉献自己的心理困难。之后，他们就退了房子，然后来到了周槿家。

王强此行主要是为了和她的父母认识一下。他的时间安排得很紧：在她的家里吃大年三十的午饭，之后就赶下午的飞机，再回长沙的家中和父母一起吃年夜饭。

他这样安排就是为了既显出对周槿的关心和不同一般的关系，同时又因为毕竟周槿还没有离婚，他还不能够在他们家大摇大摆地过大年，在下午就又离开了，这是王强精心考虑过的。但是不管如何，他已经解除了周槿身体上的武装，这是他最大的收获，他们的关系又进了一步。

王强大年三十出现在周槿家，也是为了告诉周槿，自己打算和她真正在一起，为此周槿十分明白，也很感动。毕竟，王强还没有结过婚，而她已经是婚姻中的女人了。他确实是爱她到了要和她在一起的地步了。

王强给周槿的父母带了礼物，送给周槿母亲的是一块随时监控血压的手表——周槿告诉过王强她妈妈血压高，给周槿的父亲送的是一瓶价值上千元的"拿破仑炮台"酒以及一台DVD播放机，二老简直高兴得眉开眼笑的。

"哎呀，你们是孩子，还这么客气，不必啦，太客气啦。"周槿的父母一边接下礼物一边寒暄着。他们发现王强长得很帅，大眼睛、浓眉毛，个子又超过了一米八，又在银行担任部门主任，月收入上万，此前已经听周槿说他炒股炒得好，已经挣了上百万，而且还有一辆自己的汽车，在他们眼里真是一个好小伙子。

周槿家的年午饭十分丰盛，上的全是湖北特色，最有名的就是各种鱼类和藕汤，全部是周槿父母的杰作。"吃啊吃啊，王强你们是老同学，就别客气，跟在自己家里一样，哦？别客气，不要停，加紧吃，谢谢你来看周槿和我们。"收受了礼物的周槿的父母特别高兴，不停地招呼王强吃饭吃菜。

而王强却总是把目光放在周槿的身上，和她眉目传情。因为刚刚得到了周槿的肉体，他确实在内心中燃烧起了熊熊的情欲的火苗。

显然，这个新年，周槿的心情也特别好，而王强也很兴奋。他在她家里的表现十分合格，周槿的父母给他打了很高的分。在自家的阳台上，周槿悄悄地告诉王强："我爸妈很喜欢你，你看，他们难得这么高兴。"

"那太好了，又一个堡垒攻克了。"王强要吻周槿，但是被周槿躲开了。"别别，他们会看见的。"

吃完了饭，在周槿家休息了片刻，王强说："呀，已经一点钟了，我该去机场赶飞机了。周槿，年后我去北京出差，咱们北京见，再见叔叔阿姨，你们家的饭特别好吃，真的好吃极了。再见了。"他起身准备走。

"好哇好哇，那欢迎经常来家里吃我们做的饭！"他们起身相送。周槿后来把他送到了大街上，看着他坐出租车走了，才回来。

下午一点钟，马达心情郁闷地来到了米雪的家门口。外交官公寓戒备森严，马达上来的时候都被金属探测器检查了，因为这幢大楼中住了很多外交部的副部长，因此警卫就严格一些。

马达按响门铃的时候情绪还是特别低落，当米雪应声开门，把马达迎进屋内，气氛立即就不一样了。

米雪的家特别温馨雅洁，可以看出米雪的爸爸在世界各地都转过，有着从美洲、欧洲和非洲大陆搜集的各种玩意儿，此外有整整一面墙的书籍，这显示了米雪父母亲的知识渊博和职业特点，米雪的妈妈是出版社的一个编审，所以书多。房间里的各种摆设都透露出一种过年的气息，米雪的父母十分欢迎马达的到来，他们很热情，倒茶端水果，使马达立即感到了一种特别的温暖。

"你让米雪进步得很快，她现在的文笔很老辣，都是你的功劳。我听小雪说，你的文章也写得极好。"他们把马达让到了沙发上坐定，身为外交官的米雪的父亲微笑着和马达聊着。

米雪的母亲是出版社的西班牙文编审，也是一位风度翩翩的文化女性，她笑容可掬地说："小马，你会不会包饺子？咱们一起来包吧。"

"我当然会了，阿姨，什么时候开始？"马达跃跃欲试了。

"小马是客人，你也让人家动手啊。"米雪的父亲反对说。

"亲自来包饺子，吃起来才香的。"米雪的母亲笑着说。可以感觉到米雪的家庭特别和谐。和周槿一样，米雪也是家中的独女，但是她一点也不娇气，这和她父母的教育有关系。他们家的气氛和周槿家是完全不同的，周槿家是一副小市民气，米雪家却特别大气儒雅，是典型的知识分子家庭。

"我去洗手，米雪，咱们一起包？"马达起身，问正在盯着电视上的一部动画片看的米雪。

米雪笑了："我都已经洗好手了，来，我带你去洗手吧。"

这个时候，米雪的妈妈已经把饺子皮和肉馅都端到了餐厅的餐桌上，米雪的父亲也挽起了袖子，大家一起坐到餐桌跟前来包饺子。

这种气氛十分和谐美满，马达感到了家庭的温暖。米雪和马达挨着坐，他们开始包饺子，互相笑着，彼此说着话。马达很快就没有了陌生感，他放松了，感觉和他们家融为一体了。

"我看这个王强挺不错的，如果你们能在一起，当然要比和马达在一起好，可是现在你们一个在北京，另外一个在深圳，这怎么办？"送走了王强，周槿和周槿的父母一起评价着王强，分析着周槿的去向。

"要是你们两个以后能一起出国，就再好不过了。"周槿的父亲老谋深算地说，"你说呢，槿槿？"

"米雪，你想好了没有，到底想干什么工作？快毕业了，你也该定下来了。"米雪的母亲说。

"我看她当记者没有任何问题。她对新闻敏感极了。"马达赞许着米雪。米雪的手很巧，包的饺子也很好看。

"要不，去新华社吧，我和他们的副社长是老同学了，应该没有问题。"米雪的父亲包了一个特别大的饺子。

"别什么路都给她铺好了，还是尊重小雪自己的想法吧。"

"那你和马达怎么说呢？他会不会和你离婚？"周槿的父亲有一些不放心。

"我们已经分居一个多月了，他应该明白我的想法。"

"你们之间的经济问题多不多？可别吃亏了，要稳妥一些，你们若离婚了，房子你要要下来，再说，要是他不愿意离婚可怎么办？"

"那，我就通过法院来解决。我现在下决心了。"

"我听米雪说，你在学校的时候，就开始写诗了，也是一个校园诗人，对吧？"米雪的父亲问马达。

"对，不过都是瞎写的。"马达看了米雪一眼，"现在你要是说谁是一个诗人，那就是在骂他是个疯子，是神经不正常。"

"这个情况才不正常，诗才是文学的精华。诗人是时代的歌手！你应该坚持下来才对。"米雪的爸爸很激动，"文学最精华的部分就是诗歌。"

"我爸爸是学法语的，他是法国诗人艾吕雅的研究专家，书柜上面那本《艾吕雅诗选》，就是我爸爸翻译的。"米雪十分骄傲地说。

"噢，那本书我早买了，原来是您翻译的！"马达十分敬佩地惊呼着。

"我那是瞎翻着玩的，外交官才是我的职业啊。"

"晚离不如早离，我和你爸都支持你。"周槿的母亲欣赏着血压监控表，"这个王强，还怪懂事的，头一次上门就给我买了一个好东西。她爸，你说马达头次上门给我们买过什么呀？我怎么想不起来了？"

"哦……对了，他买了一个大柚子，还是个坏的。"周槿的父亲终于想起来了，"对吧？一个坏柚子。"

"也不能光看人家送什么，这不是最重要的。"周槿似乎有一些不满了，"反正我当初嫁给马达没错，现在分开也没有错。"

"对，丫头，是这样，是这个意思。"周槿的母亲说。

"我现在来兴致了，我给你们朗诵艾吕雅的诗好不好？"米雪的父亲站起来，擦了擦手，跃跃欲试。

“你呀，还是把饺子包完吧。”米雪的母亲数落着自己的丈夫，“他就像是一个老小孩，说干什么就非要干什么。”

“好哇，叔叔，我很想听听你朗诵艾吕雅的诗。”马达很兴奋，他也被这样的气氛给感染了。

“爸，妈妈是翻译聂鲁达的，她是不是待会儿也得朗诵聂鲁达的诗啊？”米雪和爸爸逗着趣。

“下一个就是她，谁也跑不了，小马也得准备朗诵。我开始了啊。”米雪的爸爸已经开始朗诵了。

“也不知道马达现在在干什么。”周槿这个时候，忽然想起了马达，“他又不会做饭，他怎么过年呢？”

“你都想和他离婚了，你还操这个心干什么。”周槿的妈妈说，“晚上你的二舅、三舅都要过来吃年饭，家里特别热闹的。你表妹，就是你二舅家的小琴，找了一个华中理工大学在英国留学的博士，春节过后就去英国陪读了。”

“看来，这找男朋友可是关键啊。”周槿的爸爸说，“今天晚上咱们就把王强送的这洋酒喝了吧。”

“别，我要留着给我们的书记，过年送礼的时候用的，最近单位有人事变动。你先别动它。”周槿的母亲说。

“好好！”米雪和马达都鼓起掌来，因为米雪的爸爸朗诵得十分好。饺子已经包完了，米雪的妈妈拿出了一本聂鲁达的诗集：“现在该我了吧，我会比他朗诵得好。”

“你的爸妈真是特别有意思的人，”马达悄悄对米雪说，“他们多好哇。”

“饺子下锅了没有？先把饺子下锅了再朗诵嘛。”米雪的父亲说。

“已经煮上了，怎么，害怕我朗诵得比你好？”米雪的母亲开始朗诵了。

“这里过年还是不让放鞭炮吧。北京管得特别严，根本听不见放鞭炮的声音，一点过年的气氛都没有。”周槿说。

“武汉也一样，不过，很多人不听政府的，该放照放，不放鞭炮哪像什么过年。”周槿的父亲拿出来一挂鞭炮，“你们看，这是什么？”

“来喽，饺子煮好喽，趁热吃喽。”米雪的父亲吆喝着，把一个大平底的托盘端了上来，热气腾腾的饺子已经煮好了。

“小马，你多吃几个，过年不回家，就把这里当家，别客气。带小雪去玩去。”米雪的父亲说。

“小马，吃完了饺子，就该你表演了，你要准备好啊。”米雪的母亲说。

“我也来个诗朗诵吧，我朗诵英国诗人叶芝的诗《当你老了》，行不行？”马达现在很兴奋。

“我们都喜欢那首诗，对吧，小雪。”米雪的爸爸很高兴，“来来。吃中国饺子和喝法国干红，咱们干杯！”

"今天的天黑得真快，这会儿已经看不见什么了。她舅什么时候到？"周槿的父亲看着窗外说。

"马上就到，他们马上就到了，估计就在楼下。不过，槿槿的事情，先不要和她的舅舅、舅妈说，等离婚了再说不迟。"周槿的母亲说。

"有人敲门了，一定是他们。"周槿站起来去开门。

"吃完了饺子，咱们开车去顺义放礼花和鞭炮，小马，你敢不敢放鞭炮啊？"米雪的父亲说。

"我敢的，我不怕放鞭炮，好久没有放鞭炮了，那都是小时候的记忆了。"马达吃完了饺子说。

"反正城市里不让放鞭炮这个事情，还是应该解禁才对，要不，还像个过年的样子吗？"米雪的妈妈说，"天知道那些人大代表，怎么对这个事情这么坚决。"

"咱们现在就出发吧，我都等不及了。"米雪央求她爸妈，"快点吧，你们看，外面早就天黑了。"

"哎呀，就等你们来家吃年饭了，她舅、她舅妈，怎么现在才来呀？快进屋，快进屋！不用脱鞋子了。"周槿的母亲说。

"你看，这些出城的车，都是去郊区放鞭炮的。"米雪的父亲开着车，拉着他们往京顺路上走的时候说。

"路滑，你别开得太快了。"米雪的母亲在前排座位上叮嘱丈夫。

"你看你看！那边已经升起礼花了，好漂亮！"米雪透过车窗，看见了远处高高升起的礼花在高空散开，一瞬间非常璀璨美丽。

马达也看见了，今天他的心情好多了。

吃完了年夜饭，看完了电视上的春节联欢晚会，周槿在自己小时候就睡过的硬板床上睡着了。她梦见自己和王强在一家很豪华的饭店里举行了婚礼，场面十分热闹，而当初她嫁给马达的时候，在北京只是请了有数的几个朋友吃了饭，她都没有披过婚纱，现在，自己在梦中终于披上了漂亮的白色婚纱。

在梦中，这个结婚的场面十分美妙温暖，她像是真正的新娘子一样，走过了红地毯，两边的人不停地往她的头上扔花瓣，花瓣雨飘飘洒洒。

忽然，就在婚宴上，出现了很多的老鼠，在宾客的腿下四处乱跑，场面一时大乱，但是周槿没有发现这个情况，她正把目光放在王强的身上。

但是当她柔情似水地向新郎的脸上看去的时候，发现王强不知怎么又变成了马达，转眼之间，又变成了小时候猥亵过她的那个中学老师，这个发现一下子把周槿吓醒了，她一下子坐了起来，黑暗中，周槿在想，这个梦，是什么意思？

马达和米雪一家子来到了北京的郊区顺义，在一个低密度住宅社区的门口停下来，这里已经有不少汽车了，他们都是来放鞭炮和礼花的。他们下车，米雪和她妈妈待在安全的地方，马达和米雪的父亲拿着鞭炮和礼花，加入了放鞭炮的人群。

　　他们点燃了礼花，在很多人的注目中，礼花向天空的深处炸开，以蓝黑色的天空的幕布为底色，炸开了十分绚丽的花朵。瞬间，大地被照亮，然后礼花向四下散去，一颗接着一颗，礼花不断地升空，没有停息，人们似乎都特别希望今年，2000年是一个好年景。马达站在米雪的旁边，看着米雪像个孩子似的欢呼雀跃，觉得自己也许真的就应该和她是一家人，他从来就没有结过婚，更没有和周槿结过婚，娶的女人一直就是眼前这个美好的姑娘。

二十四

春节的假期很快就结束了，马达大年初五就在网站上班了，而周槿是大年初八才回北京的。

马达下班之后，一进家门，就看见周槿已经坐在屋子里了，简直吃了一惊。他以为她不会回来了。

"你什么时候回来的？也不打个招呼，我以为你要在武汉过大年十五呢。告诉我，我去接你呀。"

"不用，马达，我就是来和你谈谈的。"周槿的脸色很严肃。

"要和我摊牌了？你到底是怎么想的？"马达开着玩笑，想让气氛轻松一些。

"我想清楚了，我们离婚吧。"

马达有一些没有反应过来："你是说我们离婚？"

"对，离婚吧。我想一个人过了。"周槿平静地说。

"为什么？我们不是挺好的吗？"马达确实十分震惊，虽然他几乎已经预料到他们会是这样一个结果，但是他还是没有想到，这个结果这么快就来了。看着眼前这个清秀的知识女性，这个他以为自己已经很熟悉、完全可以把握，甚至永远将属于自己的女人，要离开他的决绝神情，他感到呼吸十分困难。

"过去我们是因为有感情而在一起，比如我们都喜欢花，而现在我们因为感情流失而分手。和你结婚以后，我才知道，婚姻其实十分庸俗，其实和合资公司差不多。我想要很多东西，我想出国，我想要很大的房子，我还想走很多的地方，这些东西你都不能满足我。"周槿丝毫没有停顿地说。

"这太令我难堪了。原来我和你开了一个合资公司。"马达自嘲着说。

"协议我已经拟好了，你看一看，在这里。"周槿递给马达一张纸，马达接了过来看，他说："离婚可以，可我们的房子你也想要哇，那不行，那是我们报社分给我的，不能给你。"

"哼，你看，你也想离婚嘛。"周槿说。

"我可没有想离婚，这完全是你提出来的，而且你还要这套房子，太过分了。"马达翻看协议，"如果你不要房子，我立即就签这个协议。我想，这又是你妈的意思吧。"

周槿被马达说到了痛处："是又怎么样？你就一直看不起他们。你和他们的关系磨合不好，也是我要分手的原因。"

马达冷冷地一笑："是他们看不起我吧。这个离婚协议我不签。我就是不和你离婚，周槿，我就是不离婚。"

"那咱们就法院见。"周槿十分决绝地说。

她起身要走，但是这个时候，马达忽然有一些怜爱在心头涌起，他抱住了周槿，一瞬间他就要答应周槿了，他不想让眼前的这个女人为难，只要她能够觉得幸福，她要什么他都可以给她，自己可以放弃所有的东西，这套小小的房子又算什么呢。但是周槿猛地推开他："你让开，你想干什么？"

周槿的问话突然使马达心生怒气，他一把抱住周槿："我什么都想干——"他把周槿抱着就往床边走，然后把她按到了床上，开始剥她的衣服。周槿挣扎着，愤怒地叫骂着、踢打着，但是马达的力气很大，很快就剥光了周槿的衣服，露出了鲜活的马达熟悉但很快就将陌生的肉体，把她压在了身下。其实这个时候马达心里一直在想，只要周槿停止了挣扎，他就立即收手，但是周槿越挣扎，他就越想征服她。

他按住她，他想强奸犯一定就是这样干的，他压着周槿，开始脱自己的衣服，又脱掉了她的衣服，任凭她挣扎也没有用，果断地让自己的那个东西，很干脆地进入了扭动着的周槿的身体，他觉得她的内部很干涩，一点都没有分泌润滑剂。可是他这一次成功了。周槿这个时候突然泄气了，当一个女人的身体被男人进入的时候，她的精神就会完全地屈从，周槿哭了，而马达在来回地抽送和运动中，渐渐地感到了她身体内部的反应。我不想有婚姻内的暴力，但是你把我惹急了，这是第一次，也是最后一次。马达想着，加快了自己身体的频率。

这个时候，他们都闻到了一种奇怪的味道，这种味道有一点像是凡士林淡淡的气味，他们很快发现，屋内所有的植物都在疯狂地生长着，各种各样他们养的花花草草全都抖动着身体，在暴怒地生长着，发出了一阵阵的喧嚣，释放着白色的烟雾，仿佛时间浓缩了，马达亲眼看见了它们超越了时间的限制，甚至是跑在了时间的前面，迅速发芽开花。尤其是一盆龟背竹和一盆散尾葵，正在疯长，它们迅速地伸出了自己的叶子，覆盖了马达和周槿那咬合的身体。龟背竹那肥厚宽大的叶片，整个地把马达包裹了起来，把他从周槿的身体上拉开，而当周槿叫着要扑向马达的时候，散尾葵那像梳子一样的叶片也卷住了周槿，用一种她完全无法抗拒的力量，把她拉开了。

龟背竹和散尾葵就像是巨大的食肉植物那样，把他们拉开并且控制住。他们挣扎着，但是脱离不了植物的控制，这个场面是惊人的。他们知道，在他们生活中出现过的古怪现象再次发生了，这使他们暂时清醒了，他们两个被植物的叶子围卷着，疲惫地呼吸着，内心中充满了愤怒、羞愧和怨怼的情绪，但是已经无法靠近了。

可能又是那个小东西在作怪，马达想，他真的存在吗？为什么会使植物都变成了能够控制住人的东西？

马达看着周槿，她已经被植物释放的烟雾所笼罩，而这种烟雾中有使人困倦的东西，马达闻到以后，就渐渐地昏睡过去了。

等到马达再次醒来的时候，周槿已经不见了，他躺在地上，地板那上过蜡的气味弥漫在他的脸上。而那些植物，全都恢复了原状，没有任何异常的样子，没有疯长与草叶的喧哗，使马达以为自己完全是经历了一场幻觉。

马达下一次见到周槿的时候，是在法庭上。周槿是决意离婚了。但是马达就是不愿意放弃他的房子，他认为那是他的房子。而周槿认为房子两个人都有份儿，她也坚决不松口。

　　两个人在法庭上进行了简单的陈述，周槿的离婚理由就是两个人性格不合，而马达就是不同意离婚，他说，他们的感情很好，是周槿的父母挑唆他们离婚的。

　　法官当庭宣判，驳回离婚诉状，不予离婚。法官说要他们再好好考虑考虑，因为他们很年轻，应该珍惜已经拥有的感情。看到周槿向他投射过来的令马达不寒而栗的仇恨的眼神，这个时候马达突然有一些后悔，他觉得其实自己为什么要和周槿赌气呢？她要离就离呗，为什么不同意呢？但是法官已经宣判了，已经晚了。

　　出法院门时，周槿愤愤地对马达说："半年之后，我还会起诉你，我就是要和你离婚。你别想拖着我。"

　　马达唇枪舌剑："我就是不同意离婚，半年之后也一样。"

二十五

　　显然，马达现在认为自己是一个失败的男人，当周槿现在从他生活中消失的时候，他慢慢地咀嚼和消化着这个事件给他带来的影响，他发现，自己已经十分沮丧了。而这也反映在他养的一些花的身上了。

　　而在网站没日没夜地上班和加班，对网络的新鲜也渐渐淡去，如果网站的工作仅仅是一个生计，那也会没有意思的。现在，他对网络最为不满的是，网络就像是一个黑洞，它不断地吞噬着信息，以至于这些信息完全消失了，不存在了。这在他带着编辑部和策划部策划采写的大量的新闻作品里就可以看出来，这些文章被他们辛辛苦苦采写来，贴到网上之后，最长的一个星期之后，它们就不见了，你再也找不着了。这完全不像是在诸如报纸之类的传统媒体上，刊发的文章几年或者几十年之后，你仍旧可以很快在资料室中查到，而网络上因为信息的洪流极其巨大，不可能把所有的东西都存入磁盘，所以信息被一个看不见的黑洞所吞噬，并且消失了。

　　这个情景使马达产生了一种虚无的感觉，他觉得自己变成了一个不断地向幽深如枯井的洞穴里投掷石块的人，而他再也看不见他扔下去的石块了。他永远也无法把这个黑洞填满，就像是西西弗斯一样，西西弗斯把石头推向山坡，但是石头很快就又滚落下来，他必须再次把石头推上山坡，这样永远都是这个局面，没有停歇的时候。也许有一天，他自己也变成一个石块，然后消失在这个看不见底的网络黑洞中。

在他的梦境中，有一次他变成了一个词，飞速地在网络的空间里飞行，然后被一种看不见的巨大的力量撕扯成细碎的东西，消失在黑暗的网络空间中了。这个过程即使后来回忆起来，也是很清晰的：一开始他这个词还和一整篇文章咬合在一起，但是在黑暗的网络空间中的飞行，那巨大的离心力很快就让一篇文章分解了一个个的句子，然后又变成了一个个的词组，最后变成了单个的字和偏旁部首，然后彻底地在扭曲的黑洞中变成余音袅袅的碎片，在哀号中消失了。

所以，他对网络渐渐地产生了一种恐惧感，觉得自己是不是在做着无用功，几个月过后，他所有的劳动都消失在网络上的虚拟的空间里了，连同那些新闻报道、评论、特写、图片，全都不见了。那么他都干了一些什么？他存在的生命价值何在？

而且，报纸上有人在讲述自己的网恋故事，马达觉得很荒唐，如果不见面只是在网上恋爱，那人只能通过鼠标和键盘做爱了。而正是在这个时候，国外一个科学家声明他发明了一种可以使女人通过电子邮件就能够达到性高潮的电子传感器，只要把这种电子传感器接到女人的脊椎神经上，就可以通过电子邮件使女人达到性高潮。

这个发明简直太有意思了，马达想，这是网络时代的新的手淫和意淫的手段，肯定会解决那些失意的女人的性问题。但是我们男人呢？我们怎么解决我们的问题？

而周槿也不见了，他们现在已经成了仇敌。他们不再联系了。周槿把她在马达这里的很多的东西都拿走了，衣服、香水，甚至合影照片也不放过。周槿还带走了马达当年写给她的炽热的情书，以及这些情书所记录和包含着的无尽的美好岁月，所有可以使马达联想起他们过去的生活的东西，几乎都被周槿带走了，它们已经越来越少了，除了马达自己的断断续续的一些日记，和她的一些衣物与杂物。

这些日记也被马达自己烧了。当然，马达力争让周槿留下了一些花，那是他和她经营多年的东西，一旦在屋子里没有了这些花，马达会崩溃的。这种情况比深陷网络的黑洞还令人恐惧。

二十六

有一天，确切地说是2月底的一天，春节的过年气息已经完全地消散了，喜庆和寒冬气氛都在渐渐地褪色，大地深处升腾着一种温暖的液体。房间里，迎春花已经开了，淡淡的香气在飘散，花瓣如同黄色的米粒，很纤细柔弱。这花，周槿忘了搬走了，他想。马达就是在这一天，遇到了一件奇特的事情。他在走进家门的时候，发现屋里到处都奇怪地结了一层白色的冰霜，而那些花的叶片上也都是这种冰霜。似乎是暖气没有了，当马达坐在椅子上的时候，更神奇的事情发生了。

他忽然发现，那些平时他和周槿照顾得特别精心的水仙、兰花、牡丹、芍药、火鹤花，先是闪着亮光，然后从叶簇的中间，冒出了白色的烟雾，烟雾很多。当马达惊呆了的时候，里面渐渐地升起来几个穿着白色裙子的小女人，扎着高高的发髻，袅袅婷婷地落在了地上。

看着这些有五十厘米高的小人儿，马达傻了。"你们是什么人？"他觉得自己产生了幻觉，但是似乎这一切又都是真实的。

小人说话了："我们不是人，我们是百花仙子，分别是水仙仙子、牡丹仙子、兰花仙子、芍药仙子和火鹤仙子，我们是来向你告别的。"

马达惊呆了："你们为什么要向我告别？如果你们真的存在，干吗不继续待在我的花里面呢？"

牡丹仙子说："因为原先你和你的妻子周槿都是爱花人，我们得到了很好的照料，所以百花仙子叫我们守护你们，禁止恶灵和邪魔的打扰。"

芍药仙子说："可是现在，你和周槿已经分开了，而你们过去有的那种和谐的乾坤之气，已经全部消散了，这个屋子里没有了我们可以存在的空气，我们就要离开了。"

火鹤仙子说："不过，我们还会回来，但是你必须有爱情，没有爱情的人，是不能够侍弄好花的，如果你有了爱情，我们就会回来。"

她们说完，五个花仙子全都袅袅地上升。马达慌了，站起来："诸位花仙子，你们别走，你们不要抛弃我……"但是花仙子们急速地上升，并且渐渐地化作了一团团白气，消散在空中了。

马达十分慌乱地四下乱转，但是已经找不到花仙子的踪迹了，它们彻底地抛弃了他，而他也发现，他养的这些花，在那些花仙子离开之后不久，已经都迅速地蔫了，枯萎了，叶子全都变成了黑色的干条，他眼看着养的花全部死掉了。

马达惊慌地逃出了房间。

可是去哪里能找到爱情，如果爱情，已经完全离去？马达在大街上快步走着，不知道自己要到哪里去。他发现自己来到了昆仑饭店所在的一条街上，已经入夜了，寒冷的风把人们往家里吹，只有他从家里逃了出来。马达想到网站加夜班，这是今天他唯一的摆脱花仙子离去的恐惧的方法。

路过昆仑饭店购物中心门口的时候，他发现了一个二十多岁的站街女郎，就多看了她一眼。这个女人穿着黑色的大衣，但是嘴唇涂得十分艳丽，她那特别丰满的肉体，在大衣里裹出了欲望喷射的形状，和向男人敞开并且索要的勾引姿态，马达只是看了她一眼，就被她慢慢地跟上了。

在亮马河的桥上，马达转身看见四周已经没有人了，停下脚步问她："你跟着我干什么？"

女人的眉毛向上扬了一下："我想和你玩一玩呀，小哥哥。"

马达犹豫了一下，一种恶毒、孤独、愤恨和想堕落的奇怪心理搅和在一起，使他的身体里在翻腾。"多少钱？"

女人又扬了一下眉毛："你给多少都行嘛，我一眼就喜欢上你了。喜欢上你，不要钱都是可以的，图个快活嘛。"

马达动心了："那咱们去哪里？去我家吧，那里离这里不远的。"

女人环顾左右："我的两个好朋友最近因为到客人那里，都被杀了，所以，我不敢去你那里，还是到我那里去吧。"

"你那里在哪儿？"

"不远，就在燕莎购物中心往东的那边的村子里。你跟我去吧，没事的。"那个女人指了一下燕莎往东的方向。那边好像有一个汽车电影院，马达想。他在犹豫，因为他记得有被这样的女人骗财的事情发生。他觉得十分危险，可能就是有一个危险可怕的陷阱在等着他呢："还是到我那里吧，我不习惯去陌生人的地方。"

女人却很坚决："那就算了。哥哥你这先跟我去一次，以后我认识你了，就可以跟着你走了，今天还是到我那里吧，好不好哥哥？"

马达犹豫了一下："好吧，咱们走。"他下定决心了，即使是前面有陷阱，这个陷阱也没有周槿这些年设的婚姻陷阱那么可怕，有什么可怕的！马达忽然来了勇气，他觉得这个时候有一些悲愤，他想你这个女人又能把我怎么样？

他们拦住了一辆出租车，汽车在燕莎桥边拐了一个弯，就朝东走去，这里离21世纪饭店很近，汽车走了一两公里，路过了那个几乎没有人看电影的汽车电影院，就拐进了一个杂乱的平房区。显然，这里是还没有被征用的郊区农民的房子，全是小巷道，在小巷道里走动着一些身份不明的男女，都是白天生活在城市的夹缝中的人。这里的感觉，和离这里不远的亮马河一带，简直是天壤之别。

那个暗娼指着路，汽车迅速地穿行在小巷中，马达知道这里是即将要兴建的第三使馆区的地盘。马达的心情很紧张，他害怕了，害怕被人跟踪，因为专门有暗娼和警察勾结，抓嫖客罚款，一罚就是五千块。他想，自己为什么会答应她来这里？显然是刚才被这个妓女所说的，她的同伴被杀所产生的同情心打动了。现在他到她那里去，那就等于把自己带入了一个危险的境地，自己很可能被勒索，也可能发生任何事情，一瞬间，所有的可能性都出现在他的脑海里。他感到后悔。但是汽车停了下来。

"到了，已经到了。"那个暗娼下了车，"咱们进去吧。"马达下了车，看见这是一个小院子，他犹豫了一下，就跟着那个女人进去了。

院子里没有人，但是正房中亮着灯，那个站街女郎把他带进了一间厢房，他进去，看见屋内十分简陋，就是一个下等的妓女花几百块钱所租下来的那种平房，只有一张凌乱的床，一个烧煤球的炉子，和简单的生活用具。

这个时候，那个暗娼已经急不可待地脱着衣服："老板哥哥，快脱吧，赶紧上了我吧，我都不行了。"她很快就把自己脱得就剩下了一个奶罩，单腿跪下来，把自己的头凑到马达的两腿之间，急切地伸手去掏马达的那个玩意儿，要去抚弄它。

马达感到自己的东西确实已经硬起来了，但是他却制止了她："你别动，别动。"一瞬间，他有些退缩了，因为这里的做爱环境太差了，仅仅是简单和粗俗的交媾，对于马达来讲太恶心了。

他掏出了五十块钱："我不想在这里干，先给你五十块钱，你给我留一个呼机，我明天白天再呼你吧。"

暗娟很失望："为什么？没事的，我都等不及了，没事的老板，快上我吧哥哥，我不要你的钱了，只想你上了我——"她几乎是央求马达了，往马达的怀里蹭着，淫荡和风骚的气息扑面而来。

　　但是马达还是不想干了，他已经冒险来了，可他觉得自己不能跨过这可怕的关键的一步，他一定要收手了，他把那五十块钱塞给了她。"就这样妹妹，这里环境太差，在这里我有心理障碍，咱们换个地方，我明天白天一定上了你。"

　　他那十分坚决的样子使这个肉弹般的妓女停止了挑逗，她想了想，看到马达的确特别认真，攥紧了钱，写下了她的呼机号码。"你明天一定呼我啊，我们认识了，我就敢到你那里了。"

　　马达收起了写了号码的纸条："好，明天我们再玩儿，好吧？"他就转身出去了。在小巷口他打了一辆出租车，迅速地离开了那里。当汽车上了三环路，他才出了一口气，然后才慢慢地放松了。

　　在亮马河边他刚才上车的地方停下来，他下了出租车，突然有一些后怕，他感到厌恶和恶心，悲痛和迷茫，现在他既不想去网站，也不想回家，更不想在简陋的破平房里和暗娟交媾，他扔掉了那个女人给他留的纸条，他没有去处，也忘了他来自哪里，他十分悲伤，就在大厦的阴影中徘徊。

二十七

3月来临，气温在明显上升，3月15日公共供暖停止以后，屋里有一些凉，但是春天正在以最快的速度来临。这个季节将是鲜花盛开的季节，因为可以看到鲜花开放，过去在这个季节是马达最兴奋和最忘情的季节。

但是今年的春天显然已经不一样了。马达明白，从此周槿将从他的生活中消失了，他们也不会再一起去看杏花、桃花和樱花了，他们不会一起去香山看杜鹃花和野菊花了。他后悔没有立即答应周槿的离婚要求，即使是她想要这套房子，自己当时完全可以给她，又有什么不可以的？我又不是挣不到一套房子。但是这个时候他已经和周槿联系不上了。因为周槿和他从法庭上闹翻以后，就换了手机和呼机，除非他到她所在的学校找她，否则他是无法跟她联系的。他们现在成了真正的陌路人。

马达没有想到周槿会通过法律的手段来解决他们的婚姻问题，所以这个事情是刺伤马达的一个隐痛。

当周槿一开始从他的生活中消失的时候，马达很不适应，一种深深的失败感弥漫着他的全身。他经常有一种呼吸不畅的感觉，胸部老是憋闷。而且，北京这些年越来越严重的沙尘暴，使这个春天变得十分难捱，每隔几天，从蒙古或者河北北部，甚至是从新疆那边就刮过来沙尘暴，北京的天空立即变成了昏黄色，遮天蔽日的沙尘仿佛世界的末日来临，人人都要窒息了。沙尘也无处不在，它非常细小，可以透过密封很好的双层铝合金窗户，然后使屋内的人也仿佛像是被抛在沙滩上的鱼，无法顺畅地呼吸，北京似乎已经变成了一个不适宜人居住的城市。

他没有忘记，周槿仍旧打算半年以后再在法庭上和他见面了，因为法院已经判定不予离婚，要再次起诉，还得等半年。法官的意思是要他们有半年的时间好好考虑一下，给他们一个挽回的机会，因为家庭是社会稳定的细胞，挽救一个家庭，社会就少一分动荡。不过对于他们两个人来讲，这一段婚姻实际上已经结束了。

而当那天晚上他养的花全部都死了之后，他极其伤心，第二天就到莱太花卉中心又买了很多花，像红毛丹、蝴蝶兰、长生草、粉菠萝、龙血树，但是一段时间之后，他发现它们虽然没有死掉，也在渐渐地枯萎，叶子眼看着一天比一天发黄发蔫，了无生气，他知道，这些花花草草迟早也会死掉的。

而在网站，人员来来去去，流动得似乎非常繁忙和快速，在这里干超过三个月的人，已经不多了。马达在编发新闻的时候，有一则新闻引起了他的注意，这是在北京发生的，一个在某建筑工地工作的小伙子，杀害了十四名暗娼。因为他交的第一个女朋友，就是一个暗娼——这个女人欺骗了他，所以他恨透了卖身的女人，就利用晚上加班的时间，用一辆水泥搅拌车，把暗娼拉到郊区僻静的地方，然后就把她干掉。他被警察抓住之后十分平静，他认为自己在为民除害。但是他被判处了死刑，很快就执行了。马达很同情这个人，但是他杀了太多的野妓女，无法从刑法上获得赦免。

马达想起来他那次的经历，现在想来竟然有一些后怕。确实有专门杀暗娼的人，即使这些人是社会的下层人，她们仍旧朝不保夕。

几个月的时间，米雪很快成为网站采访的主力记者，就在几天前，河南焦作大火烧死了七十四个人，米雪一个人去采访，尽管当地的新闻封锁很严，她也想尽办法采访成功，写了一篇分量相当重的报道，被很多媒体转发了。那是特别惨痛的火灾，一家娱乐城的门被老板给封死了，所以里面的人最后成了瓮中之鳖。

而米雪也慢慢地喜欢上了马达，她经常注意着马达情绪的变化，马达的消沉情绪是米雪完全能感到的。"我知道了你的事，金磊总编和我聊天的时候，给我讲了。反正呀，如果一个女人打算离开你，那是很坚定的，很难再回头。你就不要再想着挽回了。"米雪似乎看得十分明白。

马达抬起头，他看着米雪，觉得她可能不会体会到他那灰烬般的失败情绪，这种失败感是对自己多年以来所苦心经营的东西，后来却破灭和崩溃的内心反应。他看到她的发型很奇特，觉得像是从街上的绿化带中间随意移植的一片灌木。

"你的头发很奇特，像是一朵我从来也没有见过的云彩。"

"总编还不满意呢，觉得我的发型太招摇了。"

"咱们喝酒去吧。"马达希望米雪陪着自己去喝酒。

"去哪儿？"

"三里屯。"

他们穿过第二使馆区，路过法语学校静谧的小街，来到了晚上喧闹的三里屯酒吧街，在一家有菲律宾歌手和乐队演唱的酒吧里坐下，马达要了整整一瓶"杰克·丹尼"牌威士忌，要喝个痛快。

"这里的一瓶酒比外面的贵一倍，咱们还是要个一两杯算了。"米雪看着酒的标价，心疼马达的钱。

马达已经打开了酒瓶："管他呢，一醉方休吧。"

米雪把自己的酒杯递过去："你心情不好，我就陪你好好喝。"

"你过去喝过高度的酒吗？"

"喝过，我爸爸有一个酒柜，里面是他从世界各地搜集来的酒，我都尝了。"

"那些酒是什么味道？"

"有的像是马尿的味道，有的像是蚂蚁和盐一起酿造的，有的像是蜡和醋弄在一起的，反正都不好喝。我是个女的，女人天生不喜欢喝酒。"

"你还是一个小丫头呢。"马达看着她，觉得米雪完全是一个小姑娘，尽管为了显示大度和成熟，她会时常表现出某种玩世不恭和豁达的态度，她有时候说话也没有顾忌，会说一些语出惊人的话，但是这个二十一岁的姑娘尽管肉体已经完全成熟，灵魂还没有受过生活的煎熬和锤炼。

　　"我早就成熟了。"

　　"你说的是你的身体，你必须经历一些事情才行。你来例假才几年啊。"马达对米雪的自以为是很轻视。

　　马达的话让米雪有一些生气。"来例假？想一想也有八九年了，怎么，你这么小瞧我？"

　　马达忽然有了一种欲望，一种对米雪的身体的探索欲望，他想抚摩和进入这个开朗的北京姑娘的身体上的每一寸肌肤，还有她身上的洞穴，他眯起了眼睛："你一定还没有和男人上过床，你一定还是一个处女。"

　　米雪的脸红了，也不知道是不是威士忌的作用，她一下子就生气了："是又怎么样，不是又怎么样？"

　　马达感到酒劲上来了："你敢今天不回家，和我在一起吗？"

　　米雪扬头看着他，她把他的这种说法看成挑战、邀请、挑逗和乞求，米雪从这句话中读到了这些复杂的内容，这是一个生活挫败的男人的悲哀的挑战，她扬着眉毛："有什么不敢的，我又不怕你，咱们现在就走。"

　　马达泄气了："算了算了，我说着玩的。咱们哪里也不去。”

　　他们很快就把这瓶“杰克·丹尼”喝完了，大部分都是马达喝掉的，因为威士忌的后劲，马达已经不胜酒力了，他站起来，结账并且吩咐酒吧服务员把剩下的一点酒存起来，就拉着米雪摇摇晃晃地出了酒吧。

　　这个时候才是北京的夜生活在酒吧一条街上真正开始的时候，各色人等，白领、老外、妓女、嫖客、艺术家、骗子和失意的人都来了，他们的喧哗、走动、打闹和静默，形成了酒吧一条街的风景。到处都传出来音乐，有摇滚、爵士乐、乡谣和中国土饶舌音乐，共同构成了北京2000年春天的夜生活的背景音乐。马达的头有一些昏，他被米雪搀扶着，走到了街口才打着了一辆出租车，他执意要先送米雪回朝阳门她的家，然后他就开始把头伸出车窗外呕吐了。

　　吐了一会儿，他发现出租车已经停在了自己的住所楼下，米雪把他拉出了汽车：“我先送你回家。”

　　马达跌跌撞撞地在米雪的搀扶下上楼，还嘴里不饶人地说：“那你今晚就回不去了，我不放你走了。”

　　米雪逗他：“那我还不想走了呢。”

　　上楼梯的时候，脚步踉跄的马达差一点栽倒：“我就真的不放你走了。”说话间已经来到了他家门口，他掏出钥匙，但愣是打不开门，还是米雪夺过钥匙，帮他把门打开。

　　屋里因为停了暖气，显得很冷，进了门，米雪为这不大的房间里到处都是各色植物而吃惊不已：“啊，你这里是一个小型的植物园！"虽然，它们全都是一副要死不活的样子。她把马达扶到了洗手间，让他压着舌头呕吐了一会儿，又把他扶到沙发上，然后赶紧给他倒了茶水，里里外外忙活着。

马达缓过劲儿了，赞许地看着米雪："你这个忙活劲儿，还挺像我的老婆的。"

米雪生气了："我才不像你的老婆呢。她都不管你，把你给抛弃了，你说，我怎么会像她？"

马达漱口喝茶吃橘子，过了一阵子酒醒了大半，看了看时间："不早了，我送你回家去吧。"

米雪有一些古怪地看着他："不是说了嘛，我不回去了。刚才在出租车上，我已经给我妈打电话，说加班今天不回去了。"

马达低下了头，他想了想，还是站起来，他觉得头晕，看着米雪似乎非常妩媚，拉起米雪的手："还是回家……"但是当他把米雪拉起来的时候，他闻到了米雪身上女性特有的香气，那是女人身体本身就具有的香气，不施粉黛但是仍旧沁人心脾。马达就势温柔地把米雪抱在了怀里。米雪似乎就在等待着这一刻，她的身体有一些发烫，马达抚摸着米雪的全身，即使是隔着衣服，马达仍旧能够感受到米雪的柔媚的躯体。他用嘴去吻米雪，米雪已经微微地张着嘴唇等待着他了。

二十八

　　他们慢慢地无声地接吻，这样的时刻对于马达来讲，是和他过去无数次亲吻周槿的时刻完全不一样的，一种内心的柔情又再次在他的心中涌现，他用舌头尖儿触碰、舔吻和缠绕米雪小巧的舌头和牙床，米雪似乎完全被他的含着激情、情欲和淡淡的酒味的吻所融化了，身体颤抖着，蠕动着，还发出了惬意和情不自禁的轻微的叹息。

　　马达用力抱起了米雪，这个二十一岁的女人的身体比较沉，女人的身体如鱼，都是有着特别流畅的曲线，就像是丰腴的山峦。但是她们身上的鳞片到哪里去了？他把她抱到了床上，关了灯，开始脱米雪的衣服。就在这个时候，黑暗中，马达养的各种植物的叶子都在发亮，就像是无数只闪亮的眼睛，在观察着主人的激情。

　　米雪已经任由马达摆布了，她已经丧失了防御的能力。或者她是自动放弃了这个能力，使马达得以从容地脱去了米雪的衣服。她像是一条刚刚从水里捞上来的鱼，呈现在了他的面前。显然，无论是乳房还是幽深的小腹，米雪的身体都给马达一种纯洁无瑕的印象，从米雪桃子般的乳房的形状，和有着鲜艳嫩红色泽的乳头看来，她的身体肯定没有被男人粗暴地或者细腻地探索过，这很可能就是处女的躯体。因此，面对一个无辜的少女，马达似乎有一些畏缩不前，他有一些不敢亵渎眼前美妙的身体，但是他的身体里的召唤，使他再次向她的身体靠近。

……

他们用了好长时间才平静下来。平静下来后，米雪似乎才感到了恐惧，她把头埋在马达的怀里，竟然抽泣起来。

"别哭，别哭，是不是我把你弄疼了？"马达抚摸着她的肩膀，哄劝着她。米雪摇了摇头，她的心情和表情都很复杂。他觉得床单似乎有一些异样，帮助米雪盖上毛毯，打开台灯，发现床单上有几片梅花花瓣般鲜红的血迹。显然，米雪是一个处女，而她的哭泣就是为了哀悼她处女时代的结束。

这个结束者就是马达，她心甘情愿为之奉献的男人，一个在婚姻和冷漠的城市的双面夹击下，无处藏身和悲观无助的男人，米雪这样做就是因为一种怜悯，一种善良女人共有的怜悯和爱，而用自己的身体去分解他的忧愁，去获得对自己的体认。是奉献也是索取，她索取了自己走向成熟的第一把钥匙。

马达抚摸着米雪滑嫩的肌肤，这样的肌肤仍旧闪耀着电火花。他们这样在床上好久都没有动弹，而马达的内心渐渐地涌现了一种懊悔，他担心他和米雪的事情来得太快了，他还没有完全消化周槿带给他的痛苦，就又迎来了另一个女人的激情，而这个女人，她刚才还是一个处女。

处女是很可怕的，因为她将牢牢记住第一个破坏她的处女之身的男人，而马达对于米雪来讲，就是这样的男人，所以马达在激情过后，心情十分复杂，他没有把握认为自己将是一个会因为今天的激情，而对米雪负责的人，他还需要调整自己。

米雪不哭了，她可以感受到马达的疑虑和忧愁，马达的怀疑和软弱。"你害怕了？我不会缠着你的，马达。"米雪似乎看出来他在想着什么，"你就认为我们之间什么都没有发生好了。"

马达亲吻着米雪的嘴唇，那里有一丝淡淡的甜腥气息，显然刚才的激烈交合使她的嘴唇出了一点血："我喜欢你，米雪，你也知道，我们这样迟早会发生。"

"可是现在你还没有离婚呢，不知道会不会对你的离婚有不利的影响——我的意思是如果你的妻子周槿知道我们——怎么办呢？"

"她？我猜想，她肯定有情人，或者追求者，她是一个特别稳妥的人，如果没有外力做后盾，她是不会这么坚决地要离婚的。她已经离开我了。"

米雪很温柔和同情地抚摸着他，把脸贴在了他的肩膀上。这个时候米雪突然看见了什么："你看你的花！"

马达向自己养的那些花看去，发现一些花已经奇迹般地开放了，甚至最难开放的一盆仙人掌，也开出了鲜红的球形花。屋内到处都是花团锦簇，他明白了，在他的这个房间里，他必须找到爱情，阴阳调和乾坤安稳，他的花就能够开放，即使是那些花仙子已经离他而去。

　　但是这个时候，从屋顶闪出了一线白光，马达看见几个穿着白裙子和各色裙子的小仙女，好像就是过去曾经离开过他的那些花仙子们，又沿着那一束光，瞬间进入了花卉的内部。

　　马达想起了花仙子说过的话，如果爱情来临了，花仙子还会到来。

二十九

确实，就像是马达所说的那样，没有外力的作用，周槿怎么能有这么大的力气来立即实施离婚这件事情呢？不过，马达并不关心这个问题、这个人是谁，他只关心自己是不是还爱着周槿。马达和米雪在一起之后，马达觉得自己对周槿的感情正在迅速地崩溃，崩溃的速度连他都感到吃惊。

不过他所养的各种各样的花又奇迹般地活了，这是一个很好的安慰和兆头，马达算是心情多少好了一点。但是，只要是他一个人独处，那种失去婚姻的疼痛就在他的胸口翻腾，使他坐卧不安。

而在这个3月，在马达和米雪在一起的同时，周槿和王强激情澎湃地在北海的海滨见面了。

王强本来在年后要到北京出差，但是周槿认为这个时候他在北京出现，万一被马达察觉，会对她特别不利。两个人在电话中商量来商量去，终于决定在两个人都有时间的时候，在北海相见了。他们就住在能够看得见海边漂亮的银沙滩的风景的一家小酒店里，这家酒店的名字叫作"银滩酒店"，是王强先到的，他们在酒店中碰面之后，按捺不住彼此的渴望和需求，立即脱衣上床了。

一对男女，如果没有床上的激情，从而在他们的身体上打下情欲的烙印，他们就不会深入地走进对方的生活和记忆。任何男女关系都是发乎心、止于肉体的，这是王强的看法，所以，春节之后，他就在电话中和周槿倾诉着衷肠，一面无数次地想象着他和周槿见面的这个时刻。

周槿在和马达提出离婚之后，即使是还没有真正离婚，她似乎也觉得，自己已经解除了某种禁锢，解除了对马达的承诺，她获得了完全的解放，因此她的身体也是自由的了。这使她很轻松，有一种企图放纵的感觉，所以在春节的大年三十的上午，她和王强就在武汉的一个小宾馆里交媾了。但是当时时间紧迫，而彼此对对方的身体还很陌生，加上王强心急火燎，周槿扭捏害羞，那天的幽会完全是一次热身，周槿只是通过那次匆忙的身体语言，表明了自己对王强的一种肯定、接纳和嘉许。

这一次，当她在宾馆中和王强激情相遇，裸体相呈的时候，再也没有丝毫的害羞，却有着一种寻找补偿的心态，因为就是这样美好的身体，却已经被从一而终的观念束缚得太久了。现在，周槿比任何时候都要开放，她惊喜于自己内心的这种变化，她要自己主动地寻求欢乐了。

王强和周槿干柴烈火地抱在了一起，他们没有顾忌、没有羞赧，只是想着寻找肉体的狂迷。当周槿的身体完全呈现给他的时候，王强发现，周槿的阴部特别好看，就像是一种半圆的花蕊，或者是半闭的无花果的鲜肉果实，有着淡淡的咸味和甜味，即使她的花蕊已经遭到了她过去丈夫的蹂躏和摧残，也是他的激情所在，他愿意在她的身体和心灵深处继续探索和找寻生命的意义。

周槿在马达之外，过去从来没有和任何其他的男人，有过这种肉体叛乱的经历，现在，就像是为了寻找另外一个生命的出口，把自己压抑的激情全部释放出来，她很主动，也很放肆。她把这次北海的幽会，看作是自己新生活的起点，就像是每一个坚贞的女人的体内，都藏着一个放荡的女人，她在床上以已婚女人的技巧和大胆，引导还有些畏畏缩缩的王强大胆探索，并且用欢快的声音鼓励着王强。

王强一开始被她的美妙的叫声吓坏了，因为这激情的欢叫显然不光会惊动人，也会把所有发情的猫找来，但是他很快就适应了周槿的表现，还把她的兴奋的颤抖当作是自己劳作的结果，就更加勇往直前。

当他们终于安静和松懈下来的时候，他们平躺在床上，说着话，这个时候他们似乎觉得附近有什么东西在爬，而且发出的沙沙的声响，十分密集和恐怖，王强翻身向床下一看，就先是吓了一跳："天哪！这么多的螃蟹！真是太壮观了。"

就在他们的床前，有着无数的螃蟹在爬动着，它们大大小小，从任何可以爬进屋里的缝隙中钻进来，顽强地向着周槿和王强待着的床上进发。

周槿也看呆了，神奇的事情在她的生活中又发生了。"这么多的螃蟹！它们要爬到我们的床上来干什么？"

螃蟹显然无法回答她的这个问题，它们仍旧十分密集地涌来。没有办法，王强和周槿只好穿好衣服，赶紧踩着螃蟹的身体，尖叫着蹚开了一条死伤枕藉的道路，留下了很多螃蟹的尸体，离开了宾馆的房间，到大海边去了。

他们互相拥抱着在海边漫步，对刚才涌来的螃蟹心有余悸。"我觉得，螃蟹也因为我们的激情，而萌发了激情，所以它们都兴奋了。"

周槿沉思着，她觉得现在还不能告诉王强，自己的生活经常被这种神奇的事情所包围着，就是因为她和马达曾经拿掉过一个胎儿。现在看来，这种神奇的现象显然和那个也许并不存在的胎儿没有多大的关系。不过，即使是没有关系，周槿也无法解释自己生活中发生的这些离奇和魔幻的事情。

"我的生活中总是会出现这种奇怪的事情的，好在一般我都不会受到伤害。你以后要有所准备啊。"周槿给王强讲了自己生活中发生的一些古怪事情，像是她和马达吵架时，屋内植物会疯狂生长等等。

王强觉得很新鲜："你真的很神奇，为什么这些事情会发生在你的身上？那么，我简直是在和一个仙女，或者妖女在一起了。"

"你才是妖怪呢。"周槿嗔怪他。

海边的海风特别大，周槿觉得有一些凉。这里的天气特别好，植物和树木全都是热带和亚热带的种类，像棕榈、椰子树、枇杷树等，是完全不同于北京的景观。周槿和王强在海滩上被海风包围了。

"我丈夫不同意离婚，法院没有判离，要等到半年以后，我才能够继续上诉，通过法院解决。我们这次见面，我的意思就是，你别等我了，等到有合适的，你就结婚吧。"周槿对王强说，她说的是真心话，因为叫王强等她，似乎没有理由。

"我当然会等你的，半年又不算长，我等你，等你能够完全和我在一起的时候。"王强很坚定地回答她。

他的回答既在意料之中，也是周槿的内心所期待的，因为现在，只有王强每天通过电话传给她的热烈的话语，才使她有勇气面对自己正在离婚这个事实。他是她现在情感的唯一支撑。

"没有你，我确实都无法面对我在离婚这个现实。"周槿摩挲着王强的手，看到远处的大海上，有一些帆船，"我真的很需要你。"

"我们去租一条船，到大海的深处去看看吧。"王强看着海风把远处的树林吹得发出了一阵阵的喧哗声，这么提议说。

"好啊，我们怎么到海上去？可以租到有船工的木船吗？"周槿对这个提议显然特别高兴。

他们租了一条木船，往大海的深处而去。当木船在两个船工的摇桨之下，渐渐地离开了海岸，进入大海那柔软和蔚蓝色的深处时，周槿的心情十分愉快。这是她感到最快乐的时刻了，因为她已经完全地解除了自己无论内心还是外部的禁锢和规则，彻底地获得了心灵和肉体的自由。她把脸朝向天空，阳光十分强烈地铺洒在她的脸上，她现在觉得心旷神怡，在蓝天之下和大海之上，彻底融化了，就像是在性交时的高峰体验，瞬间，她消失了，不存在了。

王强却和船工聊天，他有时候也学着划船，但是他似乎莫名其妙地紧张一些。离海岸已经很远了，这个时候，就在周槿觉得自己和海天完全融合的时候，王强却说："船老板，往回划吧，咱们回去吧。"

周槿从虚妄中转回来，她没有反对，但也不是特别理解，因为他们只是刚刚离开海岸，还没有到大海深处可能有鲨鱼的地方，船工并没有给出任何危险的信号，可是为什么要回去呢？

等到上了岸，王强才解释了："我们两个，拿着相机和不少的现金，游泳的技术都不算好，万一那两个船工要害我们怎么办？过去在深圳的海边就发生过这样的事情，有一对老人就是为了到海上看看，结果被船工用木桨打昏了，扔进了海里，后来连尸首和凶手都没有找到。"

周槿明白了："你还怪警觉的，不过，出门在外，咱们是应该小心一些。你是对的，现在我明白了。"

王强亲吻着周槿，这是他大学时代的爱情的偶像，他内心深处情感的痛点，现在他从肉体到精神全都拥有了，所以有一些心醉神迷。

"我们回宾馆吧，也不知道那些螃蟹还在不在。"周槿说。

他们回到了宾馆，发现除了一些被他们踩死的螃蟹，所有活着的螃蟹已经全部消失了，要不是留下的十几只螃蟹的尸体，他们会认为自己刚才完全是幻觉。"刚才它们确实来过了。"

"有时候我觉得我们没有什么前途，我不知道我们会怎么样。"在宾馆里，他们温存完，王强忽然感叹着这么说。

周槿很吃惊："你怎么会这么想？难道我们不会在一起吗？"

王强翻身朝向周槿："你半年之后才能够离婚，我却一直想结婚，但是我不知道到那个时候，你会不会再想结婚了。"

周槿有一些不明白："我当然要结婚的了。"

"但是也许你到时候，就不太想再次跨入婚姻的大门了。"

"不会的，"周槿坚决地说，"我过去确实曾经想过独身的，但是这对一个女人来讲太难了，我也想过，你是不是我的救命稻草，我自己问过自己的。"

"你问过你自己？"

"对呀，我一直想，我是不是拿你当了救命稻草，你是不是我生命中的一个过客，结果我觉得我是真心喜欢你，接受了你，我确定了这个答案。但是毕竟离我能够和你真正在一起，还有很长一段时间，所以，我想，今后几个月，如果你真的碰见了合适的，你也可以自由选择。"

"不会的，我就是想和你在一起，永远也不分开了。我等着你。"

三　十

从北海幽会回来，获得了王强的确定无疑的爱情，周槿非常兴奋，她觉得自己走路都在蹦跳似的，特别有劲儿，而学校刚好也给她调了一个有卫生间的独立的房间，所以周槿更加高兴了。

这个房间是因为教育部进行筒子楼改造，消灭高校里条件特别差的没有卫生间的筒子楼，把原来的筒子楼按每个房间，重新加了一个卫生间，这样单身教师的房间就好多了。竣工的时候，李岚清副总理还到学校视察了。但是这种房子仍旧没有厨房，如果你要做饭的话，还是要在门口的过道里支个煤气灶，很多的老师都是这么过日子的。不过周槿现在一个人，她都是在学校的食堂和外面吃，想吃什么就吃什么，也不用自己做饭，十分自由。

可是自己的住处没有花，周槿还是觉得缺了一些什么，毕竟她是如此喜欢花，于是，在3月的一个日子，她去位于老机场辅路的莱太花卉中心买花。那个花卉中心是荷兰和中国合资的，有很多来自荷兰和欧洲的名贵花，过去她和马达最喜欢去那里。周槿准备选几样自己特别喜欢的，结果在那里碰见了穆里施先生。

是穆里施先生先发现了她，当时周槿被这里的各种花弄得花了眼，仔细地研究着几种兰花，穆里施喊了她的名字。

"周槿小姐，你也在选花啊？"

周槿抬头一看，发现竟然是穆里施先生，他一个人，双手提着的都是花盆，买的有水仙花、粉菠萝、金边吊兰等绿色的植物，周槿就知道穆里施是一个养花的外行，他买的都是好养活难开花的东西。

"穆里施先生，很高兴能碰见你，你也喜欢花？"

穆里施白色的头发和胡子，在这个遍地都是奇花异草的地方，显得特别扎眼，也很有风度，他的成熟的魅力是中国同龄男人根本就无法具备的。而且周槿注意到他是一个人来的，没有女人和他在一起，这是为什么？"确切地说，我是喜欢一些草而已。"穆里施大笑了起来，"开花的东西我都养不活的，养什么死什么。我看你选的，倒都是一些开花的东西啊。"

"我从小就很喜欢花的，我侍弄花有好多年了，这方面我可能要在行一些。"周槿提起自己选的花叫他看。确实，她选择的花，开得十分漂亮。

"那太好了，如果你能够帮助我选选花，那就太好了。我的生活最近发生了一些变化，我的妻子和我离婚，已经回国了，她回去的时候，把我们多年养的各种花都给杀死了——我这么说你可能感到吃惊，因为她很生气，所以给花浇了一些可怕的液体，杀了它们，因为她不愿意有鲜花陪着我。现在，我换了一个住处，没有任何植物，所以我就想来这里选一些。你那么懂花，我就想请你担任我买花的顾问了。"穆里施十分高兴，像一个孩子似的大笑。

"那太好了。"周槿显然也很高兴，现在很多人都变成单身了，她有一种交往的轻松感，"我可以胜任你的花卉顾问。"

"而且，我正想和你联系，我还是特别希望你能够来我们公司工作。我对你的情况很满意，不知道你现在的打算怎么样？"

"我再和学校好好谈谈。估计这次差不多了。"

"太好了，周槿，你看，这样吧，午饭的时间到了，我很想请你一起吃午饭，不知道你有没有时间？"

"好啊，我很高兴。"周槿确实十分高兴，"我正愁不知道到哪里吃午饭呢。"

"离这里不远的地方新开了一家叫作'亚得里亚'的西餐厅，是意大利风味的菜，我请你去那里吃意大利细面条好吗？"

"那当然好了。"周槿笑着应答道。他们一起向莱太花卉外面走。

这个时候，马达带着米雪也来到了莱太花卉中心买花。此前，在路上的出租车里，马达告诉了米雪，就在他和周槿闹离婚之后，有一天花仙子离开了马达的家的事情，米雪根本不相信这个奇遇，但是她想起来了："我那天第一次到你家的时候，你的那些花开始都是蔫的，不过，后来一下子变得全部生长得很旺盛了，奇怪。"

马达说："你看，就是因为花仙子又回来了。我一开始也不明白是怎么回事，后来我明白了，那是因为我又有了爱情，又有了你，所以我养的花也就都活了。要是我的生活中没有出现你，那我是养不活花的。"

"难道这感情和花的死活都有着这么大的关系？"

"我过去不相信，现在我相信了。就是有这么大的关系。"

"我想和你一起去选一些花，我想和你一起养花，养我们两个单独挑选的花。你觉得好不好？"

"那当然好了，莱太花卉中心到了，咱们下车吧。"

他们乘坐出租车到了莱太花卉中心的门口，刚要下车，马达忽然看见周槿和一个老外正从里面向外走，他拉住了米雪："慢一点，我看见了一个熟人。"

他们就在出租车里等了一会儿，马达神情冷峻地看着周槿和那个白头发老外拎着大盆小盆的各色花，谈笑风生地钻进了一辆奥迪车，直到那个老外开车走了，马达和米雪才从车里下来。

米雪看着马达的表情："哈，我知道了，刚才那个女的是你的前妻周槿，那个和老外在一起的，对不对？"

马达苦笑了一下："你的眼睛真毒，就是她。呵，搭上老外了，她就是一直都想着出国，这下她快实现自己的目标了。"

为了安慰马达，米雪说："那个白头发老家伙，我看都可以当她的爸爸了，想一想要是她搭了这么个人，怪恶心的。"

"她们学英文的，和我们学中文、新闻的就是天生不同。"

"你们的矛盾都是'中英'之间的矛盾，是中西文化的冲突，是很难调和的，你说对吧？"

"可是周槿是什么时候搭上这个老家伙老外的呢？"马达若有所思，过去他根本就没有见过这个人。

"你就别操这个心了，我们是干什么来的？"

"是来买花的。"

"那咱们就进去吧。为什么不高兴一点？"

"我挺高兴的。我有什么不高兴的？"马达阴沉的脸色勉强好了一点。

三十一

　　周槿和穆里施先生一起在亚得里亚意大利餐厅吃了意大利菜和意大利面条，其间还喝了意大利红葡萄酒，吃了干乳酪和很好的嫩极了的点心，穆里施显然很喜欢周槿，特意向她介绍了西餐的各种特点和吃法。

　　在西餐厅吃饭，环境好而且人们说话的声音也很小，气氛十分优雅，不像大多数中餐厅，都是非常热闹，跟在集市里面一样，而且人人的嗓门都特别大，唯恐旁边的人听不到你说话似的，喜欢大声喧哗。周槿高兴的原因，还有穆里施先生仍旧期待着她能够去他们的公司工作，说可以再给她两个月的时间，周槿觉得有这样一个保证，她就很踏实了。她又动心了。

　　周槿觉得心情不错，也有了全新的生活体验和感受，而这些生活中的新感受，全都是因为和马达分手之后才得来的，虽然他们还没有离婚，但是周槿现在觉得，自己做的是完全对的。没有告别，就没有获得。

　　和穆里施吃完饭，他们愉快地告别，周槿就直接回学校了。但是当她把花拿回自己的单身宿舍之后，发现鲜花很快枯萎了，这些花似乎很不喜欢她这个新的小环境，没有几天的时间，它们就全死了。

她觉得蹊跷，就又去莱太花卉中心买了一些新花，她把它们拿回家，没有多久，它们又都死了，周槿明白，自己已经丧失了养育花卉的能力。可能有一种超越自然的力量，剥夺了她和百花亲近的机缘。

如果她和马达联系的话，马达一定会告诉她花仙子离开他们的生活的事情，但是她现在是不会和马达主动联系的，所以，周槿对自己再也养不活花了而感到了苦恼，如果她获得了自由，那么自由的代价则是她养不活花了。那么如果给穆里施先生担当养花的顾问，不知道还行不行？

马达和米雪的关系进展神速，3月份的下半月，已经是春暖花开的季节了。大地上到处都是黄色的蒲公英在开放，一些地方的蔷薇也开了，海棠花分外妖艳，而紫薇树上都是花朵，梨花开放的感觉像是淡绿色的雪，覆盖在枝头，美丽动人。有些地方的紫藤花也开了，马达就带着米雪，教她认识这些花。

米雪已经给自己的父母亲讲了她和马达的关系进展，而且哄骗父母，马达已经离婚了，她要和马达在一起。

马达对米雪如此操之过急地，提前把这个事情告诉了她的父母，内心之中有一些担忧，因为他虽然已经拥有了米雪的心，但是他还不能够确定自己对米雪到底是一种什么样的感情。比如，他在现在的这个情况下，是不是把米雪当作救命稻草了？他真的要选择和她在一起吗？再说，自己还没有离婚，只是在离婚的过程中。

"你就是把我当作救命稻草，我也无所谓的，我也不愿意离开你，反正你已经跑不了。"米雪对这一点似乎很确信，"你说，你爱不爱我？"

"爱你？当然了，你那么可爱。但是人的感情是很复杂的。"的确，米雪是一个很可爱的小姑娘，但是马达已经经历了一点感情的沧桑，米雪再可爱，马达似乎总觉得米雪不够成熟。

"我姑姑刚从美国回来，我爸要我们在周末和他们一起去外边吃饭。"

"我也要去吗？"

"那当然了，我姑姑还说，小雪，一定要把你的男朋友带来，叫我们看一看。你说，你是不是我的男朋友？"

"是，现在应该算是吧。"马达觉得有一些勉强，生活中总是有一些荒唐的事情的，毕竟自己还有一个法律上承认的老婆，却又有了新欢了。当然周槿也没有闲着，虽然他根本就没有她的消息。

"那，你就得和我一起去见我的姑姑。"米雪不给他留任何的余地。

马达答应了米雪，但他的心里，总是有一种隐隐的后怕，他怕自己有一天会毫无缘由地离开米雪，因为人人体内都有一个更加疯狂的自己，会突破理性的界限，到那个时候，米雪怎么办？他感到后怕——他还没有和一个女人脱离婚姻的关系，就已经被另外一个女人拖向婚姻的牢笼，这是显而易见的。有一天他如果辜负了米雪，自己难道不该有愧吗？毕竟自己是米雪的第一个男人，在此之前，米雪完全是一个没有被开发的女孩，他现在已经在她的生命中完全打上了烙印，这个烙印是已经去不掉了的。马达觉得不知不觉地又让自己陷入了一个困境，而这个困境使他受到了煎熬。

但是米雪的亲戚还是要见的，马达想，于是，在这个周末，米雪和马达，连同米雪的父母，还有米雪的姑姑和姑父，一大家子人，去工人体育场东门的锦都久缘粤菜餐厅一起吃饭。

三十二

　　米雪的姑姑是美国加州大学洛杉矶分校东亚文化系的教授，姑父是一个很有名气的建筑师，出国之前，一个是社会科学院的研究员，另一个是北京建筑设计院的建筑设计师。他们在美国混得都很好，但是尽管如此，也已经有十年没有回北京了，这次回来，对北京的变化之大，还是十分吃惊。

　　米雪的外交官父亲点菜，这是一家考究的餐厅，以粤菜为主。马达听到他向服务员小姐唱菜单："脆皮妙龄乳鸽、浓汤鸡煲翅，再来一个鲍鱼红烧肉、真味砂锅大鱼头、清蒸驴肉、干烧野鸭——"

　　米雪的姑姑皱了皱眉头："哥，野鸭就算了吧，咱们别吃野鸭了，那可是野生的动物——"

　　"好好，我忘了你是最恨吃野生动物的，你现在是美籍华人——那就换一个香酥芝麻藕丝，再要一个锦都小炒皇吧，行了。"

　　"一回来就发现，中国人是什么都敢吃，也会吃。在美国，要不是她经常下厨，我们就只好吃美国的垃圾食品了。我痛恨汉堡包和热狗。美国人胖子真多，女胖子更多。"米雪的姑父说。

"我到韩国讲学，就是不能接受韩国人吃狗肉的习惯。可是他们说那是他们的文化传统，天。"米雪的姑姑喝着茶说。

"那确实是人家千百年的民族传统，在这一点上，我倒是觉得我们应该尊重韩国人。看来狗应该分可以吃的与不能吃的。"米雪的爸爸说。

"没有能吃的狗！"米雪的姑姑尖叫着，"狗都是不应该吃的！"

马达赶紧转移了一下话题："米老师还经常下厨啊，像是辣椒、八角、大料这些中国菜必需的佐料，美国有没有？"

"有，美国的大超市里什么都有，"米雪的姑姑似乎对马达这个问题感到不屑，"光是辣椒，全世界就有很多品种呢，我爱用巴西产的一种小辣椒，巴西辣椒比咱们四川的辣椒还要辣。此外，泰国菜也很辣，人家的辣椒也很好的。不过泰国菜是酸辣。"

"来来，咱们先举杯庆贺一下，一晃都有十多年没有见面了，大家都还不错。"米雪的爸爸举杯，大家一起喝了一口红酒。

菜上得很快，盛菜的瓷盘子很讲究，色香味一下子在饭桌上展现了，大家的食欲顿时全部都出来了。

"他舅，你是不是秋天要去阿尔及利亚当大使了？"米雪的建筑师姑父吃了一口小炒皇之后，问米雪的父亲。

"这个事情还没有定，要去我们全家都得动了。小雪马上毕业，我还是想让她到外面再留学几年。"米雪的父亲说。

"爸爸，你不是帮我在新华社联系好工作了吗？你们现在又让我出国。"米雪抗议了。她知道出国是马达最痛恨的事情，现在不是谈这个的时候。

"她爸想让她去英国，这几年欧洲留学热又起来了，英国的教育我们要更欣赏一些。"米雪的妈妈说，"还是趁现在年轻，多读读书好一些。女人到了二十七八岁，就必须有家庭和孩子，就没有时间学习了。"

米雪的姑姑放下了筷子。"我看小雪还是到我那里吧，这个事情你们就别管了，你们去阿尔及利亚，小雪跟着我在美国读书，就在加州大学念。"她忽然表情有一些难过，"我现在看小雪，她就像是我自己的孩子一样，咱们两家人，哥，现在也就小雪一个孩子了。"米雪的姑姑眼圈都红了。

马达此前听米雪说过，她的这个姑姑有一个儿子，米雪有一个表哥，但是三年前，他在洛杉矶出车祸死了，所以米雪的姑姑特别希望米雪能够去他们家生活一段时间。但是此时此刻，马达听到他们的这种对米雪的安排，感到很不自在，他觉得自己对于他们家来说，现在显得还是一个局外人。另外，马达特别不理解的是，怎么能把米雪的一生，完全就这样在饭桌上设计好了呢？为什么不听听米雪的意见？

米雪似乎敏感地感觉到了马达的心理变化。"姑姑，现在出不出去，我还没有想好，我想先工作个一年两年再说。"她看了马达一眼，亲热地摸了摸马达的手，"马达，你吃菜，我喜欢这里的菜。"

米雪的姑姑这才想起来马达，而她还没有和他说话，就问他："小马，你是学什么的？"

"中文，汉语言文学系。"

"我看，你也好好考托福，和小雪一起来美国，来我这里读书，你们的事情，我都管到底了，好不好？"

"谢谢米老师了。"马达说，"不过，每个人的路可能是不一样的，很难一开始就完全设计好。我很难说今后要干什么。"

"不，人生有时候就像是一个建筑物一样，是完全可以预先设计好的，然后慢慢地搭建。我同意她姑的意见。一开始就明白自己是要干什么的人，比那些没有任何准备的人，要容易成功。"建筑师姑父说话了。

"你们就不听听米雪的想法？"马达有一些按捺不住了，他提高了嗓音，"其实不应该设计一个人的道路的，因为人生的道路上，各种各样的情况都会发生。"他现在觉得人生不光是走上坡路，人生确实有时候是走下坡路的。

"她？她就听我们的，"米雪的妈妈说，"米雪可是一个乖孩子，是不是小雪？小马，我们同意你和小雪的事情，你比较成熟沉稳，我和她爸支持你们在一起，不过，今后的路怎么走，还要慢慢商量着来呢。"

"我听着你们说的话太沉重了，来来，咱们喝酒喝酒！不谈家务事了，家务事都很琐碎的。"米雪的父亲举杯请大家喝酒，"小雪的事情，到时候，还是让她自己拿主意吧。小马，你吃菜。"

"小马，如果你们，你和小雪能够一起来美国，我确实很欢迎，我们在美国，平时是很寂寞的，有你们两个人来了，会热闹许多，这样对我们也好，我们的心情就会好多了。"米雪的姑姑对马达说。

马达点了点头。"谢谢米老师了，这个建议我会考虑的。"他转脸问米雪的姑父，"您是教建筑的，对北京这些年的建筑怎么看？"

一提起建筑，米雪的姑父显然来劲了："北京的建筑？我这两天还专门四处转了转，觉得越来越美国化了，北京的老建筑已经不多了。这还是北京吗？我总是有这样的疑问。祖宗的东西都快拆完了。我特别反对北京建芝加哥学派的那种摩天大楼，但是听说北京也要建什么CBD了。那北京的天际线就算是完了。"

"他就是喜欢咱们的老式建筑。"米雪的姑姑说，"一个恋旧的人。我倒是觉得北京已经现代多了。"

"而且北京的房地产开发量太巨大了，一家公司一年盖的楼，相当于全英国十年全部的新建筑面积。其实建筑质量连人家的十分之一都没有，所以这个速度太可怕了，没有什么好东西留下了。"

"那长安街上的一些戴着红帽子、绿帽子的仿古建筑，姑父喜欢不喜欢？"米雪问姑父。

"那就更粗鄙了，那不是什么'夺回古都风貌'，那是恶心古都风貌啊。"

"我到上海，就觉得上海的建筑顺眼，北京的建筑怎么看怎么土，这老北京快不存在了。"米雪的父亲说。

"上海的建筑是因为它有租界的传统，所以浦东的摩天大楼与上海的文化渊源特别协调，和三四十年代的上海文化联系起来了——那个时候上海就是亚洲最摩登的城市，别说什么香港了，东京都没有人知道呢。而北京的传统和现代是完全割裂了，所以体现在建筑上，也是无所适从的。"马达吃了一口菜说。

"你说得好，就是这样的。"米雪的姑父赞扬他。

"什么叫CBD？"米雪似乎才回过神，问她的姑父。但是马达已经抢先回答她了："就是商务中心区，你看美国和欧洲的一些大城市，城市中心都像是岛屿一样，有一大片集中的特别高的写字楼群，这就是商务中心区，英文缩写就是CBD。我觉得北京还是要盖一些摩天大楼，而且，如果明年奥运会申办下来的话，在北四环以外的奥运村，是要建一座五百米以上的世界贸易中心的。"

米雪的姑父很吃惊："有这个规划？那北京伟大的中轴线，就彻底破坏了。从天坛向北，一路上是前门、天安门广场、故宫、北海、景山、钟鼓楼，这条中轴线多么美丽和凝重！是现在北京建筑文化最辉煌的部分，但是再往北，突然就出来一个五百米高的家伙，啧啧，太滑稽可笑了。"他摇着头，十分遗憾。

"都是官员拍脑袋定下来的，你们建筑学家说了没有用。"米雪的姑姑说。

"咱们就不能聊一些愉快的吗？尽是一些乱七八糟的事情。你们要在北京待多长的时间？"米雪的妈妈问。

"恐怕还要一个月吧。"米雪的姑姑说。

"那可太好了，就叫小雪和小马领你们到处转一转，他们对北京熟，你们已经不了解新北京了。"

"好哇，不过他们也忙，就别麻烦他们了，我们有空自己转吧。"米雪的姑父说。

"没事的，我们有时间陪的，是不是呀你？"米雪摇着马达的胳膊，示意他表态说有时间。

马达笑着点了点头："我们有的是时间陪姑姑姑父。"

"这下我们多了两个向导了，因为我们虽然是老北京，可是新北京我们已经完全不认识了，是得要个带路的。你们能陪我们，那就太好了。"米雪的姑姑很高兴，他们又聊起了别的，一边吃着菜。

马达觉得这顿饭吃得特别漫长，他的大脑在吃饭和聊天的时候已经是四处游走了，不知为何，他的内心产生了一种恐惧，就是对婚姻甚至爱情的恐惧，他刚刚和周槿在离婚的状态中挣扎，又落入了米雪的爱情圈套。不，是你自己自动掉入了这么一个圈套，你可能需要这样一个圈套，你谁都不能怪罪，只能怪你自己，因为你实际上十分软弱，想要的东西也很多，所以，你就这样再次使自己陷入了一个麻烦的境地。米雪本身没有错，她的人生选择也不会有错，错就错在你们的状态完全不同，你害怕再次陷入一种可怕的家族关系里，而这恰恰是婚姻的实质，婚姻就是两个家庭的社会关系的总和。假如世界上只有你一个人该多好哇，但是，这是不可能的，你注定是一条血脉上的一个支流。

他们的这顿饭吃得十分漫长，一共吃了三个小时，而马达觉得都快过了一百年了。但是任何宴席都有散的时候，这顿饭终于吃完了。和米雪的姑姑、姑父他们约好，由马达和米雪陪他们爬长城、上西山八大处，大家才在餐厅的门口告别。

马达要求自己走一走，米雪陪着他，她的外交官父亲和编审母亲坐车走了。马达和米雪就沿着工人体育场东路，向东走去。

"我看你似乎有一些不高兴？你是不是不喜欢我的姑姑、姑父？"米雪挽着马达的胳膊问。

"没有哇，我只是觉得他们不应该把你的人生都设计好了。"

米雪明白了一些："我长这么大，一直是他们设计的结果，我又有什么办法。只是刚才我确实有一些担心，因为如果我出国了，咱们怎么办？我又不想失去你，可是我现在又有这样好的机会，我不知道该怎么选择。"

马达侧脸看着米雪："小雪，你该怎么样就怎么样，你要为自己的前途多考虑一下，不用考虑我的因素。再说，我还没有离婚呢，谁知道未来的事情呢。"

"未来就是无论怎么样，我都要和你在一起。"米雪表情坚定地说。

"你现在还别这么肯定，事情都是在变化着，很难说的。"马达慢条斯理地说，"生活是很复杂的，也是迅速变化的。"

"你老是给我说什么复杂啦变化啦，你就没有确定无疑的东西吗？我是肯定的，你是不肯定的，是不是？"米雪十分生气地一甩胳膊，眼泪都流下来了，她扭身走了。

马达喊了两声，米雪没有停，她一下子就跑远了，马达看着她在路边打了一辆出租车走了。

马达也没有追，他的心情很烦乱，信步走来走去，走到了三里屯的酒吧街街口，忽然有一个人喊他："马达，瞎溜达什么呢？"

他一看，发现是自己的一个好朋友高伟，高伟和几个男女正从酒吧街里面出来。高伟原来在新华社当记者，后来自己下海成立了一家广告公司，已经有上千万的身家了。此外高伟干过很多的事情，最近又开始策划电视剧，是一个特别有意思的家伙，主要是他的性格很豪爽，朋友特别多，不过马达觉得他有一些喜怒无常，马达记得就在上次的一个聚会上，高伟突然看不惯一个经常扮演伟人的演员，那个人又开始扮演伟人的时候，结果他当时就把啤酒瓶子砸到人家头上了。

马达和他寒暄过后，约好过几天一起去酒吧喝酒，由高伟给他打电话，然后高伟就和几个红男绿女走了。

　　看着他们离去，马达隐约觉得和高伟在一起的那几个女的，似乎是演员和模特，他在一些电视剧和杂志上见过的。马达信步向酒吧街的里面走去，没有往里面走太远，就走进了街角边的"男孩女孩"酒吧，在靠窗户的位子上坐下，问服务员要了一杯"黑方"威士忌，心情郁闷地喝着。

三十三

　　周槿后来接到了穆里施给她打的电话，希望她帮助他买花选花，周槿很愉快地答应了。她告诉穆里施先生，她现在非常奇怪地突然丧失了养花的能力："上次从莱太花卉中心买的花，已经全部都枯萎了。我也不知道是怎么回事，但是显然我已经不能再养花了。我也不知道是为什么。"

　　穆里施先生也感到很奇怪："还有这种事情？你有特异功能？"

　　"我没有，但是花有。花是特别神奇的东西，在我们中国人看来，它们都是有灵魂的东西，而且有的花还有花仙子陪伴，我最近的生活有一些不顺利，因为，我在办理离婚的手续，可能花神已经暂时离开我了吧。"

　　穆里施感到更加神奇了："那我们可以试一试，你给我挑选花，看一看那些花会不会死。祝贺你，又有自由了。我也是自由的。啊哈。"

　　周槿从穆里施的声音中听出来了轻快的感觉，他似乎很喜欢她，也想钓她，这她完全可以感觉到。她决定看看穆里施到底会怎么样，她也愿意和他交往，因为她现在喜欢和男士，她欣赏的男士自由交往。

于是他们就去花乡花卉市场挑了很多花。刚好那里的一个国际花卉交易中心，新近来了很多欧洲的花，都是小盆的，颜色并不鲜艳耀眼，而是非常淡雅，周槿特意挑选了几种。他们还选了红掌、竹芋、蕙兰和凤梨花，又根据穆里施对自己的房间的描述，选了一些大型的绿色盆栽植物，和巨大的盆景，让花卉市场的人专门送来。

但是当周槿第一次走进穆里施的居所时，还是禁不住为里面的豪华惊呆了。这里位于长安街建国门的黄金地段，褐黄色的外观，丝毫看不出这幢公寓有什么过人的豪华之处，但是进来才知道它的奥妙所在。

首先，屋内的墙壁全是用真牛皮贴的墙面，周槿想这得用掉多少张牛皮啊！起码需要七八十张，才能把墙壁贴严。地板、厨房以及所有的灯饰、卫生洁具，都是世界顶尖的品牌，是从生产厂家直接订购的。即使不是有意张扬，也是特别雍容华贵的——威尼斯加金水晶灯、洗手间天然的水晶水嘴开关、百年榆木树瘤装饰柱、百年榆木地板、整张马驹皮缝制的茶几、真丝墙壁布等，无论餐厅还是客厅，都装饰得十分繁复豪华。厨房中有可以自动升降和清洗的蒸炉、抽油烟机，可以适用于金属餐具的微波炉，以及可以中英文互动的免提彩色可视的对讲机，可以自动加温的美国凯力中央空调，这个屋子里用的，全部是顶级的家用设备。

而雕花围栏门窗框上的图案暗示了主人的欧洲背景，在客厅的墙上还挂着几幅肖像油画，那些衣着古朴华丽的男人和女人，看来是穆里施的祖宗和亲人。他们用穿越了时间的目光，注视着她。周槿尽力地压制住自己的惊叹，但是内心之中还是有了一种不易察觉的胆怯和自卑。

"这公寓对外售价每平方米四万人民币，可能是北京最贵的房子了。"穆里施介绍说，"不过我们是租的，租金要更贵一些。北京对于我们来讲，在这里的生活消费水平，和伦敦、纽约比，还要贵一些。"

一开始周槿根本无法适应这样的空间，她都有一些喘不过气来，但是她还是说出了关键的话："花，都摆放在哪里？"

"这都由你来安排，"穆里施笑了，"你是女孩子，又是一个花卉专家。我不管，全看你的了。"

周槿知道穆里施其实有自己的主意，一个跨国公司的中国地区销售部经理，会连屋里怎么摆花都不知道吗？但是周槿知道，穆里施显然非常喜欢她，甚至是想得到她，对于这一点，在穆里施给她打电话约她去一起买花，她就知道了。她的内心中有着激烈的斗争，她会不会在穆里施的引导下，走向一个她并没有期待，甚至一直躲避的结局？她无法确定，但是她已经开始滑落过来了。

于是她开始给穆里施的房间设计花卉的摆放。这套房间有二百五十多平方米，是错层的结构，房间却并不多，无论客厅还是餐厅、卧室，都显得奇大，每个房间都大极了，都不太像是房间和居所，好像专门就是为了浪费空间、仇恨空间似的。周槿细心地体察着这个房间的无数细微的地方，把内心的惊叹压得很深。

花卉市场的花工把那些大型的植物送来之前，穆里施请周槿先吃了点心。他用的是一个从香港带过来的菲律宾保姆，她很快就把点心和红茶端上来了。

"我的保姆会做各种各样的茶和茶点，你想喝一点什么？"穆里施问她。

"随便吧，我不知道你们平时都喝什么东西。"

穆里施笑了："我是不喝可口可乐的，你看，我这里有意大利橘子茶、俄罗斯红茶、英式奶茶、印度奶茶、茉莉蜜茶、薄荷茶、冰淇淋奶茶、中国绿茶等，还有一些花草茶，你想喝什么都行的。"

"那就薄荷茶吧。"

穆里施吩咐保姆赶紧去煮茶，并且说了几样点心："我们这是标准的下午茶。在瑞典，我们经常喝下午茶的，而点心也有很多种。其实我们很少像你们中国人这样，一天三顿饭都是特别正规地吃饭，我们有很多喝茶、吃点心的时候，就代替吃饭了。"

"还是你们西方人的饮食结构合理一些。"

"如果有时间，我倒是愿意亲自给你配煮各种各样的花草茶，我很喜欢喝花草茶的。"穆里施说。

"都是一些什么样的花草茶？"周槿过去非常希望的生活景象，同样也包括了可以喝到各种各样的花草茶。

"比如红葡萄叶子熬的茶，还有洋甘菊茶、肉桂茶、柠檬马鞭草茶、薰衣草茶、玫瑰茶、石楠茶，都是很好喝的。"

"那您一定要请我喝一次，光听这些名字，我就已经馋得不行了。"周槿说的是真的，因为这些花草茶中，都有花草作为原料。

保姆很快把点心先端上来了，有煎茶饼、翡翠果冻和杏仁蛋糕，视觉效果特别好，引起了周槿的食欲。

忽然，周槿的手提电话响了，周槿接了电话，是王强打来的，周槿接听的时候忽然心跳得厉害。"你在哪里？"王强似乎很急切，"我太想你了，不知道什么时候能再见到你，你也不让我到北京。我就是太想你了。"

周槿看了一眼穆里施，看到他借故起身，在端详自己墙上的油画，和周槿拉开了听不到她电话的距离。这真是一个绅士，周槿想。"我也很想你，"她小声说，"我想，也许'五一'放假的时候，我能够有时间，至少有七天的假期呢。现在我正在忙着呢，明天再通电话吧。"周槿也不顾王强还要和她说话，就赶紧挂了电话，暗暗觉得自己实在不应该在这个时候接了王强的电话。她没有犹豫，又立即把手机关了，免得再有任何电话骚扰她在穆里施家的美妙而安静的时光。因为现在任何的电话，都会破坏这种气氛，同时使穆里施猜测她的各种社会关系，这都是不好的。

这个时候，穆里施转过身来，还没有开口，周槿就说："是我妈妈的电话。"周槿撒谎道："我'五一'假期再去看她。"

穆里施走过来重新坐下："你是哪里的人？"

"武汉人，您去过武汉吗？"

"去过，那是一个特别热的城市。我不知道现在是不是在汉口，还有很多人家把内衣晾在临街的窗台上。"

周槿笑了笑："武汉特别热，而生存环境又狭小，这是很多中国城市的风景，不光是武汉，上海、南京也是这样。"

"先吃一点点心吧。"穆里施微笑着建议，"我看你饿了。"

周槿也笑了："我确实饿了，因为最近我经常没有按照时间吃饭，所以搞得颠三倒四的。"

"墙上的油画上的人物，是您家族中的人吧？"周槿觉得翡翠果冻特别润滑，入口就化了。

"是我的祖父、祖母、父亲和母亲，那个是我的叔叔贝格蔓，他和中国有着很深的渊源呢。"穆里施似乎很骄傲。

"不是八国联军侵略清朝的军官吧？"周槿问完，就觉得自己有一些唐突，但是已经晚了，可是穆里施并没有不高兴的样子。

"不，他是一个探险家，在三四十年代，穿越了整个的中亚，在新疆发掘了一个西域古代伟大城市的遗迹。我这里有他的手稿，是他当年写在桦树皮上的。"

"哎呀，那可珍贵了。"周槿觉得杏仁蛋糕也特别好吃。

这个时候，花乡花卉市场的送花工把大型的花和盆栽植物送来了，周槿赶忙喝完了薄荷茶，开始给穆里施摆花。

在摆花的过程中，周槿从窗户中可以看见长安街的街景，建国门外的繁华和十分国际化的建筑风貌，历历展现在眼前。现在，那些从大街上看十分威武挺拔、霸气十足的建筑，从高处看，却像是巨人摆放的积木一样，没有那么有气势了。

周槿按照她的理解，把巨型盆栽要么放在客厅的中央，要么就放在屋子的角角落落。而根据不同花的属性和气味，她把它们摆在了卧室的窗头小平台上、工作间巨大的桌子上和洗手间的镜子跟前。

穆里施在接电话，等他回过头，看见花已经按部就班地摆好了，屋内的气氛已经大变样了。"这有花就是不一样。你看，花都挺精神的，没有要枯萎的样子，你说你再也不能养花了，看来不是真的。"

"也许我不能在我那里养花吧。"

"你一个人住吗？"

"我一个人住在学校给的很小的房子里。我们已经分居了，我正在离婚。"

穆里施感到很意外："电话里你和我说了，不过你很年轻，为什么要离婚？"

周槿觉得不好说得那么细致："年轻人离婚的情况很多

的，听说北京的离婚率和纽约的差不多。"

穆里施感到谈论私生活不是很好，就转移了话题："你想好了没有，什么时候来公司上班？"

"下个月吧，我很快就和学校谈好了。"

"那太好了。"穆里施很高兴，他特意倒了一杯红酒，"这是意大利的红葡萄酒，叫亚得里亚牌，为我们可以共事，干杯。"

他们干了一杯葡萄酒之后，因为情绪好，穆里施放了一点音乐，邀请周槿跳了一曲。周槿欣然地被穆里施带着，在房间的客厅中转圈儿，周槿的情绪非常愉悦，她的身体十分放松，感觉自己天生就是应该和这样的环境与气氛共生。

就在穆里施带着她旋转的时候，穆里施忽然要吻周槿，当他弯腰亲吻她的时候，周槿正好睁开了因为沉浸在舞步中而闭合的眼睛，她立即停止了舞步："对不起，穆里施先生，我还不能够……"

穆里施立即说："对不起，你刚才的样子太美了，我有一些忍不住想……"

周槿的脸有些红了，穆里施说："我们接着喝茶，我叫保姆玛丽做一种英国烤饼给你尝尝。"

"不必了，我看天色快黑了，我该回去了。再见，穆里施先生。"周槿说。因为这个时候下午将尽，她已经在穆里施的家中待了一个下午，她就起身告辞。

穆里施把她送到电梯口，又在告别的时候亲吻了她的左脸颊："谢谢你对我的房间的布置，谢谢了。"

"应该谢谢那些花，是它们装点了屋子。"

走到大街上，周槿觉得自己的心情十分复杂。显然，穆里施对她产生了超越一般关系的兴趣，而自己现在还没有和马达解除婚姻关系，也还有一个王强，已经进入了她的感情生活，现在她的生活中，一下子有了三个男人，周槿觉得自己不知道如何是好。但是，显然，穆里施有着一股强大的力量，正在拉着她向他走去，她不知不觉就向他靠近，因为他代表的东西可太多了，代表着财富、风度、欧洲，以及无忧无虑的优雅富贵的生活，和一个成熟温柔的男人，从这个意义上讲，马达毫不合格，而王强显然也将被她抛开。想到这些，周槿觉得自己的心口有一点疼。她有些茫然，不知道自己的生活会发生什么样的巨大的变化。

三十四

4月末的天气已经渐渐地暖和了，而北京的春天非常短暂，春天的感觉都快接近尾声了，大地显然是一片春意盎然，到处都是从地底下透露出的生长气息。在城市的夹缝中，在各种各样的人造公共绿地中，都是花团锦簇、百花争艳。但是即使春天有着如此多的鲜花，可马达的心情仍旧十分糟糕，他忽然觉得什么都没有意思，一个疑问困惑着他，生活的意义是什么？他有些茫然了。

"生活的意义是什么？叫他们回答你吧。"他现在和高伟在一家迪斯科舞厅中，这里乌烟瘴气，好像是由一个废旧的军需仓库改造的，有很多染着各种颜色头发的人，还有很多长发男人和光头女孩，在四处乱走，随着震耳欲聋般的音乐和DJ的吼叫，疯狂地扭动着身体。高伟和他喝着伏特加，听马达在这里谈到生活的意义，觉得很可笑。

马达指着疯狂扭动的年轻人的身影说："他们知道个屁，一群没有长大的孩子，你看，那边的女孩，看样子都二十多岁了，嘴里还叼着奶嘴呢。"马达觉得伏特加的酒精度数并不高。

178

"这你就不懂了，她们嗑了药了，那种迷幻药特别有劲，是要磨牙的，所以她们叼着一个奶嘴，为的是别把牙磨坏了。"高伟大口地喝着伏特加说。

　　马达看见舞池那边靠近音箱的地方，有几个男女正在随着音乐的节奏，疯狂地摇着头，一个男的像是一个演员，他也不嫌音箱吵，竟然抱着音箱在摇晃。他觉得奇怪："那边那几个，怎么拼命摇头呢？是不是吃了摇头丸了？也不嫌音乐的声音吵，离音箱那么近，耳朵都给震聋了。"

　　"你说对了，他们就是吃了摇头丸了，正'high'着呢。"高伟喝着酒，"今天你要不要尝一尝？"

　　马达摇了摇头："我的生活一团糟，正烦着呢，不想吃这类东西。"

　　"哎，这你就不知道了，摇头丸专治忧郁症的，你别怕，咱们两个一起'high'，我保证你特别愉快。待会儿就有卖药的过来了。"

　　正在说话的时候，马达就看见了一个穿黑色背心的小伙子过来了，很神秘地说："哥哥，要嗑药吗？"

　　高伟给马达使了一个眼色，意思是你看，正说着嗑药的事情，卖药的就来了。"你有些什么东西？"

　　"胶囊、药片什么都有。"

　　"什么价格？"

　　"药片一片两百块，胶囊要便宜一点。"

　　"我×你妈，你可够黑的，一百块钱一颗已经够你妈贵了，我看你都是什么货色？"高伟假装生气，"我天天嗑药，也没见过你这么黑的。"

"哥哥哎，现在警察抓得紧，进价就贵，我也没办法。既然大哥是老客户，那哥哥您说多少就多少，好吧？"

"好吧，我要一颗吧。"高伟说。

"那您等着吧。"黑衣小子拿药去了。

"我可不吃，你自己吃。"马达有一些害怕。

高伟有些急了："你不吃怎么行？一颗药片我一个人吃了非把头摇掉了不可，那玩意儿是兽药，劲儿特别大，一头大象都扛不住的。咱们把它泡在啤酒里，一起吃了就没事，真的没事，你感觉会非常好。"

黑衣小子把药拿来了，是一片橘黄色的药片，上面写着"SKY"的字样。马达很好奇，拿过来仔细察看，而高伟已经把钱付了。这是一片圆形药片，除了颜色好看，看不出它有什么神奇的效力。"这就是摇头丸？"

"对，这就是摇头丸，"高伟从马达的手里把药片拿了过来，"咱们只要弄半片，放到扎啤里喝下去就行。"

"那我也像那边的那几个，不停地摇头了？"马达指着旁边舞池中摇头的一些男女，"这样就算'high'了吧。"

"你呀，要想丢开你的离婚给你带来的坏情绪，我觉得嗑药是一个最好的办法。"高伟正要把那颗摇头丸放到啤酒中，"摇头丸是专治忧郁症的。不信，你到医院里去问医生。"这个时候，他们忽然发现场面有些乱，一些人正在疯狂地向外面冲，但是似乎外面已经被封锁了，很多人四下乱窜，他们的尖叫被轰响着的音乐给覆盖了，而那些随着音乐摇头的人仍旧在继续摇头，对一切浑然不知。

高伟经验丰富，他立即把药片藏到了鞋子里。"警察来了，这里马上就热闹了。"他刚刚说完，马达就看见，已经有很多便衣和穿警服的人涌了进来，他们很快就把出口给封上了，而DJ立即停止播放音乐，但是摇头的家伙们因为摇头丸的作用，仍旧在摇着头，一时还停不下来。

"都别走，警察！"有人高喊，场面一时大乱，那些染着各种颜色头发的怪物青年们企图四散逃跑，但是在各个出口，都被人拦回来了，他们显然已经被瓮中捉鳖了。马达有一些惊慌："咱们怎么办？"

高伟十分镇定："没事，咱们不是还没有嗑药吗，没有咱们的事。"他们就坐在那里没有动，看着警察把一些摇头的家伙带走了，又把一些人推着往洗手间走。"那是去验尿的。"高伟对马达说。

一个便衣走过他们的桌子跟前的时候，看着他们："嗑药了没有？你们还怪镇定的，跟没事儿似的。"

高伟冷冷地看着这个便衣："什么嗑药？我听不明白，我们是两个记者，你没看见我们只是在喝酒？"

"把记者证拿出来。"

高伟示意马达赶紧把记者证拿出来，自己假装掏着记者证，马达把自己的记者证给了这个便衣，高伟摸了半天："哎呀，我的忘带了。"

便衣翻看了马达的记者证："记者……也得到那边验尿去，走，一会儿就完，没嗑药立即叫你们走。"

马达和高伟知道这一关必须过了，就一口喝掉要的伏特加，起身去洗手间。洗手间挺大，但是进进出出验尿的人很多，马达吃惊的地方在于他看到了从二楼的包房出来的一些人，他经常从杂志、电视上看见过，他们是歌星、影星、著名剧作家、体育明星们，他们那一伙显然都嗑药了，走路都发飘，这下全被警察逮着了。

验尿的过程很短，马达和高伟因为没嗑药，就被放了。

马达出了舞厅，看到了外面的车水马龙，才松了一口气："幸亏没有和你一起嗑药，要不然今天就完了。"

高伟没有一点愧色："没事的，就罚一点钱了事，最近不知道怎么了，抄得厉害，我赶上三回了，都差一点被罚了。不过，每一次我都化险为夷。"

"那几个明星大腕，他们会怎么样？"马达很关心他们的命运。

"大腕就是大腕，警察可能还得替他们保密，他们那个圈子嗑药已经是公开的事实了，交了罚金，会很快放了呗，还能怎么样，又没有杀人放火。"

"我还是有些心有余悸，你这个家伙，这些年的变化可是太大了。"

"你的变化也不小嘛，这不是也要离婚了？你老婆挺漂亮的，你可能看不住，是不是被别人勾跑了？"

　　"我×，我就这么窝囊？她要出国。再说，她的父母挺不是东西的，老是在我们之间坐蜡。"

　　"女人都是一茬一茬的，永远都有年轻的女人，你记住这一点，离就离，别把自己弄得死去活来的，你的好日子在后头哪。你离婚了，才更有味道。"

　　马达想起高伟的老婆翁红月来，那是一个非常好的女人，很能干，也很贤惠，但是可能因为和高伟处的时间长了，彼此没有吸引力了，高伟似乎就不想回家。

　　他们在5月夜晚的大街上走了好远，也不知道到哪里去。高伟想了半天，站在路边对马达说："我请你到'滚石'娱乐城去吧，估计那边没有什么事情。那边更热闹，美女和靓仔都很多，这药今天我非得找个地方嗑了它不可。"

　　"我可不嗑药，我给你说明白了，到'滚石'也一样。"马达先声明好了。

　　"好好，今天不嗑药，我们只是给你钓个小妹妹，行吧。"高伟意味深长地拍了拍马达的肩膀。

三十五

　　"你们前天真的一起在三里屯的酒吧喝酒？他那天是凌晨
天快亮了才回家的。"问话的是高伟的妻子翁红月，她和马达一
起坐在一家台湾人开的茶馆里，要了一壶铁观音。在几年以前，
马达参加过他们的婚礼，喝过他们的喜酒，但是现在，高伟和翁
红月的婚姻似乎也出现了问题。

　　"你不要怀疑他，"马达吃着一种好吃的干果小吃，"我
们的确在一起的，就在'通通'迪斯科舞厅跳舞。后来，又去
'滚石'喝酒了。"马达说了一半的实话。他对翁红月约他谈高
伟的事情感到突然，因为过去他们所有的人，都以为高伟和翁红
月的婚姻特别美满和谐，但是现在他们都怎么了？

　　"他现在很少回家，我都看不见他，而且，我怀疑他有
别的女人。"翁红月看着马达，"我们都是老朋友了，你要帮
帮我。"

　　马达看着翁红月，在他眼前的这个女人，正在被婚姻中那
可怕的力量所裹挟而去，至少是已经产生了对丈夫的怀疑，他很
同情她。马达对高伟和翁红月的感情经历很清楚，几年前，高伟

和马达是同一年大学毕业以后来到北京工作的，高伟在新华社工作，就是在那个时候他认识了翁红月，听说翁红月的父亲是一个副部长，就开始追求她，他们很快就恋爱并且结婚了。翁红月的父亲确实是一个副部长，但是人很朴素，也没有给高伟太多的谋私利的机会。结婚以后，高伟就产生了下海的念头，但是他手头没有任何的资金，还是翁红月从父母和哥哥那里借了二十万块钱，高伟就用这笔钱起家，开设了自己的广告公司。高伟特别聪明，当时广告业在北京是一个赢利很快的行业，高伟利用他和媒体的广泛关系，很快就开始赚钱了，几年下来，年届三十的高伟就已经赚了上千万，有了不止一家公司，事业特别辉煌和成功，但是就是在这个时候，他们的关系反而不好了。

"以前觉得'贫贱夫妻百事哀'，但是我们赚了钱，反而生活得并不愉快。高伟的性格你也知道，他十分张狂，我爸一退休，他就很少去看他，做事情是唯我独尊，很少考虑到别人的想法，我后来也从新华社辞职下海，和他共同打理公司的业务，他的我行我素的性格容易得罪人，而我的性格你也知道，很平和稳重，所以公司的员工对我比对他要信任和敬重，于是他就开始对我不满意了。"

"我还真的看不出来，高伟变成了这个样子，"马达说的是真心话，"这个家伙应该以家庭为主，你们在我看来，是珠联璧合的。"

翁红月苦笑了一下："一开始我也这么认为，但是人的感情是会变化的，我和他的关系现在已经十分危险了。"

"你就是怀疑他有外遇？我从来没有看见他和别的女人单独在一起，真的，红月，我是你们两个人的朋友，不是他的同盟军，我只是发现他现在特别喜欢玩，老是和一大帮子人在一起，喜欢热闹。"

翁红月摇了摇头："我有证据的，我昨天在他的邮件信箱中，发现了一封匿名的邮件，那个邮件的内容，是一个叫'小妖精'的女人发给他的，说明了他们肯定已经有关系了，至少是上过床，那封邮件写得十分恶心和肉麻。我不会凭空猜测他的。高伟外面有女人了。"

这个情况使马达皱起了眉头："那这就是高伟的问题了，如果真的是这样，高伟是不对的，我觉得婚姻就是应该互相坦诚，诚实是最重要的品质。我一定帮你查一查这个女人是谁，我应该能查到。'小妖精'，我没有见过这个女人。"

"谢谢你，马达，你这个人有时候很圆熟，但是有时候又很仗义和厚道，你一定要帮我。"

马达笑了："我就是你安插在高伟身边的密探，我一定完成任务。"

"我先谢谢你了，听说你也在闹离婚？"

马达的表情有一些痛苦："是啊，不过是我老婆提出来的，我们已经分居几个月了，因为她非要要我的房子，所以都通过法院解决了，一审没有判离，还在那里吊着呢，但是已经是名存实亡了。"

"你觉得痛苦吗？"翁红月点着了一根烟，眯着眼睛看他。

"当然痛苦了，不过我的承受能力大，会渡过这一关的。而如果她还要要房子，我就要给她了，毕竟她是一个女人，当时我就是想赌一口气，你既然要离婚，就最好不提任何的要求，你什么都想要，那我就不高兴了。"

"对于你们离婚的事情，有一句话不知道该不该讲。"翁红月犹豫了一下，欲言又止，没有再往下说。

"你尽管说，没事的。"

"要是她先提出的离婚，那肯定是已经有下家了。这是我的直觉。你有没有察觉，或者有没有去调查过？"

马达一笑："我猜到你会说这个事情，其实我对这个问题不是特别关心，我倒是看到过她和一个看上去年龄都可以做她爸爸的老外在一起，也许就是那个人吧，但是，我觉得首先是我们之间的关系不行了，然后才有别人进入进来，在我之后，她和谁在一起，已经不是我关心的事了。"

"但是这种外力绝对是对你的一种伤害。"

"我没有任何被伤害的感觉，反正已经分居了，我管她和谁上床呢，再说，她不是也管不了我嘛。"

"你在这一点上倒是挺开通的，但是我就不行，只要我想到高伟可能和一个女人私通，我恨不得把那个女人撕碎了。"

"我昨天从报纸上见到一则消息，说是巴西的女人现在流行割掉对自己不忠的丈夫的生殖器，还是人家巴西女人厉害。"

"高伟把我惹急了，我也会那么干的。其实我本来就想过这一招。"

"那是你对他的爱多一些，就是这样的。而爱的背后就是占有。再说，你们的关系是感情和经济牢牢地纠缠在一起，要比我们复杂。"

"在离婚当中你们经济上的纠纷多吗？"

"就是我原先的报社分的一套房子，很小的房子，他妈的，这屋子里过去还死过一个人，是个凶宅。哎呀，要是你和高伟走到我们这一步，那财产的分割就要麻烦很多，上千万的财产，你们两个可要好好掂量掂量。我的感觉是，能不离婚就最好别折腾，是一个劳神伤心也伤财的事情。"

翁红月叹了一口气："可是有一些事情不是我们能够控制的，生活中有很多非理性的东西，在左右着我们的生活。"

"我觉得，你们现在应该要一个孩子了，孩子是婚姻中特别重要的黏合剂，你们就是缺一个孩子。有时候我觉得高伟的性格中就有孩子气的东西，他不成熟的原因就是还没有当上爸爸。"

"那你为什么不要孩子？有孩子你还会离婚吗？"

马达沉思了一下："我内心深处可能一直觉得，我和周槿的关系有一些不对劲的地方，再说她一直想出国，我们的生活不稳定，没有条件，所以就没有要。现在看来，没有孩子，关系反而好办了，也单纯了。"

"不过，也许我应该要一个了，即使是高伟和我分开了，起码我还有一个孩子。"翁红月有了这么一个决定。

"可能是高伟过去特别本分老实，现在他就想折腾了吧。人都是这样，生活永远都在别处，但是当你发现最美好的生活其实就是你现在拥有的东西时，那个时候已经晚了。我希望高伟不要这样。"

"你们是好朋友，你一定要劝劝他。"

"生活都是自己在过，我会和他沟通，但是，也不敢肯定他就能够听我的，他还觉得我生活得特别拘谨呢。"

三十六

　　周槿梦见自己前去找穆里施先生，那是坐落在长安街上的一幢霸气十足的写字楼建筑，银色的玻璃幕墙在阳光下闪烁着。强烈的阳光照射在大厦的玻璃上，向四面反射出耀眼的碎裂的光芒。

　　她走进大堂，发现进进出出的人都面无表情，等她再仔细地一看，发现他们都变成了塑料模特，并不是真人，在上上下下地走动着，这个写字楼中的气氛一下子变得特别诡异，周槿感到自己慌了。

　　但是那向着上面走的大堂电梯自动地带着她上行，似乎知道她要去哪里一样。她很惶惑，任凭电梯把她带着向上走，然后到了三楼，需要换乘上行的电梯，三部电梯都停在了那里，等着她进去，而在她四周走动的塑料模特们尽管很忙碌，但是没有一个要和她一起走的。她径直走入电梯，电梯立即关上了门，并且急速地上升。显示楼层的号码令人眼花缭乱地闪现，然后她感到了一阵晕眩，可是电梯忽然之间又迅速地停了下来，似乎到了顶层，电梯门自动打开了，她走了出来。

她没有看见穆里施所在的公司的标牌，但是眼前的一片漆黑中，响着震耳欲聋的音乐，灯光在音乐声中奇怪地闪动，频率之快令她感到害怕。热浪滚滚，人声鼎沸，似乎来到了一个夜总会。她朝前面黑影幢幢的地方信步走去，分开人群，看到了前面灯光聚焦的地方，一些人在表演舞蹈。他们，不，是她们的舞姿很奇怪，很快她就发现她们在跳着脱衣舞。她背后的人群中有一种力量推她向前，把她推到了舞台上，和那些女人们共舞，或者是她们在围着她跳舞。

　　"花仙子！花仙子！"他们大叫着，吵闹着，向她喊叫。

　　台下的口哨声尖厉而又密集，台上的女人们在一件件地脱自己的衣服，并且围绕着她迅速地旋转，然后她猛然发现她们都赤裸了，立即变成了非男非女的人，因为她们浓妆艳抹，长着几乎不太真实的硕大的乳房，里面肯定填满了硅胶，而令她害怕的是，她们每一个人的两腿之间都有着男人的那个东西。

　　她大惊失色，知道她们全部都是人妖，有着男人和女人的特征。于是她发出了长长的惊恐的尖叫，这个时候灯光立即打到了前面的观众席上，忽然，她看见穆里施正在人群中间远远地看着她，被那些赤裸的人妖抬了起来，犹如抬着一个即将要被献祭的祭品，在慢慢地旋转。

三十七

"五一"国际劳动节的假期，加上前后两个周末，一共放假七天，这是政府这几年为了发展旅游而施行的举措，由此使得中国的任何一个旅游区全都人满为患，好像全中国的城市人都出来旅游了似的，到处都是人。

而2000年的"五一"假期，政府还专门在电视媒体上进行了报道，在黄金时间的新闻节目上，告诉人们各个旅游区的游客情况，让人们避开1999年的几个节假日，以及呈现了在各个旅游区的一片慌乱景象。

这样长的假期，当然是恋人们出行的好时机，在王强的恳求下，周槿和王强相约在西安见面，因为周槿也一直很想去爬爬华山。她一直想爬爬这个最险峻的西岳大山，因为华山十分险要。

他们分别乘坐飞机从北京和深圳出发，在相距不长的时间里抵达了西安，在机场见面，又一起坐车抵达西安市区，在一家三星级的宾馆住下，因为有一个多月没有见面了，只是天天通过电话倾诉，所以他们见面之后又是情欲上的一场恶战。

周槿彻底地向王强敞开了自己的身体，她内心深处觉得，自己以后万一不能够和王强在一起，那么从身体上，她已经对他有所付出了，她的内心也就没有太多的愧疚。而王强的眼中，似乎就只有周槿那鲜活和美妙的身体，他把她当作肥沃的土地、开阔的疆域，他就像一个勤恳的农夫那样，细致地开垦着，从容地挖掘着，几次把周槿弄得短暂地昏迷了。王强吓了一跳，等到周槿从昏迷的状态中醒来，告诉他这是自己十分正常的反应，王强才放松了。身体上的交流完结，他们开始在西安游览。他们去了碑林、大雁塔，还去了陕西省博物馆，这是西安最好的去处之一，因为要看三千年的中国，就得来西安。之后，他们租了一辆车去看了华清池，发现那不过是一个十分简陋的石头打造的水池，简直无法和现在普通人家的浴缸相比。而这样的池子，在唐朝竟然是皇贵妃才能够享用的东西。但是在临潼，他们从街上的小贩那里买到了一种特别好吃的柿子，吃得满脸都是柿子水，特别开心。

　　王强对周槿是一往情深，心醉神迷。他对周槿非常痴迷，他把她看成了唯一的女人，除了她，任何女人他都不看在眼里。他不断地盼望着和周槿见面，几乎每天都要通过电话和周槿倾诉衷肠。而周槿在这个阶段，恰恰特别希望听到一个男人对她的甜言蜜语，使她对未来充满了希望，否则，她就无法承受离婚带来的创痛，仅仅是从这个意义上，她就很需要王强。

　　可是王强不知道的是，现在又出现了一个穆里施先生。周槿还不能够确认自己和穆里施会发展到什么样的程度。可是穆里施是一种极其强烈的召唤、一种特别强大的诱惑，使周槿慢慢地向这个几乎像她的爸爸一样的男人靠近了。

在这个时候，王强像是一团火，又用猛烈的感情烧灼着她，通过电话每天都亲近着她，使她在一个个孤单的漫漫长夜里，得到了情感的安慰，这又是周槿不可或缺的。所以，周槿觉得自己要的东西太多，而现在恰恰都有了，她一方面沉醉其中，另外一方面又担心自己总有一天会失去所有的东西。

当他们乘坐缆车，到达华山的北峰，而后又随着摩肩接踵的人群，一步步爬到了华山的其他几个山峰之后，感觉到十分心旷神怡。华山的确万分惊险，道路狭窄、险峻，但是依旧到处都是人，人们蜂拥上山，几乎把所有的道路都给挤满了，从而使华山的路变得十分危险。

但是越是危险的地方，似乎人就越多，王强就在一种特别紧张的情绪下，反而爬到了很高的地方。

王强想和周槿来爬华山的目的，就是想在华山的一个山脊上锁一把锁。因为一直有一个传说，说只要在华山的一个高峻的地方锁上一把锁，就可以把自己的感情锁住，就可以和自己的恋人终生在一起，永不分开。他对周槿就燃烧着这样的激情。

在上华山之前，王强就给周槿讲了自己的这个想法，周槿犹豫了一下，因为她觉得现在就和王强做这样的事情，似乎嫌有一些早，自己还没有从一个枷锁中出来，却要被另外一个男人给锁上了，现在她的当务之急，就是先把自己身上婚姻的锁打开，而不是再和另外一个人重新上锁。

但是她又不能够扑灭王强的热情，因为王强已经把她当成自己结婚的对象，就只等着周槿离婚之后，和她结婚的。"我就是想等你离婚了，然后和你结婚的。"他们在华山的顶端，看着眼前陡峭的山体，王强说。

"现在谈这个问题，似乎还是太早了一些。"周槿在石头上坐着休息，还是有一些气喘吁吁的。

"上个月我的手机费是三千块钱，我都有些吃不消了，我不想天天给你打电话然后见不着人了。"王强看到华山的山峰都是白色的，岩体完全裸露在外，没有任何植物和树生长在陡峭山体的夹缝里。只有黑色的鹰，在这陡峭的山崖上自由地飞。

"要不，你装一个固定电话吧。"周槿也有一些心疼王强的钱了。这次出来，周槿的机票钱，都是王强出的。当然，幽会一般都是男人掏钱，这是铁的定律，周槿也非常坦然，没有觉得什么不好的。

"我的钱都贡献给中国电信了，当初在1996年，我买这个手机的时候，要一万多块钱，前几天在深圳电子大世界买光盘的时候，我问一个收旧手机的要不要，结果，他只愿意花一百块钱来收购我这个型号的旧手机，他说，这就已经不错了，因为这种手机连电池和充电器都不好找了。你说当初电信公司赚了我们多少钱哪！"

周槿现在的呼吸平稳多了，登山带来的过大的运动量已经被她消化了。"是啊，我也想着我们能够尽快地在一起，这样我们就不用天天打电话了。"

王强开玩笑地说："我们的恋爱成本太高了，距离又远，而你还没有离婚。我有时候都不知道自己到底在干什么。"

周槿敏感地听出了他话里面的一点怨气，似乎王强对现在的状况很不满意。"要是你觉得我们之间事情特别渺茫，你可以去找别的人，我早就说过同意你这样做的了，你不用这么对我说。"她的脸色变得僵硬了。

王强感到自己的话有一些唐突："槿槿，我只是有一些烦而已，你看，都四五个月过去了，我们连一点希望都没有——"

"我已经说了，你不必等我的。"周槿生气了，站起来向下华山的路径走去。王强赶忙站起来跟了上去："别生气，我只是有一些烦闷，我向你诉诉苦，都不行了？你别生我的气，我们今天上华山，还不是为了锁一个同心锁来的嘛。"

周槿甩开王强的手："我不想和你锁那个同心锁了。我们真的有希望在一起吗？现在连我自己也开始怀疑了。"

王强抱住了她，他发现自己太爱她了，这种感情已经持续了好多年，到现在还没有完，而他一定要和她在一起。

"你要是下山了，我就从这里跳下去。"

周槿觉得王强在开玩笑："撒谎！我才不信呢。"她继续朝下面走，而这个时候朝山上涌来的人还很多。他们把下山的路都给堵住了。

看到周槿不理会他，王强就真的向一处悬崖峭壁的边缘走去。在华山上，任何地方都是跳崖自杀的好地方，因为你在山道上朝任何方向走上不远，下面就是万丈深渊。王强的心情十分低沉，一瞬间他真的产生了跳下去的念头，仅仅是为了赌这一口气。他果真来到了悬崖的跟前，然后，他站在一块岩石上，展开了臂膀，风把他的衬衣吹得鼓了起来，王强想象着自己纵身一跳，就化作一片云彩，在这西岳华山的陡峭的山体之间飘荡，他感到自己真的在变轻。

"王强，你别这样！"身后响起了周槿的惊呼。你中计了，王强闭着眼睛想，我真的不会跳下去，但是我没有恐高症，我只是不怕站在悬崖边的岩石上。他感到周槿从后面抱住了他，她的力气很大，差一点适得其反，把他给推下去，但是他却乘势转身，和周槿拥抱了。

周槿当真吓了一跳："你……你怎么能这样做？你真的要跳下去？"她惊魂未定地看着王强，担心他是不是崩溃了。

"你要是不和我一起锁一个同心锁，我就要跳下去了。"王强说。

"你真的这么看重这个形式吗？如果真是这样，我们去锁一个同心锁吧。"周槿拉着王强的手，温柔地对他讲。刚才王强站在悬崖边的石头上，离深渊只有一厘米的距离，确实把周槿给吓坏了，她不知道王强有这个激情，她的情绪也很激动，她以为这是王强因为太爱她，才做出的疯狂举动，内心之中对王强涌出了一种温柔的情感。

"那太好了，我们终于可以锁一个同心锁了。"王强确实很高兴，他们手拉着手，向山下走去。羊肠小道上，上上下下的游人简直多极了，所有能站人的地方，全都站满了人，而且还有无尽的人流在向山上涌。

他们和游人摩肩接踵地错身而过，向山下走去，在那个很多人锁同心锁的地方，王强从口袋里掏出了早已准备好的一把黑锁，周槿拿过来摩挲了一下，又交给了王强。

周槿的心情现在很复杂，因为毕竟在华山上锁同心锁，是一个十分庄重的誓约，是一个严重的承诺，就是承诺和王强的爱情，而周槿现在无法肯定自己真的和王强有这样一把可以被锁住感情的锁，她生活才开始变化和震动，要让她的生活由一种激烈的共振状态平复下来，不知道要多久才行。

王强不会知道周槿的复杂心思，他弯腰在铁栏杆上锁那把黑色的"将军"牌铁锁时，看见铁栏杆上已经被很多人锁上了大大小小的铁锁，不知道多少对恋人的感情就这样永远地锁在了一起。王强找着可以锁的地方，这样的地方还很难找，后来他终于找到了一个空处，就把身子弯得更深，探头去锁，但是突然他的脚被绊了一下，他的手一松，那个"将军"牌、结实的同心锁，翻着好看的跟头，向万丈悬崖下掉去，一下子就不见了。

王强站起来，十分沮丧地看着周槿，而周槿却心中一阵暗喜，她觉得可能是天意如此。王强还打算再买一把锁，但是奇怪的是山上没有卖锁的人，只有带着同心锁上山的人，王强和周槿的同心锁就锁不成了。

"别急，反正这锁也掉到华山中了，这和锁一个同心锁没有什么区别的。"周槿安慰他，"我们就当已经锁了同心锁，不就行了嘛。"

"这样心里总是有一点缺憾。"王强还是有一些心不甘。

"可能呀，是你刚才说要跳下悬崖自杀，把话说坏了，这山都是有着万年灵气的大山，它是间接惩罚我们，只是要一把锁掉下悬崖，而没有让我们掉下去，就已经很不错了。"周槿说。

王强听周槿这么说，心里也暗暗庆幸自己说话惹恼了山神，但是山神只是夺走了他的一把锁，于是也就不再说什么了。

下山变得极其困难，因为下山的人太多了，在通往下山索道的山路上，他们几乎是在一步一步地挪着走，其间王强变得急躁起来，而周槿这个时候却很镇定，和王强说着话，促使他的情绪稳定下来。他们看到在拥挤的下山游客当中，有很多白发苍苍的至少有七十岁的老人，也夹在人群之中，感叹这些老人的毅力。下华山比上华山难多了，他们在山道上挪了四个小时，才坐上了缆车。

在急速向下滑行的缆车里，他们都没有说话，王强看到身边因急速下滑而如同被刀削斧砍而成的华山山体，感到触目惊心。而他们的同心锁，就已经葬身在这悬崖之下的深渊里了。等到缆车降临到地面，他们的心才平稳下来。

三十八

来临的夏天是湿漉漉的，因为这一年北京似乎特别多雨，一场连着一场的暴雨，把春天浇灭了，把夏天迅速带来了。夏天里，荷花开得很茂盛，在什刹海的湖水里招展。茉莉、含笑花和蜀葵，还有一夜璀璨的昙花，都在这个湿淋淋的季节开放了。樱桃也红了，美人蕉和芭蕉比着绿，合欢花那粉红色的花像是一把把轻柔的梳子，又像是红缨子在轻轻抖动，开在柔和的夏风中。

马达整整一个月都在值夜班，这样他就几乎避开了过多时间和米雪在一起。自从上次和米雪的父母、姑姑姑父一起吃过那顿饭之后，马达就在反思自己和米雪的感情，他不断地问自己，自己是不是真的爱米雪，他发现自己无法得出确切的结论，所以，为了对自己和米雪负责，他需要一点时间来好好想一想这个问题。

不过，他后来也按照承诺，陪着米雪的姑姑和姑父，去北京的很多郊区风景地游玩，像慕田峪长城、西山，以及一些新近才开发的石花洞、金海湖等这些地方。和他们在一起的时候，马达感到，自己确实有一些害怕自己再次进入一个由血缘和家庭构成的社会关系里。

马达知道，婚姻有它世俗的一面，因为从古至今，婚姻就是两个血缘和家族势力的结合，是为了能够传宗接代和保证血脉流传，是为了扩大家族势力，是人类这种动物为了延续生命而产生的一种社会关系。可是爱情只是一种感情，它是不断地变化的，是和婚姻不能够完全画等号的。

米雪的家庭显然是一个知识家庭，她的主要亲戚都是知识分子，有的还是知识精英，但是不知道为什么，有的时候知识分子比小市民有更多的毛病，有更庸俗的生活和价值取向。

马达不太喜欢米雪的姑姑，因为她的姑姑失去了自己的儿子，现在几乎要把米雪当成自己的亲生女儿来看待，喜欢对她的人生道路进行规划和设计，这个设计的内容首先就是去美国加州大学深造，然后一路读上去，博士毕业以后再说，这个设计现在似乎得到了米雪的外交官父亲和编审母亲的认可。

而马达就是因为周槿的母亲不断地要求周槿出国，才和周槿渐渐地走到离婚这一步的。似乎只有出国才能光宗耀祖，这样的话，马达岂不是又进入了一个相同的怪圈、相同的境地，又重新地回到了他出发的地方吗？

这使马达很痛苦，因为米雪有很可爱的地方，米雪非常纯真，但是她却没有任何力量来抵御父母或者亲戚对她的要求和设计，而显然米雪也想要和他有一个圆满的结果，这样矛盾就产生了。

马达从内心深处也想和米雪在一起，可是这样的结果似乎很渺茫了。于是马达就准备好好想一想自己的生活，他现在需要的是安静和独处的时间。但是米雪显然完全不能明白马达的心思，她不明白的是为什么她和马达处得好好的，突然之间马达就不怎么愿意和她在一起了。

上次在大街上吵架之后，她一开始摆出了一副生气的样子，赌气不理会马达，心中暗自希望马达来劝她哄她，可是等了一个星期，马达也没有给她打电话，她就有一些按捺不住了。

后来她发现自己在网站也看不到马达的身影了，就更加慌了，问了金磊总编辑，才知道马达开始上夜班了，她十分生气，打算再也不理会马达了。终于有一天按捺不住，堵住了上夜班的马达。

马达是晚上十一点才到网站的，夏天虽然十分炽热，但是网站却似乎渐渐地有了寒意，投资人当初的投资计划在缩水，员工工资在减少，已经给网站的所有的员工减薪一次了，听说还要裁掉五分之一的人。马达的心情很不好，看到米雪瞪着眼睛看着他，也提不起精神。

"你为什么不理我了？"米雪愤愤地说。

马达笑了："是你不理会我了，你怎么反咬一口啊？"

米雪又想哭又想笑："当然是你不理会我的，这一个多星期，你连一个电话都不给我打，一下子就没了踪迹，就连在一个单位，我都看不见你。你到底想干什么？"米雪的样子似乎很愤怒，她的小脸涨红，都快哭出来了。

马达觉得有些怜爱她："小雪，你别生气，我只是自己有一点烦，想自己静一静，就没有敢骚扰你。"

"我倒是盼着你骚扰我呢，可是你一点动静都没有哇。"米雪的情绪还是很激动。这个时候马达走到她的身边，看四周没有别的人，就把她抱在了怀里："小雪，我希望你也冷静冷静。"

"我没有什么冷静的，我本来就很冷静，是你招惹了我，现在你又想不要我了？"米雪的胸脯大幅度地起伏着。

马达想，确实，自己的问题就是招惹了一个黄花闺女，这下自己算是完了，别看当初米雪一副特别不在乎的样子，可是一旦她真的把自己交给了一个男人，那么，她那传统女人的一面就都出来了。

"你说你想怎么样？"马达也有一些生气，"我只想自己一个人安静一段时间，请你给我一点时间好不好？"

米雪就更生气了："我本来一直过得安安静静的，是你打破了我的这种状态，现在你又这样倒打一耙，我恨你！"米雪说完就要走。

马达赶紧跟了上去："小雪，你说错了，我现在不是还没有离婚吗？我的心情比你要坏多了。"

"那也不是你不理我的借口啊。"米雪仍旧朝外边走去，"你还是不爱我，你就是不爱我。"她夺门而去。

确实这不是借口，马达想，但是什么又是爱呢？爱就是对一个女人百依百顺？爱是一个特别宽泛的字眼，它甚至什么都不能够说明。马达对米雪的背影喊了一句："米雪，你说错了！"

他也没有去追，任由米雪远去了。

不知道为什么，现在哪个女人在他的面前赌气，或者使小性儿，他反而不会有任何积极的表示，这可能都是和周槿吵架得出的结果。一个女人，你就得像驯服一匹马那样，慢慢地磨她的性子，日后才能够掌握主动权。女人对男人也是这么看的。而且女人的身体分泌的古怪液体也比男人多，女人的那个地方长得也远比男人复杂，像是牡蛎，或者一朵粉红色的小花。她们无论从身体上还是情感上，都要比男人复杂多了，而且她们特别情绪化，你甚至根本不知道，她们有时候因为什么而大发雷霆。此外，女人的第六感特别发达，就像猫一样灵敏，你要是干了坏事，她们马上就可以感觉到。

米雪这样和他说话，马达一点都不动心。他觉得米雪真的很烦人，但是马达旋即对自己的这个想法感到了羞愧，他感到实际上是自己把一切都弄糟了。

而这个夏天网站也有着迅速的变化和调整。网站根据投资的股份组合，在副总编以上的管理层中间，划分了两派，现在这两派斗争得正激烈呢。办公室政治在任何单位都是存在的，但是马达还是没有想到，在网站里也有这么严重，已经严重到了必须划分谁是谁的人的地步。

马达想起来自己原先所在的大报是这种样子，可是一个前卫的网络单位也是这个样子，他就特别烦恼了。金磊总编辑很器重他，任命他为助理，负责重头戏专题新闻，而董事长却很想任命从新华社挖过来的一个傻大黑粗的家伙，担任马达的职务。当这年夏天，网站开始露出了退烧的端倪的时候，内耗就更加激烈了。

马达现在把网站仅仅看成一份工作而已了。网络的冬天在夏天已经出现了寒意，他尽量地少在网站出现，这样就可以避开很多麻烦，而一些必须开的会，他也经常托病不去，乐得逍遥。而他也有意识地试图冷却自己和米雪的关系，要她看不到他。他确实觉得自己需要时间一个人待着。

三十九

马达在这年夏天，在网上开始了一种奇异的深富刺激性的生活。这是他从南方的一家都市报纸上获得的消息，说广州出现了网上一夜情俱乐部。现在，在北京、上海、广州、深圳这样的大城市中，一些受过很好的教育的知识白领，通过熟人介绍或者通过网络，搞一夜情的游戏。

那天马达抱着试一试的态度，进入了一个朋友推荐的聊天室，很快就和一个化名"蓓蕾"的女人联系上了，他们一拍即合，商量好当天晚上就在阿根廷大使馆对面的上岛咖啡厅见面，见面的标志是她手里拿着一本《新地产》杂志，而他则拿着一本《时尚旅游》杂志。

这个目的明确的约会使马达觉得很兴奋，这似乎使他打开了生活中特别沉闷的、压在他头上的一个乌云般的盖子，他要进行这样的历险，才能够摆脱生活对他的挤压。或者这也是一种逃避，他害怕和米雪的关系又进入到和过去一样的状态中去，重复他第一次婚姻的感觉。

他按照约定的时间，故意稍微迟一点来到上岛咖啡厅，为的是自己可以不用等人。现在已经是晚上十一点了，但是上岛咖啡馆里面人很多，吸烟区那里烟雾缭绕，人们说话的声音纠缠在爵士乐的金属般擦刮的声音里，使这样的夜晚显得很淫靡。在一个靠着窗户的位子上，他一眼就看见了那个"蓓蕾"，她是一个穿黄色上衣的女人，模样很俏丽，有一点冷艳，下巴有一些拒人千里的感觉。他立即放心了，担心自己会遇上一个丑八怪的想法消退了。她大约有三十岁的样子，正坐在那里抽烟，眼神似乎很迷离，眼前的桌子上有一大杯花草茶，还有一本《新地产》。

他径直向她走了过去，在他还没有在她跟前坐下来的时候，他们彼此注视的目光中，已经含着一种十分熟悉和暧昧的含义。她微笑的样子很迷人，有一点坦然和轻松的意味，还有一个酒窝，在她左边脸颊的下面，看得出她经常和人打交道。他放下了《时尚旅游》，笑了一下。"我们像是过去地下党的人，在搞情报交接似的。"他的话立即使他自己和对方都放松了，"我叫马达，我在北极星网站工作。"他在她面前坐了下来，可以感觉到她不经意地审视他的目光。

"啊，今年到处都是网络的消息，你从事了最时髦的职业，我的则非常传统务实——""蓓蕾"打开了眼前的《新地产》，然后把其中的一个页码翻给他，"我是这家房地产公司的营销部经理韩红，认识你很高兴。"她确实很高兴，似乎对马达也很满意，因为马达人很精干，很强壮，今天他有意识地穿了一件可以显露自己发达的肌肉的黑色T恤衫，这是他仿照"巨石"夜总会里面的"鸭"们的打扮。上次他和几个朋友去"巨石"玩的时候，看到了在"巨石"夜总会里面坐着的很多的"鸭子"，他们的个头很高，大都有一米八，年龄二十出头，穿着黑色的可以显露肌肉的紧身衣，三三两两地坐在那里等着客人，而他们的客人是那些中年的富婆或者婚姻失意、无法通过婚姻的渠道满足身体需要的女人。那天他注意到，很快，他们的主顾就来了，马达看到一般都是三三两两的女人搭伴而来，在这些"鸭子"的跟前像是挑东西那样，仔细地察看，眼睛里放射着不怀好意的淫邪的光芒，那种光芒和色鬼男人的贪婪的目光是一样的，这让马达感到不寒而栗。马达去跳了一会儿迪斯科，等到他再回到座位上的时候，那些"鸭"已经所剩无几了，显然，那些来消遣的中年富婆还很多。有消费就有供给，这就是市场经济。

"啊，你真算是标准的女白领。不，是女金领，认识你很高兴。"他们简单地聊了一会儿，服务员来的时候，马达都没有要饮料，"我不要了，我们马上就走。""结账，小姐。"韩红说完便把目光投向他，像是早就准备好了一样十分平静地继续，"我们走吧，到你那里还是我那里？"

"去你那里吧。"马达淡淡地说。

他们出了门，上了汽车。韩红开的是一辆黑色的本田车，他们像是早就预谋好的那样，没有过多涉及敏感的话题。韩红心照不宣地开车，然后回答马达关于地产营销的疑问。汽车很快就上了三环，向着国际贸易中心的方向而去。夜色很黑，一切似乎都很不真实，三环路边上的灯光，不断地把车内的一切东西拉长了影子，然后遽然又变短。他们都没有说很多话，似乎就是直接奔着一个目的而去的，那就是上床，去完成他们饱含着激情的一夜情。汽车开了十几分钟，就在东三环一个公寓楼的地下停车场停了下来，然后韩红领着他乘坐电梯上楼，马达看着电梯显示的层数，心情却稍微有些紧张。这确实是一次历险，他想，我在干着一件什么性质的事情？他无法把握，心情乱，心跳在加速。他悄悄用余光打量韩红，她仍旧是那种职场女性特有的庄重和矜持，但是在这保守的外表下面，藏着一个鲜活的渴望放纵的肉体，这真是城市中的一个秘密风景。一直上到三十层的高度，这里是属于一梯三户的那种私密性比较好的公寓。"我们到了。"她说，打开门，"请进吧。"然后韩红领着他进入了自己的屋子。

这是一套有着两个卧室的房间，一看就知道是一个单身女人的居所，从窗户中可以看见外面璀璨的长安街的街景，这是一个已经有了雏形的中央商务区的风景，是金钱和欲望造就的风景。"这里的视线非常好。"他站在客厅落地窗边说。"就是为了看景色，我才挑了一个很高的楼层。"她说，"要不要一点葡萄酒？"

"那太好了。"他说。

他们先在沙发上坐下来，韩红给他们倒了一杯干红，两个人碰了一下杯，喝了一口。音乐是一种教堂圣歌，音调高拔而又空旷，神圣而又深情，这样的音乐难道适合一夜情的夜晚伴奏吗？马达觉得要酝酿一下情绪，就亲吻了她一下，但是自己的嘴唇挨近韩红的脸的时候，觉得她的嘴唇很凉，有一点烟草的味道，也很冷淡，于是他有一些尴尬："你似乎是一个冰美人。"他缩回了身体。

韩红笑了一下，喝掉了酒杯里的干红："可能是我们不太熟悉的原因，另外，没有刷牙，我不习惯和男人接吻的。我先去洗个澡。"她起身，去浴室了。很快，那边传来了小解的声音、刷牙的声音，以及淋浴的水声，这些声音都进入了注意聆听的马达的耳朵里。马达环顾四周，看到这个居室里面有很温馨的气氛，主卧室半开的门，可以看见一张双人床的床罩是那种抓人的粉红色，他觉得自己在勃起，可能是粉红色和浴室里面的声音刺激了他的想象，他们将要发生的肉体的战斗，使他激情勃发。他暗暗地按捺住情绪，起身在房间中漫步，随意地哼着歌曲，然后等着她出来。

从她的室内布置、动作和年龄，他猜测她肯定结过婚，但是估计很快又离婚了，因为这一定是一个个性很强同时又很独立的女人，而今天的男人们，还没有学会如何和这样的女人相处。从她的表情上可以看出她懂得男人，似乎还有一种调侃男人的傲气与冷淡，这一定是她过去生活中的男人给她留下的痕迹。女人和男人相遇之后，彼此都是互为老师，也彼此会留下很深的烙印的。

她很快就出来了，浴液的香气和她本身的肉体发出的香气，使他迷醉。他迎了上去，亲吻了她，现在她的嘴里没有任何的烟味和异味："该我了。"马达走了进去，浴室里面充满着潮湿的香气，那是美人出浴的地方。带着白色自然流体的纹路的黑色大理石浴缸、墙壁，还有三面都有的镜子，让他从各个方位看到了自己。自己的身体是健壮的，刚好处在生理的巅峰。他很自信，他一边打开淋浴器，一边想，我肯定是神勇的。

等到他再出来的时候，发现卧室里面的灯光很暗淡，离原木地板很近的地灯打开了，是那种粉红色和绿色相间的颜色，床上等着他的是盖在一件单子下面那火热的女人的肉体。"来吧，马达，你洗澡的时间比女人还长。"她和他开玩笑，气氛变得热烈了。他走了过去，坐在床上，而他立即发现这是一个水床，床是可以摇晃的，本身就像是一副颤抖的肉体。他很开心，因为这个时候，身体呈现完全敞开姿势的韩红已经迫不及待了，她伸出手，把他拉向了她。他们的肉体相遇了。

这样的相遇在马达的想象中，似乎出现了很多次，但是都没有实际发生的那样来得真实和刺激。韩红的身体确实像是蓓蕾一样，含苞欲放，身体的每一个部位都在吸引着他，他们翻滚着，亲吻着，水床在摇晃。马达尽量地拉长着前奏，使韩红就像是要着了火一样着急和贪婪。马达要先习惯水床的晃动，他们彼此攻击与反扑，她吮吸着他，似乎带着一点仇恨，水床剧烈地摇晃着，他们像是在惊涛骇浪的大海上搏斗一样，狂暴而又温柔细致地熟悉了彼此身体的每一寸土地，在黑夜的掩护和浸泡下，他们忘乎所以，在肉体的颤抖中体会迷茫的激情。

早晨醒来的时候，他们又干了一次，这次是在浴室中。他把她按在洗手盆黑色大理石的边上，以一种奇特的姿势干了她。韩红这个时候显示了对自己欲望的顺从，没有了一点矜持与保守，呻吟与号叫着完成了自己的一次高潮。她完全酥软了。之后，他冲了一个淋浴，向瘫软在床上的韩红打了一个招呼，就先离开了公寓。

在出租车上，看着北京清晨忙碌和明丽的景象，中央商务区到处都是吊塔，上班的人们构成了城市的洪流。他觉得心情很好，昨夜的激情气息仍旧残留在他的身上，而身体也觉得有一些发飘，显然是精力过度耗损的原因。

后来他通过网络，以及朋友介绍，又进行了很多次的一夜情，和他过夜的对象各种各样，高的矮的，胖的瘦的，脾气古怪的，还有特别害羞的，以及略微有一些变态的，或者别的特殊要求的，他都体验过。她们大都是女白领，职业也很繁杂，自身的经济状况都很好，是完全可以在生活中独立的那种女人，但是不知道为什么，她们都无法获得满意的婚姻与爱情，或者，其实她们是在婚姻之外寻找这种新鲜感和刺激，给苍白的生活带来一些乐趣。而且这样的一夜情，干过一次之后，彼此绝不再联系了，似乎这是这种城市性游戏的一个法则。马达在这个游戏中沉溺了一阵子，后来渐渐地有些疲惫了。因为这样的游戏本身，丝毫不涉及人类美好的感情，比如爱、关怀和悲悯，只有满足人类下流的肉体欲望，这确实会使人渐渐地走向虚无，而那才是个体生命的永劫不复的黑洞。

但是他似乎仍旧忘不了初次和他度过一夜情的那个"蓓

蕾"小姐，也就是韩红，那个地产营销经理，他很想念她的身体，可自从那一次之后，为了遵循这个游戏的法则，他再也没有和她联系。他只是把她的电话告诉了另外一个喜欢这个游戏的朋友，那个朋友和韩红有了一次一夜情，告诉马达："韩红确实很有味道。"这勾起了他想再次和韩红联系的意念。但是，这就会破坏游戏的法则，就是不涉及任何感情，而他想再次见到她，就说明已经喜欢上了她，不知道这会不会破坏约定俗成的法则呢？

他偶然在《北京晚报》的房地产版面上，见到了她的照片，她在报纸上谈论京城房地产的营销特点，报纸上她的照片显得非常干练俏丽，马达发现，她在夜晚的迷茫疯狂全都没有了，在阳光下和摄影镜头中，她呈现给人们的是她光鲜的一面，那是阳光下的健康理性的形象。于是他给她打了一个电话："我是马达，我看到你的照片了，在晚报上，我想再见到你，请你吃晚饭，行吗？"韩红那边沉默了一下："对不起，先生，我不认识你。"然后韩红就挂断了电话。马达立即明白因为自己破坏了游戏的规则，遭到了拒绝。但是他似乎仍旧有一些不甘心，在网上又碰见"蓓蕾"的时候，他采用了化名，和她聊天，可是被韩红识破了，她照旧拒绝了他。

他后来经常想，他在网上过的这种生活是不是虚拟的，是不是完全虚幻的，因为所有参与这种一夜情游戏的人，到了白天，就完全换了另外一副面孔，在这个大都市中生活，这非常分裂和不真实，马达感到了迷惑。这可能是都市中的男女避免彼此伤害，或者制造情感麻烦的一个办法，或者仅仅是婚姻之外的游戏与补充而已，所以才有这样的游戏存在。就像是美国六十年代那样，今天的都市白领们也在寻找着生活的出口，但是奔涌而出的，都是他们的欲望和体液，却和灵魂与情感毫无关系。

四　十

　　"最近我特别烦，干什么都没有劲，觉得什么都没意思，心情一直阴雨连绵的，没有食欲，也睡不着觉。"马达皱着眉头对高伟说。

　　"对女人还有性欲吗？"

　　"也没有多少了，有一个新交上的挺纯的女朋友，就是没兴趣弄她。"马达一副特别烦躁的样子，"不过，有一些在网上搞一夜情的经历，有过意思的，后来也没劲了。"

　　"何以解忧，唯有摇头。"高伟笑眯眯地对马达说。他们待在一家叫"禅酷"的餐厅吃饭。这家门脸古怪的餐厅门口有一个坐着的穿囚服的光头罪犯的模型，就像是麦当劳和肯德基门口的小丑和肯德基大叔一样，是个招牌。一进餐厅，就发现这里的服务员有一点像是监狱的管理人员，而餐厅包房很像是一个个的囚室。"现在北京的餐饮业可真是无所不用其极，什么招数都能想。"马达坐下来感叹。

　　"注意力经济嘛，谁把眼球吸引过来了，谁就能把钱赚到自己的兜兜里了。"高伟点着一些听上去比较古怪、实际上换汤不换药的菜肴，"'十恶不赦、罪大恶极、蛇鼠一窝、狼狈为奸'，行了小姐，就这些了。"然后又接着刚才的话题，"今天晚上到我那里'high'一把吧。"

"干吗要到你那里？哪儿不行啊。"马达敷衍他。

"上一次不是差一点被抓了吗？你都吓破胆了。所以我们在自家'high'的话，就不会有什么麻烦。刚好有几个想当演员的外地妞儿，咱们一起'high'。"

"那你的老婆呢？她现在对你已经特不放心了。"

高伟轻蔑地一笑："我前几年起家的时候，是她帮我借的钱，所以她一直觉得对我有恩，我最烦这一点了，他们的钱我早就加倍还了，她还是经常用各种手法提醒我这一点，好像我的今天，全是她给我似的。"

"她在家里你也这样招这么多人去呀。"

"她最近老是和我吵架，所以我让她随一个旅游团去欧洲散心去了，省得在我跟前添乱，彼此都不痛快，她要一个月以后才回来呢。"高伟忽然想起了什么，"听说她和你打听过我的事情？她对我的事情都知道一些什么？"

马达看着高伟："对，她发现了你的电子邮件中的一封可疑的情书，特别恼火，要我调查这个女人是谁。"

高伟大笑："是一个一夜情的女人，我都忘了她长什么样了，这个女人想缠着我，真的很讨厌。其实就是一个野模特，外号叫'小妖精'，过两天你可以看见她，我没有二奶和情人的。"

"我觉得翁红月是一个挺不错的女人，你呀，就别再折腾了，别惹什么小妖精了。"

"最近她特别想和我生个孩子，天天要我交'公粮'，我都快为她精尽而亡了。要是有了孩子，我们就不好分开了。"

"你还是想和她分开？"马达感到吃惊。

"你不是都在闹离婚吗，你管得了我的事情？"高伟十分不满，"我的脾气和她完全不同，现在她就是一点也不给我独立的空间，我一点空间都没有，什么都得告诉她，她的疑心也特别重，所以我就很不愉快。"

马达岔开话题："算了，我不管你的事情。你们一般都是什么人在一起'high'的？"

"主要就是一些朋友，因为人都有群聚的本能，而群聚时大家在一起很熟悉，就不会在嗑药的时候拧巴了。"

"你们的行话还挺多的，什么叫'拧巴了'？"

"这是一个专业术语。'拧巴了'就是当你在嗑药的时候，如果身边的人你完全不熟悉的话，会产生特别可怕的幻觉，这就'拧巴了'。"

"你拧巴过没有？"马达问他。

"当然拧巴过。一次和朋友去一个不熟悉的地方，那边的人特别多，我除了一个朋友以外，别的人都不认识，而朋友自己先嗑了药'咣叽'倒了，我还没'high'，嗑药以后立即就拧巴了。那个时候特别可怕，我眼看着身边的人都一块块地化了，跟冰淇淋似的往下掉，而且有的人完全都是动物变的，现在全都现原形了，一个个张牙舞爪的，简直恐怖极了，我那回拧巴大发了。"

马达一听，觉得很害怕："要是能治忧郁症，我还真的动心了，可是你这么一说拧巴了的事情，我又动摇了。"

"没事儿，我那是吃的一种叫'黑芝麻'的药，劲特别冲，要是吃一般的东西，像CC、八十八号什么的，就没事儿。何以解忧？唯有摇头。你呀，就是得了忧郁症了。我已经把药方给你准备好了，你就听我的吧。"

傍晚的时候，马达坐着高伟开着的他那辆帕萨特轿车，向顺义的方向开去。后面还有一辆三菱越野、一辆白色捷达车，一共三辆车十几个人，都是高伟召集的他的朋友，到他家去嗑药的。他两年前在顺义区的万科城市花园买了一套房子，是复式结构的接近两百平方米的townhouse式的住宅，今天他们就是去那里。

后排的座位上坐着两个姑娘，这两个姑娘都是外地来北京混的，打算在影视圈里闯名头，但是目前也只是被高伟廉价租用，拍摄他接的广告片。马达和她们闲聊了几句，发现这些女的说话都不一般，口气很大，感觉什么事情都干过、什么事情都见过似的。像她们这种从外地四面八方来的，想在影视圈混的人，据说北京有十几万人，天天围着北京电影制片厂的围墙转经，可见竞争的激烈和北京的容纳程度。其中一个就叫"小妖精"，人很妖气，但是很瘦，几乎没有胸，属于那种排骨型的，不过马达知道高伟的趣味就是喜欢这种排骨型的。

　　按照一般的人，比如周槿母亲的看法，高伟就属于今天社会上的成功人士，年过三十就已经有车有房，而且每年还有上百万的进项，确实是一个典型的比一般的中产阶级还要富裕的人，但是马达却从内心深处认为，高伟也是生活中的一个失败者。他很早就和翁红月结婚了，过去的感情很好，但是这几年高伟变化很大，因为生活圈子变大了，他的身边总是美女如云，但他似乎越来越不快活，他嗑药已经好几年了，听说是和娱乐圈混的时候沾染的毛病。马达发现有的时候，高伟的手都有一点抖，就像是帕金森综合征患者那样，他猜想这可能就是嗑药和吸毒的结果。因而马达觉得高伟从内心深处来讲，比他要更加无助，所以最近马达就和高伟经常在一起了。

　　汽车从三元桥上机场高速公路，车速就加快了，车后座的两个广告女模特互相打闹着，而马达没有心思理会她们，看着车窗外飞速后退的景物。夏天里高大挺拔的白杨树，是北京最明显的北方树种，特别好看，在浓烈的太阳光照射下，树叶都是一种绿油油的颜色，像是被涂了一遍鲜亮的油漆一样。

　　他们的车从北皋桥上桥，拐入了京顺路，这是通往北京东北方向的几个郊区县怀柔、密云、平谷的一级公路，甚至可以远到河北的承德。当年大清王朝的皇帝就是沿着这条路，去承德的避暑山庄休假的。上了京顺路，路两边的各种加油站、商店的牌子就随处可见了，在孙河镇，药店、洗浴城、汽车配件店、杂货店和餐馆，这城市的郊区也完全城市化了，所有的招牌都设计得特别醒目和俗艳，就像全国的城市景观也在越来越趋同一样，也没有什么城乡之分。

在和对面的一辆黑色的奥迪车交错而过的时候，马达突然看见周槿的脸在那辆汽车中倏然闪现，而后又迅速消失了。

马达愣了一下，他转身去看那辆和他们背道而驰的车，隐约想起来他和米雪去莱太花卉买花的时候，看见周槿和那个有着漂亮的白胡子和白头发的老外，钻进了这样一辆奥迪车。那么，周槿他们是从哪里回来的呢？显然他们至少是去顺义或者怀柔、密云的风景区度周末去了，而今天刚好是星期日，一个酷热的日子，他们一定是避暑去了，这样的猜测很成立。还没有离婚，就已经和老外双宿双飞，这个女人真的很糟糕，马达的心口有一些不舒服。

高伟看他回头向后看："怎么，看后座上的妹妹呢？待会儿有你看的，你想怎么看都行的。"

马达缩回了目光，也没有解释，他尽量使胸部不要太闷，因为周槿仍旧可以使他胸闷和心脏难受。后座上的两个女孩吃吃笑着，看来她们准备要被他随便看，并且为这样的想象所逗引。

他们沿着京顺路走了十几公里，到了天竺空港工业区的B区，万科城市花园就到了。万科城市花园是典型的郊区化理念的房子，全都是好看的三四层的荷兰小镇风格的红砖尖顶的房子，因为是低密度的住宅，很多家都有绿地小花园。而且物业管理很好，保安的衣服很特别，像是国民党的空降兵。传说万科因为是深圳的一家上市的地产企业，在北京不善于也不愿意搞关系，就没有拿到好的地块，只在离三环路二十公里的空港工业区，开发了这个郊区化的漂亮的小镇。马达知道这是高伟多处房子的其中一处，这个家伙是狡兔三窟。

高伟的房子在花园中靠近一片中心大绿地的百合园，就在一二层，门前有车位，门后有私家花园草坪，环境很好。十几个人都进了房间，懒懒散散地在客厅中找地方坐下来，这个时候天已经完全黑了。

来的人中间，除了高伟，没有一个是马达认识的。马达担心自己如果今天嗑药，拧巴了怎么办？高伟介绍大家互相认识，原来大多数都是广告和影视界的人，编剧、导演、制片、模特什么的，马达也无心认识，只是和每一个人打个哈哈。高伟的房间装修得非常俗气，卧室一共有五个，洗手间也有三个，马达想高伟一个人每天早上起来，为到底要上哪个洗手间都会想破脑袋的吧。倒是高伟的沙发特别大，也十分舒服，马达坐在上面很惬意。

有的人已经带着自己的女朋友或者马子上楼上的卧室了，有的要蹦的，就打开了音响。客厅里的人不多了。高伟对马达说："给你一个妹妹！"向他推过来一个女孩，就是刚才在后车座上的一个姑娘，那个姑娘就势坐在了马达的腿上，马达十分不习惯地把她放下来："妹妹，你坐好了。"

姑娘用特别骚情的眼神迷离地看着他，用肩膀顶撞他："哥哥，你是不是不喜欢我？"一边还向他轻轻地吹了一口气，马达闻到了一股吹气如兰的味道，那是因为她刚刚嚼了口香糖。

高伟先是放了一点音乐，然后就自己吃了一片蓝色的药片，到里面的房间去了。这使马达有一些紧张，因为他担心高伟自己"high"过去之后，他和别的人不太熟悉而拧巴了。"你叫什么？"马达问把大腿搁在自己身上，像一个软体动物一样倚靠着自己的这个长着一双如丝媚眼的女孩。

　　"我叫莉莉，你叫我莉莉好了，你叫什么，我的哥哥？"

　　"你就叫我'小马哥'好了。"

　　"好哇，小马哥，给你一个好东西。"莉莉拿出了橘黄色的药片，马达拿过来看，看见上面写着"CC"的字样。这种东西过去是兽医给家畜治病的时候，给大型动物吃的，现在城市人当迷幻药吃了。"小马哥，咱们一起'high'吧。"她把这颗药片一掰两半，自己用矿泉水冲服了一半，把另外一半塞到了马达的嘴里，"小马哥哥，你吃呀，你吃呀。"在莉莉的催促下，马达没有再犹豫，就用矿泉水把那过去一直是兽药的东西咽了下去。他觉得开始的时候头有一些疼，但是很快，身体就有一些燥热，慢慢地有些发飘，有些想摇动身体，但是他又不想站起来。于是他把莉莉抱在了怀里，两个人也不管别人在哪里，他们都在干什么，而是互相亲吻抚摸，脑袋里想着疯狂的音乐的节奏，互相说话，这个时候他们的话特别多，说得也很投机，马达觉得自己从来也没有像今天这样口若悬河，后来他困了，他们的肢体在沙发上缠绕在一起。

四十一

马达很少游泳，但是现在他非常自由地在水下潜行，即使他无法判断这水是海水还是江河水，或者是湖水。水体很安详，没有湍急的水流和暗流，没有漩涡，没有洋流，没有席卷一切的大洋暖流。

他就像是在一个果冻里游泳一样。这果冻是半透明的，极其幽深，就像是时间本身做成的。所有的东西，人类所使用的各种器物，人们居住的住宅和各种的公共空间，像宾馆、商场、广场、娱乐城，全都在这水上浮现，或者在时间的果冻里被冷藏。他们和它们都没有任何的动静，只有他一个人可以在这水里游泳。他游泳的速度并不快，只是缓慢地向前，似乎隐隐约约可以听见有缓慢的音乐声，但是这音乐的磁带受潮了，或者被录音机给卷了，发出了缓慢和变形的声音，类似垂死的人所说的那谁也听不懂的话语。或者，不知道是谁把整个的时间给拨慢了，或者马达摔到了表盘之外，自己已经被时间所卷曲，不受时间的约束了。

马达在这时间的果冻中自由游动，他感到了惬意，但是又有一丝孤独，似乎周围没有别的人，他们全都被封存了，等待着被他发现。他继续前进，在被他发现的海底的世界上飞动，而海底的世界原先是人居住的世界，那里现在一片死寂，没有人声，没有灯光，只有漂浮着的各种东西，和黑暗的海底之城。他奋力向前游动的话，也游不快，因为似乎有一种巨大的无形的力量在拉扯着他向后退。

忽然，他看见迎面漂浮着一条白色的纱巾，纱巾是上下竖着的在水中漂浮，就像是类似海带的某种海生植物一样。在一片幽暗的水中出现了这样一个白色的鬼魂般漂浮的东西，他觉得很奇怪。

他靠近了这条白色的纱巾，伸手把它抓住，纱巾在水中弯曲，漂动，在他向前游动的时候变成了类似喷气式飞机后面拖出的白色烟流。

他再回头看去，那白色的纱巾已经没有了，在他的手上消失了，他的手中空空如也。不过，现在他来到了一片奇异的水域，这一片水域里全是各种各样的热带鱼，热带鱼十分漂亮，颜色也是五花八门、瑰丽无比。但是所有的热带鱼全部都已经死亡了，没有一条是活的、能够游动的。它们也不是直立在水中，而是斜着在水中漂浮，身上的奇妙的花纹图案被不知来自哪里的暗淡的光源所照射，显出了一点颜色，被他看见。不过，这种光亮使热带鱼鲜艳的颜色全都褪色了，使它们变成了陈旧的生物，显然，这是水底的视觉效应造成的。

这是一个美丽的死亡世界，所有的热带鱼不知道是什么奇怪的原因，全部死亡了，而被这海水覆盖的城市，也是一座死城。

他用手轻轻地触碰那些热带鱼，它们悠然地在他的手的外力作用下翻转着身体，就像是一种奇怪的标本，没有任何的生机了。他在水中直立着踩水而行，观察着四周的动静，但是连他滑动水流的声音都没有。在一个死寂的世界里随便地遨游，他觉得十分空旷和紧张了。

他继续向前，前面有更大的亮光。他明白了，在黑暗的地方，光亮是多么重要，而人必须向着有光的地方前进。

他游着游着，就离那发光的地方近了，现在他发现，那发光的东西也是动物的身体，它们是一些马匹。马匹全部都死了，身体散漫地在水中展开，特别舒展，这使得它们看上去很奇怪。

而更加奇怪的是，马匹的颜色全部都是一样的，是那种银色，这银色本身没有任何反光，它显得特别暗淡，和那些热带鱼一样，是一种褪色的银色。这种颜色是他从来也没有见过的，特别神秘，也特别漂亮。死马被他轻轻地触碰，就慢慢地翻卷身子，应和着力学的原理，在缓慢漂移。

死马很多，到处都是它们的尸体，他很吃惊它们因为什么竟然全部都死了，而且全部都是银色的马匹。这肯定与一场突如其来的灾难有关，要不然，为什么它们就像是被速冻一样，存在在这个果冻般的世界里？就像是被火山的突然爆发所湮没的庞贝古城一样，这里的世界也是因为外力的突然介入，而发生奇特的变化。在这一片幽暗的水域，死马群那银亮的颜色是最亮的了，就像是一个个的灯盏，照亮了附近的水域。但是它们的光亮是那么微弱，几乎除了显现它们自身以外，就再也照不到身边别的东西，犹如黑暗原野上的萤火虫，只是用飞行的一点亮点，而彰显它们自身。他穿行在银色死马的中间，既为这神奇的银色所折服，又非常疑虑和奇怪。

他不清楚自己到底来到了一个什么样的世界，他继续奋力游动，向前奔突，缓慢浮游，离开了那些漂亮的死马。而前面似乎越来越黑暗，没有灯光、没有颜色、没有声音，没有任何的东西能够被他看见，他只是能够看见一座被大水淹没的城市，它们静静地躺在水下，连同那些死马和死鱼。黑暗是吞噬一切的罪魁祸首，黑暗是最可怕的东西，因为在黑暗之中，一切近乎不存在。他不能够向后游去，只能够向前游。他相信前面有更多的景观，等着他去探微。

后来，不知道游了多长的时间，他果然看见有光在闪亮，一开始灯光如豆，在特别遥远的水中闪现，但是当他向它游去的时候，那光亮就特别耀眼了，可见那亮光是不动的，只有他在动。

他渐渐地向这光亮靠近了，原来，这是一艘已经被完全废弃的大船，有好几百米长，所有的窗户都透露出灯光来，他在船舷边靠近这艘船，靠近那一个个亮着灯光的窗户，但是在窗户中没有看见一个人，他们全部都神秘地消失了，他猜想这是一艘鬼船，也就是多年以前在大海之上出过事故的船，上面的人无一生还，过了很长时间，这艘船就又出现在大海上或者大海之中。

他很奇怪，为什么这艘船的灯光会亮着？这说明它的动力系统还没有遭到完全的毁坏，而他从很多的媒体上得知，有一个百慕大群岛附近，就经常发生各种古怪的轮船失踪的事情，人们怀疑是地球磁场的问题，和巨大的海流的问题，或者干脆就是外星人的作为，使一些巨大的轮船瞬间消失。而空空如也的轮船又会在不久以后的某一天，突然重新出现在大海之上，但是发现它的人会接着发现，船上已经没有一个人了，所有的人神秘地消失了。

他游进了这艘船，进入船舱，先是进入驾驶室，那里没有人，接着他在一个个房间搜索，仍旧没有看到人的身影。当然，他完全知道他们是不可能出现的了。每一个房间的摆设都是完好的，人们的各种用具全都放得好好的，有的东西还保持着使用的样子，钢笔还保持着准备写字的姿势，咖啡杯中似乎还冒着热气，可就是从此再也没有人使用它们了，整个船都是这样的，没有一点危险来临的讯息，人们就被席卷了，蒸发了，攫取了。

他开始还有着一种期待的心情，希望能够发现什么新鲜的东西，但是后来他绝望了，因为他不可能从一艘鬼船上面发现任何活动的东西，能够看见它所保持的样子，就已经相当难得了。

忽然，他感觉四周的水流有了一些变化，水流被一种很大的力量推动，它们甚至推动了这艘鬼船。船体开始吱吱作响，它开始在水底浮动了，他有些惊慌，就向船甲板上游去，直到出现在那里。

在那里，他感到确实有一种不可抗力，在迅速地吸引着这艘鬼船向那个地方而去，而这种巨大的吸食力简直使任何东西都不能够逃脱它的吸引，这船跑得越来越快，越来越快，开始他还能够和轮船一起被吸引，但是大质量的轮船显然被更快地吸引而去，他被轮船甩了下来，在水流中激烈地翻滚着，而刚才所有的缓慢的时间现在都迅猛地加快了，他高速地旋转着，和水流一起向一个莫名的黑洞而去。他明白了，他将遇到一个吞噬一切的黑洞，而他现在正在被这个黑洞所吞噬。

他的旋转越来越快，几乎是加速度的，直到那个惊心动魄的陷入黑洞的一刻的来临，他，掉入了一个深渊般的奇点。这是宇宙死寂的一个临界点，是万物的归宿，而他体验了这个归宿。

但是，仿佛只是静止了片刻，他就感觉到一声剧烈的爆炸声响，他从一个奇点上被炸开，并且被迅速地抛射出去，速度快得简直比光速还要快，而在这个宇宙死寂的奇点之中，竟然被埋藏和包含了这么多的东西，它们全部都被抛射了出去，以很高的速度爆炸开来。他明白了，作为一个基本的粒子，现在他体验了宇宙大爆炸的一瞬。

这是惊心动魄的一瞬，所有的东西都是从宇宙大爆炸中产生的，炽热的气体在放射，到处都是温度极高的空间，而时间也在宇宙大爆炸的瞬间诞生了，之后，时间就一往无前，有了一个时间和空间的坐标。

他被抛射到空间中去，这个时候温度特别高，慢慢地温度似乎在下降，而空间形成了，四周的所有的东西，正在因为温度的冷却，而聚积成一些星云，并且产生了恒星，以及围绕恒星运转的行星，宇宙继续地爆炸着，但是宇宙抛射的速度已经明显地慢了下来。一团团的星云当中，因为引力的关系，而聚积成密度不同的各种各样的球体，更加活跃的气体仍旧是恒星，它们在猛烈地燃烧着，它内部的巨大引力，使燃烧的氢气向内弯曲，于是就不会有爆炸的局面；而当恒星自己的热量燃烧完的时候，它就开始向内塌缩，迅速地塌缩成一个黑洞，开始吸引各种各样的物质。黑洞是不发光也不发热的，它没有任何光线可以被你看见，也不会有任何物质包括光线从里面逃出来，也就不会被发现它变成了一个密度特别大的东西。有的因为引力的关系，塌缩成了一个白矮星，这个过程被他完全地经历了，这是宇宙诞生的全部图景。

他即使是一个基本的粒子，就像是全身有着三百六十度角度的摄像机，把宇宙的诞生拍下来了全息的摄影，记录了全部的过程。他像是一粒极其孤独的尘埃，在茫茫宇宙的空间和时间两个方向上漂移，找不到自己的落脚之处，但是他看见了蔚蓝的星球，那是地球，从宇宙的角度看的地球，它在太阳系中一点也不扎眼，但是十分特殊。他被地球的引力所吸引，开始向地球上降落。当他来到地球上的时候，地球上还是一片的洪荒，到处都是水，而大气中可以被人呼吸的氧气还不多，根本没有生命的存在，然后在大海中出现了由简单的细胞构成的生物，接着，又出现了更加复杂的东西。他就是一个简单的细胞，分化生长成一个复杂的东西。

他觉得自己变成了一个精子，被射入了一个温暖的通道，他和更多的精子像是兄弟一样在这个温暖的通道中向前奋力地游去，就像是每年都要游几千公里到河流的发源地的小溪流产卵的鳟鱼，他就这样经历一个生命诞生的过程，一直到他最后和一个胖胖的卵子相遇，以冲刺的速度，攻入了卵子，完成了一个生命的诞生过程。

接下来一切有如快镜头，他已经飞快地长大成人，经历着一个人的成长，他又重新看到了自己生长的全部过程，就像是观看自己担任角色的电影一样。经历自己的成长是一件有趣的事情，他一直很想飞行，他最大的愿望就是能够变成飞鸟，于是，他立即变成了一只始祖鸟。

始祖鸟还长着尖利的牙齿，有着凶猛的爪子，现在他就已经可以飞行了，在空中飞行的感觉简直好极了，他自由地飞动，他快活极了，所有的大地尽收眼底，在天空之中，他获得了一个观看大地的最好的视野。他现在可以在他想变成任何飞鸟的时候，就能够立即变成这样的飞鸟，他说，自己要变成一个有翅膀的侏罗纪的翼龙，于是他就果然变成了一个翼龙，而且还长着凶猛尖利的牙齿，迅猛地从空中俯冲下来，去抓捕猎物。猎物在大地上四下奔跑，他纳闷自己原来是有恐高症的，怎么现在随便地在空中忽上忽下，都没有任何头晕的情况发生？

而当他想变成一只白鸽的时候，他就已经是一只白鸽了，白得特别耀眼，在空中忽然就被一只老鹰给抓住了，他悲哀地鸣叫着，但是一瞬间他变成了更加庞大的金雕，把老鹰都给带得直冲地面。

大地转眼之间已经变得一片金黄，秋天来了，温暖的颜色布满了大地的各个角落，即使是水泥城市，也有了暖色调的颜色，这个时候他是一只大雁，和众多的兄弟一起，在天空中列阵飞行，向着南方奋力地飞行。

　　突然，他又从半空之中掉到了地上，身边是无穷无尽的雏菊和牵牛花在开放，这是一片花的草毯，他觉得浑身都是暖洋洋的，很多穿着五颜六色的裙子的小仙女，从雏菊的花朵中心钻出来，围着他跳舞，而一个穿着白色长裙子的女孩，正从远处袅袅婷婷地向他这里走过来，他不知道她是谁。

　　马达醒了，他的怀里抱着莉莉，她不知道什么时候已经赤身裸体了。房间里一片黑暗，他不知道这是什么时间，也忘了在什么地方。一种特别空虚和沮丧的心情，重新笼罩在他的心头。

四十二

"京郊的风景还是不错的，"穆里施对周槿说，"这个周末我们去一个叫'野三坡'的地方好不好？那里有着成片的野花。"

"野三坡？好像已经到河北了吧，那是一个新的旅游风景区。"

7月盛夏，北京的天气十分燥热，在北京待了几年的周槿，觉得这几年北方的夏天越来越热了，上个周末她和穆里施是初次到郊区去玩，在平谷的金海湖旅游度假村玩了一天，在那里又住了一夜，星期天才回北京城。马达从车窗中看见的交错而过的车中间，坐着的就是周槿。

当然，她这已经是连续很多次柔和地拒绝穆里施的邀请，实在是推不过去，终于答应了他一回。她明白穆里施的意思，但是她的内心十分矛盾，同时觉得不能够使穆里施以为接近她十分容易，再说她的生活中，还有马达和王强这两个男人都要她同时面对，她有一些力不从心。

"不光是一个旅游风景区，关键是那里有你喜欢的各种各样的野花，在这个季节，开得漫山遍野都是的。"

"那太好了，我就是喜欢采野花，我想，那都是一些野菊花。我看过一些'野三坡'的风景照片。"周槿几乎是不可抗拒地答应了穆里施在电话里的邀请，因为这燥热的天气，也使她实在想到郊外去度周末。

上个周末她玩得很开心，虽然金海湖不过是有一个很大的湖面，四周却都是枯燥的群山，以及修建得很没有品位的建筑，但是她主要检验了自己的胆量，玩了一次水上跳伞，让自己从空中落入了湖面。这是她过去从来也没有体验过的非常刺激的事情。落水那一瞬间的感觉很疯狂。

"其实我还很想去十渡玩蹦极，我一直想从很高的地方跳下去，一直往下坠，在最后的一刻，又被弹了起来。但是穆里施，您可能不行，咱们还是去野三坡吧。"周槿在电话中说。

"噢，我的心脏不是很好，是不能从非常高的地方跳下去的，除非，我爱上了一个美女，可是她又不答应我，所以我只好从高楼上跳下去，那我就可以跳了。你要是叫我跳，我就跳。"穆里施和她开玩笑。

周槿想起来，她有一年和马达一起去十渡玩，那是十渡风景区刚刚开办蹦极的时候，去跳蹦极的人非常多，他们和一帮子朋友，大都是马达的朋友，像是高伟什么的，到了十渡，他们男的全部都退缩了。本来马达和周槿约好准备一起跳，来一个"双人连心跳"，就像是在华山上锁一把情感的连心锁一样，可是那里没有两人同时跳的项目，而毕竟夫妻两个一同往悬崖下跳，就像是殉情一样，当他们站在跳台上的时候，两个人的眼皮都跳得厉害，有一些古怪，马达坚决不跳了，他害怕了。后来周槿也没有跳，这成了她的一个遗憾——她此后就永远也没有机会和马达一起，从很高的地方一起跳下去了。

当然，也许马达不同意周槿的这个想法，因为他肯定会觉得，和她离婚，与从高处跳下去是一样的，都是从一种亢奋的状态中，突然跌入深谷。马达一定觉得周槿就是这样突然地和马达玩了一个感情的"蹦极"。

上次和穆里施一起去金海湖，穆里施的表现很绅士，虽然穆里施很希望周槿能够和他一起过夜，但是在晚上沿着湖边散步之后，他们还是回到了各自的房间，没有住在一起。

周槿觉得，和王强不同的是，她和穆里施是有一个底线的，就是在她的感情的取向没有确定下来，她没有和马达以及王强把感情的关系理顺之前，她是不会和穆里施有任何的肉体接触的。

而对王强，她则有着另外一种心理，那就是她对王强展开和奉献自己的身体，是为了回报他对她的激情和爱，而王强对她的激情和爱，已经持续了好多年，她是在回报他，甚至可以说是现时现报给他，因为她觉得自己和王强真正在一起的可能性是越来越小了，所以，要抵消王强对她的激情和感情，就得立即回报。

而她这么快就和王强上床，内心中还有一个十分隐秘的心理动机，就是报复马达。当一个女人已经对一个男人失望的时候，在心理上对这个女人来讲，没有比和另外的男人上床，更能报复一个男人的了。她很清楚地记得，当她和王强在春节时，在宾馆房间里紧张苟合的时候，她的心中涌现的，全部是对马达的恨意和快感。

"那我明天一大早就在你们学校门口接你，时间还是早上九点，你可以睡个好觉，好不好？"穆里施的声音听上去很动听，很有磁性。有不少男人，你仅仅从声音上感觉，你就已经喜欢上了他。

"好，明天早上见。"周槿愉快地挂了电话。她若有所思，在掂量这次和穆里施去度周末可能带来的后果。虽然她不能够肯定自己会朝哪个方向前进，但是她却已经在自己职业的选择上，下了决心，就是不去穆里施的公司任职了。

这个决心就是在上个周末决定的，当她和穆里施从金海湖边被潮湿的雾气所笼罩的小道上回到宾馆，在各自的门口告别时，当穆里施有一点期待和她共度良宵的眼神被她看见的时候，她毅然地回到了自己的房间，而暗暗决定，就在学校待着，这样的话，如果她和穆里施还有什么发展的话，比在他的公司里给他当助手要更方便，也更有理由。

因为不在他的手下干，她就会获得和穆里施一样平等的地位，这对被追求者来说，是很重要的。如果她去当了助手，以后他们之间无论发生了什么，即使是他们以后永远在一起了，在公司中穆里施也会有压力的，公司中从各个方面来看对于他们这种公司的管理人员和自己的秘书产生情感，是不可能从内心深处原谅的，所以她决定不去外企了，尤其是不去穆里施所在的公司了。

做出了这样的一个决定，对于周槿来讲，并不是一件容易的事情，这意味着周槿要和穆里施发生那种真正的关系了。

但是周槿还拿不准穆里施对她是一种什么样的感情，他到底会和她怎么样。毕竟，穆里施是一个瑞典人，他的感情和行为方式全部都是西方的，而他也刚刚离婚，和自己结婚二十多年的妻子离婚，其中的原因又是什么，这是周槿最想知道的，但是穆里施从来也没有讲过。

所以，周槿不能够肯定自己对于穆里施来讲，是不是就像是王强对于她，仅仅是一个过渡。一想到王强对于她是一个过渡，周槿的心情就十分郁闷，因为自己早晚要面对和王强恩断义绝的场面，那一天，她应该以什么样的方式说，又以什么样的心态来面对王强呢？这是她特别挠头的。

星期六的早晨，周槿收拾停当，从自己的单身宿舍出来，向校园门口走去，老远就看见了穆里施那辆进口原装的黑牌子的奥迪V6黑色轿车，穆里施已经在那里等着她了。而且，穆里施看见她走到汽车跟前的时候，自己下车，很高兴地和她打招呼，并且绕到汽车的右侧，为她打开车门，然后自己才又绕回左侧的位子上。

这个时候周槿小心地观察着四周，看看有没有她认识的人，看见她钻进了一个白头发老外的豪华汽车，很好，幸运的是周末的早晨，连学生都不多见。她在车内坐好，才温和地对穆里施说："穆里施，其实你不必下车为我打开车门的，你在车里为我打开就行了，我知道这是西方人的习惯，可是我还是不习惯。"

穆里施当然不明白周槿真正的用心，是不希望别人看见他的真容，而不是操心他的运动量太大了。"啊哈，这对我可是太难了，你知道，这是我从小养成的习惯，从十几岁的时候，我就这样为女士开车门了。"

"您不会是在说您十几岁就开始追求女孩子了吧。"周槿开了穆里施的一个玩笑。这个玩笑的效果很好，把穆里施给逼到了一个角落。

"我得坦白，我确实从十五岁就开始有了女朋友，但是为女士开车门，还要晚几年，因为不到十八岁，我们是拿不到驾驶执照的。所以，追求女孩的历史比为女士开车门的历史还要长。"

穆里施的坦白使周槿很开心，也很放松，这是穆里施这个看上去已经有六十岁的人的优点，至少是他一点也不虚妄，而是很坦诚。

他们的车很快就上了通车不久的南四环路，继续向河北的方向前进。四环路特别好走，因为车辆很少，而双上双下八车道的准高速路走起来非常舒畅。他们的车向南边的市郊公路开去。

周槿的确看到了成片的野花，在野三坡的山坡上，因为是盛夏时节，草木的茂盛是空前的。

周槿和穆里施在山坡上漫步，她奔跑或者跳跃，都是因为看到了稀少的花卉品种。北方的野地，菊科的野花开得分外抢眼，即使离秋天还很遥远，但是它们中间的勇敢者，已经绽放了花蕾。而欢快的蚂蚱在四处跳跃和歌唱，还不时传来它们振翅飞行的轰隆隆的巨响，因为它们的季节已经不多了，它们在极力地享受着这个夏天。纺织娘在欢快地歌唱，它们都有一种垂死挣扎的欢乐。

　　"昆虫们多快活呀。"周槿这个时候从昆虫的欢乐中体验到了一种悲伤。

　　"它们的时间不多了，所以要尽情欢乐。"穆里施爬山爬得大汗淋漓，显然他的体力比周槿的差一些。

　　"美好的时间与生命，总是容易凋谢和消失。"

　　穆里施凝视着一朵美丽的淡蓝色花朵："我觉得，你就像是这样的花朵，美丽、朴素而又耀眼。"

　　周槿看了看他手中拿着的花朵："啊，你喜欢蓝色的花朵。这是北方多见的野生喇叭花。"

　　"也不一定，有时候我更喜欢粉红色的花朵。"

　　"在我们看来，粉红色十分暧昧和色情。"周槿看着穆里施说，"怪不得你给自己的屋子里放了不少粉菠萝。"

　　"哦？这是很有意思的一种说法，看来我的内心也很色情。我已四十八岁了，过去一点都没有老了的感觉，可是我的妻子突然离开我之后，我就有了一种快到老年的感觉了，你看，不光我的头发是全白的，我的心有时候也有垂死的感觉了，我甚至觉得我是一个濒死动物了。"穆里施忽然有些沉痛地说。

周槿对穆里施的沉痛感到意外，因为所有的西方人都是不服老的，可是风度优雅的穆里施却因为自己的离婚，已经感到了死亡的威胁。

的确，一开始周槿还以为穆里施的头发是染的，但是后来穆里施告诉她，他的头发五年前忽然就全部变白了，那是在公司的一次裁员当中，担任公司副总裁的穆里施被降职为销售部经理，此后的半个月中，他的头发就慢慢地全白了。而且，到今天他都没有再升回去，很可能就要在这个位子上退休了。

"我的父亲在1984年的时候，因为应该涨的一级工资没有涨，也是在几乎一夜之间，头发就全白了。因为当时我们全靠工资来生活，所以，我的父亲就在四十九岁的时候，头发全白了。"周槿想起来过去爸爸的头发突然白了的事情，后来她发誓今后长大了不要再为钱的事情烦恼。

穆里施对周槿的叙述感到宽慰："这么说，我看上去像你的爸爸了。我看上去是不是很老？"

周槿也不知道穆里施的这种说法，是高兴还是悲哀，是想和她靠近还是仅仅是自嘲，她看着穆里施："我非常喜欢您，穆里施。如果我和您在一起能够使您变得年轻的话，我就满足了。"

穆里施一下子扔掉了手中的野花，他从站的更高的地方向周槿所在的地方冲下来，到了她的跟前，却缓缓地抱住了她，穆里施按捺不住自己的激情，就俯身吻周槿，周槿本来还要拒绝穆里施的亲吻，但是她内心有一个声音在说："吻我吧，吻我吧。"穆里施和周槿在遍布野花的山坡上吻在了一起。

之后，他们的手就非常自然地牵在了一起，他们的心中涌现了一种暖意，周槿都能够看见自己内心的这种情绪，它是橘黄色的，非常温暖与祥和，他们以为整个的山坡都是属于他们的，但是在拐过一个水坝的时候，他们遇到了一个人，他像是要拦路抢劫的人一样，远远地站在他们必经之路上。

那是一个当地的农民，挡在水坝旁必经的小路上，看到他们过来，说："一人收一块钱的门票钱。"

穆里施觉得奇怪："为什么你要收钱？门在哪里？没有门你为什么要收什么门票钱？"他丝毫不退让。

那个农民振振有词："你们从我家的地上过，就要给我钱，再说，这里是风景区，门票本来就是一块钱，你们是从山上走的，没有交门票钱，所以才要收的。"

周槿知道碰上郊区的刁民了，这种人就是为了能够弄到一点小钱，而会把老命都拼了的。

她对那个家伙说："我们可以给你，但是你给我门票我们要报销的。"

那个农民想了想："没有门票，但是你们也必须给我两块钱。"

穆里施十分生气："你是强盗？我们就是不给你钱，你要怎么样？"

那个农民也不示弱："那你们就在山上过夜吧，这个地方是我们家的地，你们从这里过，就要给我门票钱，再说，你们挣那么多，为啥要在乎两块钱哪？"

周槿觉得和这个农民纠缠下去没有什么意思："穆里施，我看就给他吧。"她说着就去掏钱，但是被穆里施严肃地拦住了："我们不给他。你让开，我们要过去。"可是那个农民就是不让开，穆里施生气了，一把推开了那个农民，就要往大道上走，但是那个农民也不后退，而是追上来，抱住了穆里施的腿，就是不撒手："你们要我死，也得给我们门票钱。你们必须给我两块钱！"

穆里施强行往前走了几步，实在拖不动一个大人，就停下来，周槿追上来又要掏钱，穆里施向她示意不要动，他忽然笑了："你这个男人，实在太倔了，好好，我们按照原路返回，不从你家的门前过，好了吧。"他转身拉着周槿又往回走了。

那个农民在他们的身后喊："我就不信，你们还不回来了！这里是俺们家的地，回来照样要交两块钱！"

四十三

他们在山上转了半天，然后从一个危险的悬崖上爬了下去，绕开了要经过水坝的那个必经的路口，也就绕开了那个收钱的农民。

爬下悬崖的时候，周槿很紧张，因为这个时候天色已经渐渐地黑了，而他们还在山坡上攀缘，没有到达停在公路上的汽车边。穆里施帮助她爬下了悬崖："哈，你看，我还没有老，而你也很矫健。"穆里施对周槿的身手也肯定了，尽管周槿其实十分不情愿走这样的一条路。

他们终于上了路。"我就是不给他钱，即使是两块钱。"这件事情使周槿认为穆里施非常认真倔强，"那个人是一个强盗。我最恨强盗了。"

周槿也觉得受到了侮辱，这件事情使她有一些难堪，因为这涉及国人的素质问题，但她觉得穆里施是不是有一些小题大做？她为那个农民辩解了："他也就是一个农民，很多农民没有太多的收入渠道，但是现在的税费又很多，这可能是他唯一的收入机会，结果我们还绕道而行了。"

穆里施发动着汽车："那他要是说明情况，或者给我们收费的凭证，我也就给他了。——你会不会觉得我很不好说话，很认真？"

周槿拍了拍他的手臂："没事的，每个人都有自己的性格和做事情的原则，我更了解你了。"

他们就不再说话，汽车开了大灯，在蜿蜒的盘山道上向他们预订的宾馆而去，两边的群山在夜幕下，延伸着黢黑的山影，这个时候的天色多少会使人感到忧伤。满山的植物都在吐着潮气，使得夜晚的空气非常潮湿。不知是谁烧火做饭，柴火和燃烧麦秸梗的味道在四下弥漫着，从他们微微开着的车窗外吹进来。可以看见萤火虫打着夏天的小灯笼，在暗夜中游动。这个小小的插曲很快就在他们的心里沉淀下去了，他们抵达了一家幽静的度假山庄。

这一次，穆里施没有和她分在两个房间睡，因为他只订了一个房间，里面有两张单人床。周槿觉得自己要和穆里施突破一个她过去设定的心理底线了，她有一些紧张，而房间里昏暗的灯光，掩饰了她的心情。穆里施为了使他们的良宵顺利，先亲吻了周槿一会儿，调动了周槿的情绪，然后，他先去冲澡了，屋内弥漫着穆里施的香水味，那是因为他脱掉了衣服。

他很快就出来了。"水很热，你别被烫着了。"穆里施叮嘱周槿。

周槿在冲澡，在哗哗的水流冲刷下，她的心情很复杂。她犹豫了，现在她想着自己如何能够脱身，因为她的确在滑向一个她可能不好掌控的结果，她感到了害怕，甚至不知道自己在干什么。但是其实已经迟了。就在她心乱的时候，穆里施像是一个浑身长满了毛的动物，从外面进来了。

周槿吓了一跳，她尖叫了起来，因为她从来也没有见过身上有这么多毛发的男人，马达身上只有很少的毛发，大多数中国人都是这样。而白人，像是没有进化好的人一样，仍旧有那么多的体毛。

但是她的尖叫反而刺激了穆里施。"别怕，是我。"他柔和地说。他缓缓地在喷溅着水花的喷头下抱住了周槿，两个人裸体相遇了。他亲吻她，她有一些害羞，但是穆里施已经十分勇猛和激情难耐地在水花四溅之下，拥抱着周槿，并且亲吻她身体的每一个部位，使她陷入了身体的战栗当中。之后，穆里施没有任何迟疑，十分神勇就在浴室中和周槿做爱了。

周槿紧张而又快活、兴奋而又恐惧地呻吟着，她似乎在期待着这一刻，但是又特别害怕这样的时刻。在她的体内，存在着另外一个自我，这个自我渴望着肉体被完全征服，她就是一个奉献者，一个注定将向勇猛的男人敞开的女人，现在，穆里施完全做到这一点了。可是，还有一个矜持的、保守的女人，也在她的体内，她在拒绝，在尖叫，在抵抗着任何男人的进攻，使他们无法得逞，在求救，最后在哭泣。

和马达结婚之后，周槿一直希望有一天，能够和马达在一片郁郁葱葱的草地上做爱，周槿甚至在梦中都已经有了这样的想象。

那是和大地完全结为一体的感觉，在想象中，她躺在那里，就像是无尽的大地，漫无边际地敞开着，被一个辛勤的农夫用力地挖掘。为什么她会梦想和丈夫在草地上做爱？因为那个时候，蓝天、白云和青草构成的环境一定比屋内要好，而且还可以亲近到无穷无尽的野花地毯。再说，最远古的恋人，他们的交合，难道不是在纯粹的大自然当中的吗？那当然是一种女人浪漫的性幻想罢了。

穆里施和周槿在浴室中的激情持续了好久，温热的水流冲刷着他们，尽管周槿觉得有些劳累，他们也算如鱼得水。她有些晕眩了，之后，穆里施细心地给她擦干净身体，把她抱到了床上。

周槿已经被弄得十分松软和慵懒，她没有了力气，或者耗干了力气，躺在床上，和他拥抱和接吻。她明白自己已经完全跨越了一个界线，她要走入穆里施的生活了。因为穆里施同样也走进她的生活了。

黑暗之中，穆里施很快又有了再一次的情欲，他翻身把周槿压在了身下。周槿因为已经释放了所有的欲望，她只是被动地接受着，在麻木的快感中几乎昏了过去。

和马达已经有了几年的性生活史，所以周槿做爱的能力是不错的，但还是架不住穆里施老当益壮的攻击与征服，她被彻底剿灭了，翻出了可怕的眼白，意识也进入了一阵空白。

她再次醒来的时候，屋内已经是漆黑一片。穆里施习惯一个人睡一张床，他在另外一张床上安静地入眠了。周槿感到浑身很酸疼，她翻着身，她忽然觉得自己和马达、王强之间的一切已经全部消失了，她和他们之间什么东西都没有了，因为这个夜晚，她彻底地告别了他们。或者说她无法再面对他们了，她变成了一堆碎片，浑身已经支离破碎，无法拼合成一个完整的人了，她有些无法肯定自己到底要什么、到底是一个什么样的人，她默默地流泪了。

四十四

在周槿的梦中，裸体的她仍旧在熟睡着，但是她的意识却是完全清醒的。她闭着眼睛，但是可以感觉到有三个人在她的床边注视着她。

这三个人都是人身兽头的模样，显然他们分别是马达、王强和穆里施这三个出现在她生活中的男人的化身。

马达是一个牛头人身的模样，王强长着一颗熊头，而穆里施则是一颗老鹰的头，他们在注视着她。

她从熟睡中醒来，看见了他们那恐怖的脸，吃了一惊，她坐起来，而他们都俯身向她，似乎都想得到她。她害怕了，跳下床就开始逃跑，而这几个人身兽头的怪物就在她的身后追。

她疯狂地向前跑，就是为了躲开这几个怪物，但是他们都发出了她所熟悉的声音，这声音分别是马达、王强和穆里施的，可是当她回首看见他们的怪物模样的时候，就跑得更快了。

在前面，她看见了一朵巨大的花儿，仿佛是营救与召唤一样，在一开一合地逢迎她。她立即向着那巨大的花心中一跳，藏身于那花心之中，花朵就立即闭合了，并且缩小了。

即使是这样，那三个人身兽头的怪物也照样追了上来，围着这巨大的花朵，闻嗅、舔吻，并且把肉乎乎的鼻子和尖利的鹰嘴，伸进花瓣里面，来寻找惊慌的她，瑟瑟发抖的她，裸体的她。

很快，梦境的环境就变了，现在她变成了一个人头植物身子的模样，在她的身边，开放着大片的罂粟花，罂粟花非常妖艳美丽、鲜艳夺目，而她周槿也变成了一朵人面罂粟，和着微风在慢慢地摇曳。

转眼之间，罂粟都熟了，该收割了，她看见马达和王强两个人头上戴着白羊肚头巾，手里拿着锋利的弯月般的镰刀，要收割罂粟了。现在，马达和王强似乎十分要好，周槿觉得奇怪——他们过去不是从来也不认识的吗？为什么他们会一起在田间劳动呢？他们要收割什么？我吗？

他们向她逼近，但是根本就看不见她就是周槿变的，照样用锋利的镰刀，割掉了她的罂粟的头颅，她发出了一声惨叫，但是没有任何人理会她。镰刀的锋刃，瞬间滑切过她那饱含着成熟的罂粟籽的头颅和皮肤，一些乳白色的液体就流了出来，这个过程使她浑身十分疼痛，并且发出了一声悠长的号叫。号叫是极其惨痛的，是那种真正痛苦的声音。

周槿惊醒了，但是沉沉的黑夜又使她继续坠入梦境里无边的幻觉中，那是一种超越现实的景象。

她很快就在另外的一个梦中出现了，这是一个梦中之梦，她梦见自己正在做梦，结果梦见自己醒来的时候，她那满头的黑发已经全部掉光了，她变成了一个光头女人，在和一面镜子中的自己对视。

当她出门的时候，外面本来风和日丽，但是天气却突然地发生了变化，天气变得阴沉了起来，而且起风了，风把乌云迅速地向着她所在的地方推来，一副山雨欲来风满楼的样子。

她感到了紧张，但是四周没有一个人，大地上只有她一个，很快，天边处，向这边飞来一些黑点，等到它们抵达的时候，她才发现它们是各种的鸟类，黑压压的，一个个地叫着，向她迅速地俯冲而来，开始攻击她了，她慌忙地奔逃了。

鸟们向她发起了攻击，因为她是一个光头的女人，燕子、海鸥、军舰鸟、鱼鹰、啄木鸟、秃鹫、大雁、白鹤、鹭鸶、乌鸦、蜂鸟、斑鸠、野鸭、百灵、猫头鹰、云雀和夜莺等各种各样平时特别温顺的鸟类和猛禽，现在全部都疯了似的，向她发起了攻击，她捂着头，尖叫着拼命奔跑。

她终于跑进了一个屋子，紧张地关上了门窗，那些鸟类纷纷冲撞在门窗的玻璃上，发出了惨烈的叫声。

这个时候，屋内的灯光突然全部亮了，一些穿着医院的大夫和护士服装的医护人员看着她，笑容可掬地迎接她，她发现自己变成了一个临产的孕妇，肚子已经很大，肚子中的娃娃在拼命折腾，就要出生了。

在大夫和护士的安排下，她躺到了产床上，护士给她刮了阴毛，给她涨开的阴户消了毒，准备给她接生了。

她的生育过程十分艰难，其间夹杂着她对自己的怀疑：自己一直不想要孩子的，怎么自己又怀孕并且要生育了呢？是谁使她怀孕了，要她经受着女人的一劫？知识女性根本就不想要孩子的，为什么我还要生育？正在她十分困难地生产的时候，一个大夫忽然惊呼，这个人不是一个孕妇，这个人是一个雌雄同体的人！

　　她吓了一跳，原来她一直梦想自己变成一个雌雄同体、自我喜欢和迷恋的人，现在竟然终于实现了，自己再也不会因为要去找到自我生命另外的一半，而去和一个个的男人约会和碰运气了，自己现在雌雄同体了，就可以无性繁殖、自我迷恋自己的身体，不用再和男人做爱，她自己就长着乳房、阴茎、阴道和阴囊，男人和女人应该有的东西，她全部都有，她可以抚爱自己乃至和自己做爱，她实现了自己多年的一个隐秘的愿望，一个完全依靠自己的生物体。

　　当医院的大夫和护士发现了她是一个雌雄同体的人的时候，产房立即变成了一个展览室，她被关在了一个透明的玻璃柜子里，这个玻璃柜子是四方形的，她被放进去，就像是某种珍奇动物那样，被很多的人观看。起先她还有一些害羞，但是很快她就十分坦然了，毕竟她是自己愿意成为这样的人的，她觉得自己不是怪物，是一种雌雄同体的新人，是摆脱了人类的情欲烦恼的人，是人类最先进化到高级阶段的新的人类。

　　但是她在前来观看的人群中，发现了马达、王强和穆里施，他们的表情是十分惊愕与恐慌的，仿佛他们过去和一个不明生物进行过性交似的，他们唯恐她把他们认出来了，尽量地往人的后面躲，不希望被她看见，但是她就是把他们认出来了，她特别高兴，而且还大声地喊他们的名字，可是他们吓坏了，装作没有听见，在人群中向后躲着，很快就消失了。

更多的人都来看这个雌雄同体的人在独自表演，他们越聚越多，把她所在的玻璃柜子给完全围住了。玻璃柜外面，全部是那些人欣喜和好奇的脸，这些脸使她感到陌生和紧张，于是她发出了尖叫，然后周槿醒了，大口地喘气。

四十五

　　马达在网站编发了一个反腐败的专题新闻，因为就在前几天，全国人大常委会原副委员长成克杰已经被执行死刑了，听说死刑的实施是用药物注射的，显示了行刑办法的进步。而今年落马的高层官员似乎很多，马达的这个新闻专题就是集中报道了一些高级官员落马的情况。腐败分子就像是韭菜一样，割了一茬，另外的一茬又出来了，好在总有镰刀落在他们的脖子上。

　　马达还自己去沈阳采访了当地的黑社会头子刘涌落网的新闻，知道了沈阳的很多政府官员，包括市长、副市长和很多局长即将落马，沈阳在发生着一次地震。而他发现，这个有遍布市区的高大烟囱的城市，有比南方更多的娱乐城，因为传统工业的衰落，男人们失业了，欢场生涯是很多女人赖以生存的生活方式，他也顺便采访了铁西区那些传统产业工业聚集区的工人，在那里，他看到了如同英国工业革命衰落之后，利物浦和曼彻斯特大量失业和凋敝的传统产业的情形，那些麻木和冷淡的失业工人的脸使他震惊。和没有拿到土地出让金，就私下被蚕食的土地上盖起来的金碧辉煌的写字楼，以及那些遍布城市各个地方的娱乐场所，形成了鲜明的对比，这是一个有着典型中国问题的城市。他写了分量很重的系列报道，来探讨沈阳到底怎么了。

似乎今年的新闻特别多，除了一些好事情，还有一系列关于坏警察的报道，马达都参与了策划报道：河北霸州市民警杜书贵杀人案、河南禹州市民警刘德周杀人案、云南森林派出所民警房建云杀人案、江西吉安市民警万志勇杀人案、吉林长春公安局民警梁旭东黑社会杀人案等等，这些警察杀害普通老百姓的案子特别触目惊心。

而更多的灾害新闻也是层出不穷：6月22日四川合江沉船事故死亡一百三十人，同一天武汉空难死亡四十七人；6月30日广东江门发生大爆炸死亡三十五人；7月7日广西柳州发生的一个交通事故死亡七十九人，网站全部都派马达到现场采访，马达的采访报道都很精彩。

但是这个时候，网站的日子似乎开始越来越不好过了，投资方和媒体合作方两家大股东因为资金和人事，开始不和了，网站竟然突然裁员百分之十，马达作为中层骨干，虽然没有被裁掉，但是已经有了危机感——传说中的网站要崩溃的消息，看来就要变成现实了。因为几乎所有的网站都发现，他们作为运营商都没有赚到钱，而只有那些设备供应商才赚到了钱。

这个时候，高伟有一个让马达很动心的计划，就是叫几个朋友，一起开车沿着北京到上海的刚刚竣工的高速公路走一趟，所以他就立即答应了，因为这是一个散心的好计划，几个月来，为了策划报道重头新闻，马达已经精疲力尽了。

从很早的时候，马达特别喜欢美国作家凯鲁亚克的小说《在路上》，那部小说讲的就是几个美国人穿越美国大陆的故事。而这几年，上海的建设似乎在各个方面在国内都是领先的，要比北京都超前几年，所以马达也很想到上海看一看。

　　"那边有我的一些'high'友，上海的迪厅里嗑药的一点也不比北京的少，我们那边的朋友更多的。"高伟还是不忘他的嗑药活动。

　　"上一次我在你家磕了药之后，第二天脑袋非常疼，而且似乎情绪比原来还要糟糕，我可不想依赖这种过去给牛马吃的东西，来治自己的忧郁症。"

　　"你放心，摇头丸绝对能治你的忧郁症，你再吃几次，就什么事情都没有了。"高伟对那种有颜色的药片似乎很信任。

　　"我们什么时候出发？一共几个人？"马达已经向网站请假了，所以他想着要尽快出发。

　　"明天一大早，咱们人嘛，你我，再加上上次到过我家的莉莉和'小妖精'，就这四个人。我看莉莉很喜欢你嘛，她在电视剧《赛金花》演过少女赛金花的，肯定够味道，你和她干过，感觉怎么样？"高伟奸笑了起来。

　　"我和她干了又怎么样，你怎么这么笑我？我们又没干什么。"

　　高伟奇怪地看着他："你们没干什么？我可是看见了，你们在我家里什么都干了，那个时候你正'high'着呢，你们俩就像是太平洋上岛国的野人，一起拼命跳草裙脱衣舞，特别协调的。"

马达十分不好意思，自己肯定在那蓝色药片的作用下丑态百出了。"我什么也不记得了，可能她也不记得了。反正是被你拉下水的。"

"我其实也忘了，不过，带上她们热闹，有女人是麻烦，也有很大的乐趣。明天凌晨五点我们就出发。"

四十六

8月的一天凌晨，北京的天空十分幽静和干净，没有云彩，天气有一些闷热，又有一些清凉，还有一些潮湿。这样的天气适合远行。

马达很久都没有在这么早起过床了，他从家里出来的时候，还看见了天上的繁星，在向他眨巴着眼睛，只是这些繁星正在迅速地消失，消失在东面的天空中那快速涌现的奇特的鱼肚白中。

马达也好久没有见过鱼肚白色的天空了，最早在大学时代，夏天里，接近要期末考试的时候，他曾经起过这么早，之后这么多年，他就再也没有见过鱼肚白色的天空了。这说明这些年他从来都没有早起过。鱼肚白色的天空是在瞬间变化的，每一秒和上一秒就已经不一样了，他一边在路边等待高伟到来，一边细心地观察着鱼肚白色天空的瞬息变化。很快，天空在变得暖红。

高伟的帕萨特轿车到了，莉莉和小妖精已经在里面了。马达猜测她们两个就睡在他家里，至少他家有四五个卧室的，再说他老婆不在，高伟就什么人都敢往家里领。她们两个，尤其是莉莉热情地大呼小叫着把手伸出车窗："马达马达！"把马达让进了汽车，马达和莉莉坐在后面，小妖精和高伟坐在前面，这种坐法的意思就是马达和莉莉配对，高伟和小妖精配对。

然后，汽车上了三环路，向南边的京津塘高速公路的入口而去。马达这次认真观察了小妖精是一个什么样的女孩，他发现她长得很瘦，完全属于那种排骨型的，比上次见到她还要瘦似的。这个女人曾经叫翁红月特别恼火，看来高伟仍旧和她搅和在一起，而且似乎关系越来越近了。

马达现在才注意到莉莉的脸，这个女孩的脸长得十分饱满，粉嘟嘟的非常性感，而且身体也很丰满，就像是一个精美的肉弹，从你不知道的地方突然向你发射了过来，一下子就到了你的怀里，你一下子不知道是应该惊喜还是警惕。

她是从长沙来北京的，说话的声音里有一种好听的湘妹子味道。"小马哥哥，你好帅哟。"

马达被她嗲得一哆嗦，他搂住莉莉的腰，和她一起发嗲："莉莉，你好美哟，也好肉哟。"他一想起自己和这个女人干过什么，就浑身又哆嗦了一下。

"小马哥哥，你是不是很冷哦？要不要我给你暖和暖和？"莉莉瞪着她的眯眯眼，挺着大胸就要往马达的怀里蹭。

高伟回头看着他说："后面有一根棒球棒，那是给你的，咱们防身用的。这一路并不是很安全的。"

"咱们不是都走高速公路的吗？"马达问高伟。

"有的地方高速公路还没有接上，要走次级公路，而且出了北京，这一路上的车匪路霸很多，就不是那么好玩了。到时候，软的，有小妖精和莉莉，硬的就是我们俩的棒球棒了。"

"你们遇到危险想拿我们女的当礼物啊？我们才不干呢，我们就自己逃了。"小妖精是一个很机灵的女人，她笑着说。

"只怕你还没有跑多远，就给土匪强奸了。"高伟的嘴巴毫不留情，"到时候我们可不管你们，还要报案说你们是里应外合。"

他们一路上说笑着，汽车已经上了京津塘高速公路，一路向东南方向开去。马达带了一本十分细致的分省地图册，在仔细察看道路走向。这些年高速公路的建设非常快速，国家举债把钱都花在基础设施上了，似乎带动了很多产业。政府为了扩大内需，真是想尽了办法，看来还是有效果的。不过，总是发国债，财政赤字越来越大，政府也是慢慢不好受的。马达胡乱思想着，左手在捻着莉莉的一根辫子梢。

他们的车在高速公路上开到了每小时一百六十公里，高伟不断地超车，似乎甩开一辆辆行进的汽车非常过瘾。马达知道小妖精也会开车，她过去是重庆电视台的，现在在中央电视台下面的一个公司工作，高伟曾经请她拍摄过几个广告。马达明白高伟喜欢的女孩都是比较小巧玲珑型的，排骨型的，最好胸部也是平平的，没有隆起，不像他的趣味，比较喜欢丰满的、肉弹型的。不过，看不出高伟和小妖精会怎样，他们只是玩伴儿，他们本来就不想怎么样，翁红月的担心其实是多余的。可是自己呢？自己现在简直是疯了，闹离婚的焦虑使他不断地在冒险，在放纵自己，他在干什么？

在天空中，鱼肚白的颜色已经被晨曦的淡金色给提升得很亮了，在高速公路上行走，天空似乎也在尽力地展开，并且渐渐放亮。在北京生活，马达经常有想要离开北京的想法，因为北京太大，人人都很渺小，北京现在也非常躁乱，到处都在施工，但是大街拓宽了，那些特色店不见了，人味儿也就没有了，很不适合生活。天知道那些城市的管理者在干什么！

　　所以马达过去经常通过到外地采访，短暂地离开北京，于是就能获得一种十分新鲜的感受。只要在北京待上一段时间，马达就变得烦躁，就需要离开北京一段时间，这样等到他再回来的时候，他能够有比较好的心情在北京继续生活了。人是不能够老是待在一个地方的，即使像北京这样的信息量特别巨大的地方，待久了也是不行的。

　　马达的眼睛贪婪地看着窗外的风景，而两个姑娘因为起得太早的关系，已经在车上又睡着了。莉莉的毛卷卷的脑袋躺在他的怀里，睡得很沉。女人都是没心没肺的，她们真是可以倒头就睡，什么也不想，醒过来继续把一切都弄糟。高速公路边上那些巨大的广告牌上，大多数都是中国电信、中国石油和中国移动的广告，这些国有垄断公司在高速公路边上的广告也是垄断的。马达一边计算着这些年花在这些垄断公司的钱有多少，又在心里觉得他们开着这样一辆还算安全高级的轿车去上海，和开一辆越野车去大西北是两种完全不同的感觉，但是不管怎样，开着车去上海，本身就已经特别带劲了。那里已经变成了地球上的一个奇观。

"咱们什么时候能够到上海？"马达问高伟。

"快的话，我们今天晚上就能到达上海，要是不迷路的话。"高伟打开了车上的音乐，使马达视觉中出现的一切景物，都因为有了音乐的伴奏而变得富有韵律。

"咱们在上海待多久？"

"怎么，刚刚出了北京，你就又想回去了？怎么着也得在上海待上一个多星期的。上海有很好玩的地方，有漂亮女孩，有好吃的南方菜，咱们还可以到离上海不远的水乡周庄去看看。"

汽车在高速公路上进入天津地界不久，有一个南下的出口，又走了一阵子，到了一个叫作黄花店的地方，这个时候，前面有标识说"前方修路，请绕行"。

"妈的，报纸上不是说这条路大部分都竣工了吗？"高伟骂骂咧咧地把车开上了一条次级公路，道路的状况很不好，车很颠，前面有很多的大车在缓慢行驶，小妖精和莉莉都被颠醒了："这是到什么地方了？"

"到村里了，你看那边的田野，到处都是已经被收割过的痕迹。"马达说。北方田野和乡村的景观浑朴大气，但是有一种粗野和苍茫。8月的田野十分干净，小麦已经早被收割，玉米地却是漫漫铺展。

"我看还要抄近路。"跟在大型货车后面慢吞吞地走着，高伟非常着急，他把车开上了一条土路，准备绕开前面长长的车队。但是高伟七绕八绕，后来开到人家的村里了。眼见着前面有一条村级公路，高伟正要开过去，突然有几个农村妇女冲了出来，拦住了他们的车。

高伟把脑袋伸出了车窗外："拦住我们干什么？让开！"

三个农村妇女一副浑不吝的样子："交钱！我们自家修的路，你们打这里过，就得交过路费。"

马达感觉不妙，出门在外，一定要多一事不如少一事，他声音柔和了："大嫂，要交多少钱啊？"

"不多，就一百块钱，你们从俺们村过去，就能上高速公路了。"

高伟一听就火冒三丈："让开！你们是强盗哇，一百块钱，都够给你们买棺材了，有这么收费的吗？"他开车就要强行往前面开。这个时候，几个婆姨突然躺到地上了，显然不怕高伟压过去。

高伟加大了汽车的油门，摆出了一副真的要从这几个农妇的身上压过去的架势，他本来是想吓唬她们一下，但是那几个农妇根本就不害怕，丝毫没有退让，而在路旁边的一些小孩都尖声叫了起来："压死人了！压死人了！"

忽然，从一些民房中涌出了一些男人，他们的手里都拿着镐头、铁锨和其他一些可以当作武器的农具，大声嚷嚷着："在哪儿？在哪儿？谁这么疯？"纷纷出来，围住了他们的黑色帕萨特轿车。

看着这些衣衫褴褛的农民仇恨地围着他们的车，几乎连车门都有点打不开了，两个女孩吓坏了，她们可能最害怕农民了。"他们要多少钱就给他们多少钱吧，咱们赶紧离开这个鬼地方呀！"小妖精尖叫着央求高伟。

"狗屎！我就是不给他们钱！"高伟突然涨红了脸，"我加大油门闯过去，压死她们活该了！"

这个时候，他们黑压压地向汽车涌了过来，马达都可以看得清楚这些农民脸上分布的条纹奇特的皱纹，这是劳作和对城市人本能的仇恨的结果，他们不说话的样子十分恐怖，马达看见他们每个人伸出了一只手，去托举汽车，这辆重1.4吨的帕萨特轿车一下子就被他们轻易地举在半空了。

马达觉得事情正在向不可预料的地方发展，他急忙打开车窗："喂喂，你们谁是村干部？我们是来采访的记者，有急事路过这里，请给个方便好不好？赶快把车放下来！要不然要出人命了！"

"什么记者？你们不是要压死我们的人，强行从这里闯过去的嘛，你们倒是闯啊，看谁牛×。"他们知道马达他们感到害怕了，就把汽车放了下来，其中的几个农民哄笑着对他们说。

马达掏出了记者证："你们看，这就是记者证，是你们的省政府专门邀请我们来的，我们交过路费，你们就赶紧让我们过去好不好？"

其中一个像是领头的农民拿过记者证看了看："嗯，是一个记者。很简单，你们交了一百元过路费就可以通过。"

马达笑了一下："我从来没有听说过这么贵的过路费，打个折好不好？帮个忙老哥，大家都不容易。"

那个领头的想了想："好吧，要不是你们是记者，我们一分钱都不会少的，这样，打个对折，你们交五十块钱吧。"

马达赶紧掏出了五十元钱给了他，这个时候简直是立竿见影，那几个躺在汽车前面的路上的农妇立即起来了，围堵在汽车前面的人也让开了一条路，马达谢了一声，重新摇上汽车的车窗，高伟十分恼怒地开车徐徐前行，通过了这一百多米的经过村子的柏油路。所有的人都在路两边缓缓地渐次让开，他们的表情充满了嘲笑、冷漠和愤恨，他们的汽车驶离了这个似乎自古就被人忽略和冷落的村子。

他们的车很快就上了高速公路。"刚才有几个小孩不怀好意地摸了我们的车，"小妖精这才想起来，"他们的手特别脏。"

高伟把车在高速公路的紧急停车带上停下来，下车检查，气得破口大骂，马达想，肯定是他的汽车出了小毛病了。高伟上了车："妈的，那些小杂种用钉子把我的汽车给划了两米多长的道道儿，车两边都是。"

马达想起来一些孩子摸汽车的情形，但是他觉得应该息事宁人："强龙不压地头蛇，我们不能和这样的刁民硬碰硬，否则只有我们吃亏，人家就是一条条的老命，我们可是连车带人，还有几万块钱的现金呢。要是闹急了，你们两个女的也完了，他们保险把你们就地奸了，然后再卖到山东给人当农村媳妇去。"

莉莉和小妖精吓得尖叫了起来："哎呀，幸亏你给他们钱了！幸亏我们脱身了，要不然我们真的要被他们给糟蹋了。"可能是想到了她们被那些满脸皱纹的农民糟蹋的情景，高伟也笑了："就是，宁愿被我们糟蹋，也不能喂了农夫，是不是？"

四十七

汽车在高速公路上一直向南边走，京沪高速公路是和104国道与京沪铁路交叉而行的，他们穿过了这段在天津境内的路段，又进入了河北，很快就抵达了山东的德州，这个时候已经是下午了。

就在到德州的时候，马达在车上接了米雪的一个电话，他一听是米雪的电话，就把它挂了，但是米雪十分执拗地又打了过来："马达，你为什么不接我的电话？你到底在哪里？我现在根本就找不到你，我都要急死了……"

听到米雪那的确十分着急的声音，马达感到了一丝愧疚："我和几个朋友去上海办一些事情，过几天回来，你有没有具体的事情呢？"

"我爸爸因为发现有肺癌，突然住院了，我……"

马达怔了一下，这个消息显然十分意外："哎呀，真的？那我尽快回来。他的病情很严重吗？"

"反正大夫说要立即做手术，就在这个星期四，我急死了，要是我没有了爸爸，我都不知道该怎么办了，而你也不理我……"

马达的内心升起了一阵温柔的怜悯："你等着我，我会尽快回来。"他挂断了电话。"谁呀？你老婆？""不是，一个女友。"高伟嘲笑他被姑娘缠住了："你的声音挺温柔的嘛。"莉莉则假装吃醋的样子，和他打闹，用拳头擂他。他们在德州找了一家饭馆，在那里吃了山东大饼和德州扒鸡，然后继续上路。

山东的高速公路修得非常好，他们一路向东南，经过了禹城，在济南的边上经过，又经过了泰安、曲阜、滕州，十分顺利。高伟在车上，摇头丸的瘾犯了，但是马达怕出事情，就没有让他吃，他们决定连夜开到上海，中间就不停下过夜了。现在，换了小妖精开车，这个女孩开车比高伟还要猛，有时候超车的样子简直是要自动找死。他们开着开着，夜幕就渐渐地降临了。

马达的肩膀上靠着莉莉的脑袋，她的头发上散发着好闻的植物洗发液的香气，她似乎很困倦，又在他的肩膀上睡着了。她在做什么梦？她会不会梦见车窗外的密集的星空？马达想着，这是第几个女孩把头靠在他的肩膀上？星空在旋转，高伟在前面的座位上十分不安宁地扭动身体。夜晚的高速公路上汽车仍旧很多，在公路两边经常是大片的农田，而一些默然的老牛甩着尾巴，当汽车经过它们的时候，因为车灯的照耀和反射，它们的眼睛是发亮的，就像是一种妖精。这里的地形地貌一定是江苏境内的，无论民居的暗影还是水田的潮湿气息，都已经和北方大地上的事物完全不同。

马达感受着莉莉的头在他肩膀上随着汽车的轻微摇动而摆

动，他在回想自己究竟和这个到现在他还十分陌生的女人发生了什么，为什么他们会一起到上海去，到上海又去干什么，马达觉得自己现在没有答案了。最近的生活特别乱，他似乎无法控制住自己，要通过疯狂来缓解内心的郁闷，可是这可以成为理由吗？

而米雪的父亲因为突然发现得了肺癌，马达对米雪的冷漠，转眼之间就变成了一种牵挂。当死亡的阴影出现在他周围的人身上的时候，马达当然不会无动于衷，何况米雪的爸爸是一个特别好的人。渐渐地，夜空的星星被浓厚的夜云所笼罩，大地一片漆黑，而路上的车也越来越少，因为夜也越来越深。

忽然，汽车车灯中照见了前面的高速公路上有几个人在拦车，小妖精放慢了速度，到跟前一看，是几个穿制服的，要他们停车检查。小妖精就把车停在了路边，这个时候，发了药瘾的高伟虽然身体不舒服，仍旧十分警觉地说："马达，准备好以防万一。"马达明白了，他暗暗地把一个棒球棒抓在自己的手里。

那边的几个穿制服的男人围了过来，要他们下车，小妖精下车，准备出示驾驶证，高伟也下了车，但是马达知道高伟的手里一定有一把刀子。他刚打开车门，就看见靠近小妖精的那个男人已经把她突然拉住，手里亮出了一把刀子："快，把车给我们就没事了。你们都别乱动！"

他们果然遇上抢车的了，马达想，这个时候他看见高伟已经扑了上去，他手中的小刀扎在了威胁小妖精的那个男人的身上。马达迅速地下车，正好迎面碰上了扑过来的另外的两个人，他挥动手中的棒球棒，从下往上，准确地挑到了一个人的下巴上，咔嚓一声，马达敢肯定，那个人的下巴一定碎了。而莉莉这个时候也醒了，她的手里拿着另外一根棒球棒，挥棒击打另外一个人，这次短兵相接就只是持续了几分钟。三个拦路抢劫的转眼之间，已经被他们打惨了，慌忙向高速公路外逃走，几下子就消失在黑暗中了。

换了高伟开车，他们开车赶紧离开了这里，小妖精的脖子上有一点被刀子划伤的血痕，她惊魂未定地哭了起来。

高伟有些烦躁："哭什么，我们不是把他们打跑了吗？你看，我们几个就你最胆小，你比莉莉差远了！"

"我和你混，什么古怪事情都遇到了。"小妖精仍旧小声哭着，"哼，这次差一点就没命了。"

"怎么你一看就知道那几个人不是好人？"马达对高伟的警觉和反应十分佩服。

"大半夜的，在高速公路上前不着村，后不着店地检查什么车证？很简单，就是要拦路抢劫的。看来，还是棒球棒用起来最方便吧。我觉得这棒子就是打人最好。"

"就是，这个棒球棒一头大一头小，挥舞起来特别带劲，真的好用。"莉莉现在一点睡意也没有了，她十分兴奋，刚才那一幕她的表现相当勇敢。而小妖精就很没用，吓得都快尿裤子了。

"那几个家伙一定是很危险的劳改释放犯人，又重新作案的。"马达十分肯定地说，"我看我们还是报警吧。"

高伟同意了，马达在车上用手机拨了110，简单讲了在这段高速公路的哪个地段发生了未遂的拦路抢劫。

这次有惊无险的遭遇使他们觉得此行十分刺激，后来的车程在感觉上就缩短了，虽然期间迷路了，耽误了两个小时，当汽车进入了长江三角洲的城市群地带，大地在夜晚十分明显地亮了起来，隔不多远，就是一个灯光璀璨的城市，大地已经被长江三角洲的城市给连成了一片灯光的海洋。没有间歇，灯光一直在涌动。这里的确是中国的经济发动机地带，从灯光的繁盛就可以看出来。当他们抵达上海的时候，已经是凌晨一点，但是上海仍旧是一副不夜城的样子。

他们在上海市区到处转，经过了外滩，又开上了浦东的世纪大道，看着从电视和画报上已经十分熟悉的上海的景观，马达想起了一个姓朱的学者写的文章。那篇文章讲的是上海的性感特征，在他看来，上海的外滩就像是阴唇，而高高耸立的八十八层、四百二十米的金贸大厦，就像是一根男性生殖器。总之上海已经变得非常性感，在这个全球化的时代里吸引着各种各样的目光。仅仅看到上海的表面，马达就觉得上海比北京洋气，也比北京繁华和富有活力。

在车上，高伟给他的朋友打了电话，按照他们的提示，汽车开向了浦东边缘。在靠近张江高科技工业园区的一个低密度住宅区，找到了高伟的一个叫冯华的广告公司的朋友，在他的连体别墅中住下了。

他们仍旧很兴奋，高伟和冯华到一个屋子里"high"去了，而莉莉对马达十分温情，她很喜欢马达，按照安排，他们两个是一个屋子，莉莉一进屋就想着要上马达，但是马达因为接到了米雪的那个电话，已经开始后悔这次旅行了。他心里有事，什么也不想干，可莉莉吸了大麻，浑身似火地扑向了马达，马达在半推半就之间，束手就擒了。

四十八

马达过去没有拧巴了的感觉，但是这次在上海，可能是因为高伟约的一些人他都不认识，加上环境很陌生，忽然，马达就拧巴了。

马达以前没有觉得高伟告诉他的拧巴了的感觉有多么可怕，现在他知道了。确实，当他的意识完全拧巴了之后，他看到了周围的人，全部都变成了妖魔鬼怪。

他们向他张牙舞爪，露出了过去在生活中没有露出来的嘴脸，那就是，他们全部是各种各样的妖魔鬼怪。像高伟所形容的那样，这些妖魔鬼怪的身体似乎是泥巴做的，完全可以一块一块地脱落。马达眼看着身边的一个个衣冠楚楚的男男女女变成了怪物，然后这些怪物向马达逼近的时候，就在他的眼前脱落成一堆稀巴烂。这个过程非常恐怖，总之马达不愿意看见什么，周围就会出现什么，他讨厌什么、躲避什么，身边立即就会出现这个东西。

而且，像毛巾、沙发、台灯这些东西，全部都可以变成令人恐怖的动物，向马达缓缓地逼来，马达就四处逃窜，但是那些古怪的东西总是如影随形，他跑到了哪里，它们就跟到哪里，马达算是逃不掉了。

还有，马达还看见了各种各样的软体动物，它们是颜色奇特的肉虫，非常巨大，浑身没有一根骨头，只是蠕动着身体，向他围拢过来。马达一向就害怕这样的东西，它们多足、多汁、多味、多毛，浑身都是皱纹，滚动着身体把马达挤在了身下，马达被软软的东西覆盖，发出了一声声可怕的哀号。

那种拧巴了的感觉特别糟糕，使马达对眼前的生活产生了惶惑和真正的恐惧，当他醒过来的时候，看着身边这些衣着光鲜的男女那么来劲，而刚才他们全部是令人恐惧的怪物，马达有了一种穿越时空隧道的荒诞感。

他们漫无目的地在上海四处游逛，吃喝玩乐，就像是黄浦江上的一根根漂浮的东西，不知道要漂到哪里。

你现在就可以自由地在这座城市的上空盘旋，你可以看见黄浦江，可以看见巨大的南浦和徐浦大桥，工业和后工业时代的奇迹在这里都可以找到。你可以看见黄浦江上的渡船，可以看见整个的灯火通明的城市，以及这座城市中的所有的人。你飞了，但是你又能够飞到哪里呢？到处都是高楼，你无处藏身，因为到处都是灯光，是密集的高楼大厦，是各种城市的噪声，是一些水流般的陌生人。这座城市里的人口出奇地密集，只要你走在大街上，完全是摩肩接踵的情形，一个人挨着另一个，彼此都挨得很紧，但是很少交流，他们是冷漠的，又是礼貌的，是温文尔雅的，又是暗藏杀机的，是充满欲望的，又是克制忍耐的。

你本来想能够逃得远一些，逃到另外一个城市，那里你没有太多的熟人，你可以躲开你深陷其中的婚姻的、情感的泥潭，但是它仍旧如影随形地跟着你，在你的梦中出现，在你和别人苟合的时候，在你睡觉做梦的时候，你过去的生活，你和你的老婆在一起时的全部的回忆、体验和细节都重叠了，你并没有离开你过去的生活，而其实你也永远都离不开了。

你置身于广场、商场、娱乐场，你会想起过去的生活，你就是从那里来的，你根本就无法消除你已经拥有的过去生活的记忆，他们是蛇在纠缠着你，是空气覆盖着你，是不断流泻的水流，在冲刷着你。到现在你才有了一种特别沉痛的感觉，你经营多年的生活的崩溃，似乎是刚刚才开始剧烈地崩溃的，就是刚才，而不是从半年以前，这个8月的酷热天气，只能够使你更加焦躁和烦闷，使你把所有的夏天都叠加起来，然后你就陷身于水深火热之中。

那种告别的疼痛是刻骨铭心的，使你深深地为之受伤，因为你是那么看重一样东西，耐心地去培育、去养护这种东西，就像是用十年的时间养护着一种花，但是这花在顷刻之间就死亡了，就腐烂了，就再也不存在了，那种疼痛是一种非常难受的感觉，你逃到哪里都不管用，你四处游走，加班工作，还吃了摇头丸，吃了迷幻药把自己弄拧巴，搞了别的女人，在一夜情的虚幻空间中沉醉，甚至办了黄花闺女，都不行，都不能解决你内心的问题，解决你内心的隐痛。你在陌生的城市中，置身于陌生的环境和陌生的人群、街道中，会感到更加的孤独和陌生，你无处逃遁，你已经无可救药，你已经百毒不侵，你已经彻底蔫了。

"你已经蔫了，你看，"在床上，莉莉逗引着他的两腿之间那根奇特的东西，但是现在它很疲软，特别蔫头耷脑的，没有了一点生气，"你都没有注意到，它和你的人是一模一样的。"

他们在上海，去了很多地方，也会了一些朋友，在黑夜和白天都穿行过，他们昼夜狂欢，或者迷醉在音乐和迷幻药中间，但是马达似乎就像是他自己两腿之间的东西一样，蔫了。

"你说对了，我和它一样。"马达深深地呼了一口气，"我不知道你真心爱过什么人没有。"

"听你这么说话的口气，真像一个老家伙，你不能变得老气横秋的，小马哥哥，你还年轻，未来是你们的啊。"莉莉吃吃地笑着，那样子就像是一个傻×，马达想，不过像莉莉这样的女孩，不会有任何的麻烦，你搞了她也不用给她什么东西，她只是图个快活。这比像周槿那样的女人要好多了，她要的东西太多，不仅要安全感，还要自由、空间、自尊、独立的经济地位，同时她仍旧不放弃对丈夫的控制，什么事情都希望能够主动，她的心思、情绪、要求都比像莉莉这样的女孩复杂，和周槿相处的日子总体来讲是十分累的。但是，莉莉又好到哪里去了？她现在还小，还没有到什么都要考虑的时候，还玩得起，不用对任何人包括她自己负责，但是到了三十岁，她又会怎么想？

"莉莉，你要是到了三十岁，你会怎么样生活？"

莉莉用乳房磨蹭他的胸部，微微娇喘着，沉浸在她自己的肉体快乐当中："我从来没有想那么多，还有好几年呢。"

"你会嫁人吗？"

"当然会啦，女人都要嫁人的，"莉莉微微睁开眼睛的样子十分性感，就像是林忆莲的眯眯眼，特别能够撩拨男人的心和下半身，"不过，就是不嫁你这样的。"

"为什么？"马达很想知道。

"因为你是一个受伤的男人，这种男人非常可怕。再说，如果作为结婚对象的话，你还不够成熟，小马哥哥，男人要到三十多岁的时候，才是最有魅力的，你离开小公鸡的年龄才多久哇。"

马达不吭声了。他闭上了眼睛，感受着莉莉的肉体，她乳房真是柔弱无骨，亲切地和他贴近。但是她的蠕动却唤不起他的一点欲望，可能是心理决定着生理，他对莉莉既不喜欢，也不讨厌，但是他猛然觉得，自己已经走得太远了，不光是已经从北京来到了上海，而是从周槿那里出发，从他们解体的关系出发，很短的时间里，他已经越过了米雪，刺穿了米雪，越过了那些黑暗中的暗娼，越过了他都数不清楚的一夜情的白领女性伴侣的身体，抵达了莉莉。但是莉莉也不是他的归宿，其实子宫的深处也是一片空虚，如果那里不孕育生命的种子的话。他已经出发，但是无法抵达。没有目的，但是他想自己如此冒险的生活，还能在大地上走多远？

"你是不是因为离婚的事情，自己觉得很受伤害、很无助和无趣？"莉莉翻过身子，把他的头抱在自己的胸前。

莉莉的这句话使马达想哭，结果他真的哭了起来，他哭得十分伤心，就像是身边只有莉莉一个亲人，他要对她哭出全部的委屈。

"别哭了。好宝宝，别哭了，没有什么值得哭的，好了好了，不哭了，你看你，哭泣的样子就像是刚刚出生的孩子，脸都是皱巴巴的。"莉莉半是哄劝半是开玩笑地哄着他，并且把他的头在胸前紧紧地抱住了。

当他的头深陷于莉莉丰满的胸部的时候，马达感觉到能够安慰他、给他慰藉的仍旧是女人的怀抱，是一个宽容的母亲或者姐姐般的怀抱，马达在莉莉的怀里，瞬间有了这样的感觉。可能是每一个女人都会给人这样的感觉，都能够给男人带来这些东西，但是有的人，比如周槿，却把她的这种东西都给了别的男人了。不过这样的感觉消失得非常快，一下子又没有了。

马达忽然抬起头："我想回北京了。我马上出发去机场，我不去周庄了，我哪里也不去了。"

莉莉感到很吃惊："不都是说好的，一起回去吗？你要是回去了，我就觉得没有什么意思了。你能不能再待上一两天？其实我知道，你是要去看你的女朋友，她的爸爸病了，不过，就是你回去，人家的病也不会立即就好的。"

马达知道莉莉听到了在车上接的米雪的电话："其实和她没有太大的关系，我突然就想回去了，就像是当时突然要出来一样，再见了，莉莉，我要离开你了。"马达亲昵地拍了拍她丰满的胸部，莉莉没有动身，躺在那里表示生气的样子。

马达很快收拾好东西："我就不和高伟说了，他不知道到哪里找'high'友去了，你给他说一声，我这就走了。"他背着自己的背包，走出了门，莉莉冲他扬了扬手，重新关上的门分开了他们。

四十九

王强最近和周槿通电话，从电话中周槿对待他的语气和言辞中，觉得周槿似乎有一些变化，因为恋人是非常敏感的，从一个人说话的声音中完全可以听出来，对方待自己是一个什么样的态度和感觉。

王强觉得周槿对他的热度在迅速地降低，一开始他以为是因为周槿受离婚的影响，而有一些心灰意冷，毕竟每一个女人都是脆弱的，她们实际上都是无法真正地摆脱婚姻失败所带来的阴暗情绪的。

这一段时间周槿经常在电话中对王强说："一个人过，有时候挺好的。"显然，周槿因为什么而在退缩，她总是谈论一个人过，没有考虑两个人的未来了，而且也不提到深圳工作的事情了。

"是不是有人在你身边追你啊？"王强直截了当地提出了自己最关心的问题，因为这也是一种可能性。

"那怎么可能呢，我现在还没有离婚，我会怎么样？没有人会对一个离婚中的女人感兴趣的，除了你这个小傻瓜。"周槿在安慰王强，当然，她也是在欺骗着他。她觉得如果和王强断绝关系，也要当面说比较好。她现在一天不见穆里施，就觉得特别想他，她觉得自己已经爱上穆里施了。

"那我还是去北京看看你吧，我想你都快想疯了，我浑身的每一个器官都想你，想得要从我自己的身上飞出去，一下子飞到北京去了。"

周槿觉得，其实你王强的意思是，你身上那个经常勃起的东西要更想我一点，要是它足够长，直接从深圳伸过来，岂不是更加省事。周槿暗想，现在王强是一定不能来的，现在是她生活中的关键时刻，王强来北京，只能是给她的生活增添很多不可预测的可能性，很可能把所有的事情都搞糟。

"现在是关键时刻，因为马上就要到距离法院第一次判案半年时间了，可以再次起诉了，而这一次无论如何，法院都会判离婚的，你要是来了，万一被马达看见，会节外生枝，使我处于很不利的局面，再等上一个月，好不好？"

"其实这半年多一直是我在等你啊，有时候，我都觉得我们的感情很荒谬，离这么远的距离，还要每一天都通电话，靠声音谈恋爱，靠想象维持对你的情感，我觉得我是在和一个不存在的人说话，和一个也许永远都不属于我的女人在联系。我不想再这样了，我都快急死了。"

"我难道不急吗？都是马达那个人害的，现在我才把他看清楚。我听说他和一个在网站实习的、还没有毕业的女生在一起，我在想，我和他之间是什么都没有了。什么都没有了。"周槿几乎是咬牙切齿地说。

"你还是很在意他，你甚至可能还爱着他。"王强在电话中幽怨地说，"我们之间现在又有些什么呢？"

"怎么可能呢？我对他现在只剩下恨了，他把我的一段生活整个地毁坏了，我不会原谅他。"

"你需要我，我还是去北京看看你吧。"王强哀求着周槿。

"不，你千万别过来……不过，要是你真的不信任我的话，那你就来吧。"周槿以进为退地说。

"好吧，我等等再去，你多注意身体，我爱你，我爱你——"王强挂了电话。

现在，银行写字楼中加班的人都已经下班了，办公室十分安静，所有有关金钱的交易，都在这栋大楼中停止了。王强很沉重地走出了金融大厦，看到外面已经是灯火通明，反而使王强感到十分郁闷，他觉得自己把自己给推入了一个进不能进、退也不能退的尴尬地步。可眼前的灯火通明的生活，离他也越来越远，或者本来就不属于他。在深圳，没有多少人有家的感觉，他们来到这里，都是一种过客和创业者的心态，想捞一把就走。不过，这几年似乎很沉闷，香港收回来了，深圳就突然无所适从了，二十年来，所有的优惠政策已经到期了，这座城市已经到顶了，连股市也要和上海合并，创业板却推不出来，现在它和王强一样，很茫然。

他在深南大道上开着车，心情十分灰暗。这座他熟悉和在其中奋斗了多年的城市，给了他很多的机会和保障，给了他初步的成功和肯定，给了他社会关系和人事资源。他很喜欢这里有单纯的观念，就是一个字：钱。拼命地赚钱，钱是唯一可以使人人平等的价值标准。但是这个观念是很低级的，仅仅和生存有关，而人是高级的生命。在这里，人人都在充满了欲望的河流上漂流和挣扎，他们就像是被城市吞噬的原料一样，在这个城市中被重新改造，变得面目全非了。

我自己是不是已经面目全非了呢？反正我在这座城市中就找不到爱情。它不相信爱情，即使有爱情，那一定和金钱有关。

王强开车的时候看到，街上一些地方挂着台风到来的风球，告诉大家台风的级数，在汽车经过的时候，他看到悬挂的似乎是九号风球。确实，外面的风很大，把棕榈树的树冠都吹得向一个方向疯狂地摇摆。台风要来了。

在黄贝岭附近，路过街边小姐特别多的街区，他放慢了车速，从车窗向外面看去，看看有没有自己中意的女人。过去在自己情绪低落的时候，他经常在酒吧寻找可以过夜的女人，只是过一夜。

或者到酒吧寻找女人，这里的酒吧如果没有与色情有关，生意似乎就不会好做。他在那里可以找到也在寻觅一夜情的女人，有时候刚好碰到在寻找一夜情的寂寞的少妇，就更省事了，什么话都不用说了。而很多在这座城市漂浮的、像是无根的植物一样的白领女人也十分寂寞，于是他们就一拍即合。当然有的还在完事的时候向他要钱，有的则顺手给他几百块钱，这种关系十分简单，他也根本就记不得她们的脸，因为白天的工作就像是在一架机器上快速地运转一样，他只是一个小小的齿轮，等到傍晚停下来的时候，昨天夜里的一切早就淡忘了。

现在，街边的女人没有一个是他中意的，而且因为风大，她们数目很少。他的车拐上了一条高架的匝道桥，他又经过了一个俗称"二奶村"的住宅区。这一片小区中住着很多被香港的小款和大款包着的女人，他们只是在来深圳做生意的时候，才和自己的二奶幽会。平时，她们都闲着，有的人偶尔去歌舞场所坐台，算是再加班挣个零花钱。不过，因为被人家包了，一般是不会在歌舞厅里"出台"，也就是和别的男人出去的。在合同期中，她们比较守信用也是为了以后能有更好的保障——也许从此男人就决定一辈子都养着自己呢。

这个时候，王强想起来一个女人云云，这个叫云云的女人是他在"白马"歌舞厅认识的，她是一个湖南女孩，今年只有十九岁，个子很高，比王强还要高一点，王强带着客户去歌舞厅玩的时候，挑了她陪伴。他们那一次聊得很投缘，但是当王强当晚想把她带走的时候，她不跟他走，告诉他自己是有主的，也就是说她实际上是一个二奶，不能跟他过夜。但是云云还是给他留了一个电话："没有事情的时候，我们可以聊聊天，我们还可以做朋友的，我白天没有事情做，是非常寂寞的。"

他们后来打过一些电话，也约出来一起吃过饭，但是没有任何实质的身体接触。云云似乎遵守着做二奶的一个约定，从来不在合同期间和别的男人发生关系。

这个时候，王强已经在云云住的小区附近停下车来，给云云打了一个电话，云云就在家里，没有出去。

"我想上来和你说说话，今天我的心情很不好，我的心情都坏透了。"王强的声音十分郁闷，云云显然听出来了。

"你在哪里？要不，还是我出去吧。你上来不好，咱们去吃夜宵，好不好？"云云不想让他上楼来，这样会有很多的麻烦。

"我就在你的楼下，我还是上来吧，我不喜欢人多的地方。"

云云显然是考虑了一下，并且终于下了一个决心："那你上来吧，五号楼二层5203房。我等你。"

王强把车开进了这个小区，停好车，通过单元门口的对讲机，和云云再次确认了自己的身份，然后云云把电子监控的单元门打开，王强没有走电梯，而是直接从楼梯上来了，当他按响门铃之后，云云就给他开了门。

她穿着十分随便的白色短裙，似乎刚刚洗过澡，和王强靠近的时候，身上有沐浴液的味道，王强在回想着这种沐浴液的牌子，他想起来了，这种牌子似乎是和韩国合资生产的一个牌子，叫"多芬"牌的沐浴液。因为是歌舞厅里的老朋友，所以王强一进门就抱住了云云，把脸埋在了她的脖子后面，闻嗅着她身上好闻的女人的味道，他的生活中一直缺少这样的气味，而在这座城市中他特别缺乏这个。云云半推半就，把他引进了客厅，让他坐下。

这是普通的两房一厅，是香港一个做药材生意的商人给她买下来的。王强看到了在客厅里面的桌子上摆着的那个商人的照片，是一个看上去很规矩的中年人。恰恰是这样的男人要在深圳包着女人。

"他到新加坡去了，刚刚打来电话，所以我才让你上来，要不然，我是不会让你来的，而且，这样我也冒险了，因为我不敢肯定他是不是买通了门卫，那样的话，你上来也会被他知道的。"

王强的脸色很不好："我今天的心情很不好，要不然我不会打扰你，和我说说话，你就算是帮我一下吧。"

云云十分柔情地亲了亲他的脸："如果他知道有人来找我，我就说是我的哥哥来了，没事的。你的脸色很难看，到底发生什么了？"

"也没有什么，就是我喜欢一个女人，她在北京，我们现在无法在一起，也不知道什么时候能够在一起……"

"那距离是太远了，虽然距离产生美，但远水解不了近渴，你应该在身边找一个。你为什么不在身边找一个？深圳又不是没有好女孩。"

"有是有，比如像你，不是已经都有男人了？我是没有找到。"

云云给他倒了一杯茶："要不，我陪你到外面走走吧。"

王强抚摸着她的头发："我今天哪儿也不想去，我就在这里待着。我总是觉得，我和她没有什么前途和希望，可是现在我又欲罢不能。"

"你们没有商量怎么结束距离感？那你去北京，或者她来深圳，不就行了吗？其实这样的事情挺简单的，总要牺牲一点什么，像我，就是嫁鸡随鸡、嫁狗随狗，男人到哪里我就跟到哪里。"

"可惜我不能早一些认识你。不过，我的情况要更加复杂——她正在离婚当中，她是我大学时代非常喜欢的一个女孩，我一直没有追到手，她后来嫁人了，但是今年2月份就在离婚，法院第一次没有判离，最近要是再次上诉的话，就会判离了。我不知道给你说明白了没有。"

云云有一些吃惊和诧异："你呀，和别人的婚姻搅在一起了，那就是你的不对了，我的直觉告诉我，你只是她的一个救命稻草，或者是她的一种选择和过程，而她，因为是你的大学时候的理想女性，是你的一个梦想和情结。这回你算是死定了，因为过去没有完成的，现在你再继续，是很难有好结果的。"

"真的？那我们的结局会怎么样？"王强似乎十分希望看到一个结局，"你是说我们肯定不行？"

云云犹豫了一下："是的，女人都是善变的，我觉得你们不会在一起的。因为如果她离婚了，你存在的意义就不大了，她就会仔细考虑，甚至有别的选择。你们之间的问题很多，首先是距离，其次是，她是真的需要你、爱你吗？她过去没有问过自己这个问题，一旦自由了，就会问自己，我觉得你们根本就不合适。你们没有可能在一起，你是真心喜欢她，可是一个离过婚的女人，要比你想象的复杂多了，你干吗不找个简单的？把自己的感情弄得这么复杂，没有必要。"

云云的话使王强十分颓丧，他想，云云说的一定是对的，因为所有的女人都是有相似的东西的，她们知道彼此是什么样的人，她们到底要什么。王强终于确信自己在周槿的生活中真正的位置了，他只是她的一个过程，而她却是他的全部，他不是她唯一的选择，她却是他唯一的选择。他们是不对称的。

这个时候王强觉得和云云在一起，情景十分荒诞：一个是人家婚姻中的过客，另外一个也是一个男人家庭之外的附属，他们都在期盼着什么，也许永远也得不到那些东西——他们真是同病相怜了。

"我们现在有一些相似，"王强苦笑着，"你是别人的二奶，我是别人的一根救命稻草，救了人家的命之后，就会被扔掉。你呢，永远也是秘密存在的，不可能出现在你的男人的现实生活当中。"

"其实，你的命当然比我的命要好，说到底，你不过是要经历一次不成功的感情，你即使不能和她在一起，以后，你可以选择的女人还很多的，我的直觉告诉我，以后你就成熟了，会有很多的机会，而我，现在还年轻漂亮，被香港男人包着，但是几年之后，人老珠黄，也许就没有人要了。"

云云的话说得十分真实，因此就显得很凄凉，王强忍不住把云云揽在了自己的怀里，亲吻她，并且把手缓慢地伸进她的胸口，抚摸着她柔软的桃子般的乳房，这使王强来了情欲，他的动作激烈了起来，而他的呼吸也紧张了起来，他一把把云云抱了起来，不管云云的抵挡，就向卧室走去。

云云推搡着他："王强，你不要这样……"但是王强已经把她放到了床上，就开始解她的衣服。云云使劲地推开他，脸色涨红了："王强，我只是把你当作一个好朋友，没有把你当作一个情人或者是嫖客，请你不要这样。"

王强仍旧没有收手，他似乎需要一次发泄和释放，需要从一个女人肉体上，获得真正的安慰，但是云云阻止了他，他特别不理解，他们既然同病相怜，又是孤男寡女，为什么不能互相安慰？就继续解着她的衣服。

看到王强根本没有停手的意思，云云猛地扇了他一个耳光，把王强给打呆了："停下来！我是别人的女人，我要忠于约定的，你不能动我。"

王强看着她，一下子觉得云云很陌生，他忽然冷笑了："我还从来没有见过一个这么坚贞的二奶，太滑稽了。"他又开始用身体把她压在下面，他的力气是那么大，以至于云云根本无法动弹，她终于不再挣扎了，而是冷冷地看着王强的动作："其实你根本就没有把我当作是一个朋友，我在你的眼里，就是一个妓女，你滚开！"

这句话刺激了王强的神经，而云云扭动的半裸的身体，更加刺激了他的欲望。他是根本停不下来了，这个时候，他的心中有一种莫名的怒火，云云已经变成了周槿的化身，或者是带给他痛苦的女人的化身，现在他要攻击这个化身。恍惚之间，他看见翻滚的云云变成了一只白色的天鹅，但是下半身还是女人的身体，云云是一个鹅首人身的女妖，而他则是一头熊。

而当云云用迷离的眼睛看王强的时候，发现他确实变成了一头喘着粗气的大熊，她害怕了，但是仍旧对抗着，即使这种对抗肯定是徒劳的。他们现在是在原始森林里，是飞禽和野兽之间的搏斗。

两个人在床上翻滚着，厮打着，云云就是不就范，而王强就是要彻底征服她。云云很快就没有力气了，而王强像是抓着了猎物的一个大熊，把雪白的裸体的云云压在身下，当他进入她的身体的时候，云云悲哀地震动了一下身体，她闭上了眼睛，就像是被男人强奸了一样，云云努力克制着身体内部自然涌起的情欲和快感，她充满了屈辱和愤怒，觉得自己被他那粗壮的肉刺刺穿了身体，她很干涩和疼痛，她的身体开裂了，正在分崩离析，并且变成了一堆瘫软的肉团。

后来，王强气喘吁吁地从云云的身体上爬起来，他发现云云一动没有动，用手测了一下云云的呼吸，还好，似乎她只是昏过去了。这个时候王强才感到了一种羞耻和罪恶，他有一些紧张，觉得自己已经闯了祸，就慌忙地穿好衣服，溜走了。

五　十

马达乘坐飞机从上海立即回到了北京，下了飞机他就给米雪打了一个电话，他们约好在华都饭店的咖啡厅见面。

马达到了那里的时候，米雪已经在等着他了。马达看到米雪穿着一条布满了细碎的雏菊和紫色花朵的吊带裙，十分淡雅沉静，已经与过去的气质有一些不同。饭店中人来人往，但是米雪坐在那里没有动，却确立了一个引人注目的中心。她的目光犀利，马达刚一进饭店，她就看见他了。

米雪看着他走到了跟前，她很沉着，没有表现出特别激动的样子："咱们有一阵子没有见面了。"她并不幽怨，而是目光清亮地看着他，使马达觉得，女人的成熟完全可以是在很短的时间内完成的。

"有一个多月了吧。"马达坐下来，"你再要一杯什么吧。"马达看着米雪的目光十分愧疚和深情，他发现，自己是爱她的。

"小姐，再来两杯果汁，都要橘子汁。"米雪吩咐服务生，她转而看着马达，"我真的一直都不太明白，你为什么突然就不愿意见我了，是我犯了什么错误？还是我一点都不可爱，让你讨厌了？我要你说明一下。"她说这些话的时候，仍旧是一副沉静的样子，目光清亮地看着马达。

马达眯起了眼睛，往常他觉得不好面对一些事情的时候，总是要眯上眼睛。"我的状态在前一段时间很不稳定，所以，我想一个人静一静，再说，我们的发展太快了，我怕我会伤害你，就暂时离开你一段时间，我自己好好考虑考虑。"

"现在你的状态呢？"米雪十分关切地把右手伸过去，抚摸着马达的左手背，"是不是要好一点了？其实我懂你的意思……"

"好一点了，不过，我前一段时间过得比较乱……"马达又沉默了，他不想告诉她自己都经历了一些什么，摇头丸、女人、酒、去遥远的陌生之地等等。他不能肯定米雪的承受能力有多大。

米雪十分温柔地看着他："没有事的，你发生了什么样的事情，我都能够接受，我也都可以理解，因为我自己似乎也经历了成长的风暴。没有事的，你说吧，你这一个多月，都干什么去了？"

马达眯着眼睛看着米雪，他确信米雪是十分认真和宽怀的，他有一种向神父忏悔的意愿，他感到自己有罪孽："我……我和一些朋友吃摇头丸、迷幻药、蹦迪、喝酒、泡妞，说实话，我还和别的女人上床了。我完全不能控制自己，我需要释放焦虑。"他仔细地看着米雪听到这些话的反应，但是米雪似乎早就有预料似的，并不是很吃惊。

"还有呢？"

马达就继续说："我们几个人一起到上海，我希望自己能跑得更远，离开北京远远的，这样我就可以抛开所有的烦恼了，但是我发现我却更加痛苦，那个时候我想起了你，小雪，我甚至已经深深地伤害了你，但是我没有力量去面对你，和你对我的感情。我今天上午还在上海，但是我明白，无论我如何从别的东西中寻找刺激和安慰，寻找幻觉和逃避，都是不能够逃避我自己内心的困惑，和现实的选择，所以我就立即回来了。你爸爸的病情不知道怎么样了——"

米雪十分宽怀地伸出手，抚摸着他的手："你很坦诚，这样的态度我很喜欢。我爸爸他一直惦记着你呢，我爸爸很喜欢你，觉得你有一些很憨厚的品质，给人一种十分可靠的感觉。他总是问我，你出差什么时候回来，怎么还不去看他呀——"马达觉得米雪说这话有一些嘲讽的味道，但是他看到米雪很认真。米雪为了打消马达的顾虑，又说："我一直没有把我们这一段时间闹别扭的事情给他说，他什么也不知道，他以为你工作忙，经常上夜班，特别忙，所以才没有去看他。"

那个熟悉和热爱法语文学的外交官，如今却已经在死亡线上挣扎了。真是世事难料啊。马达觉得他很喜欢米雪的父亲，当然她的母亲人也很好，只是稍微有一点知识分子的冷漠和傲慢，但是他们都比周樨的小市民父母要好、要有趣得多，他们宽怀，从不挑剔马达的任何方面，即使马达是一个很平庸的人，他们的父母也肯定会接受女儿自己的选择的。

"那我们重新开始，你原谅我，我已经好了，我现在可以把握自己了，请你原谅我，行不行？"马达真切地向米雪说。

"我想——可以原谅你，但是你不许再犯错误，尤其是和别的女人。"

"一定会的。"马达登时松了一口气，"我们赶紧去医院吧，你打电话告诉我他已经住院的消息之后，我在上海总觉得有一些心神不宁的。"马达站了起来，他们往华都饭店的外面走去，出门之后，米雪就十分自然地挽起了马达的胳膊，马达觉得，他们在一起又像是真正的恋人了。

米雪的父亲住在北京协和医院，那是一家老牌子的医院，就在王府井东方广场后面的一条僻静的小街上，过去是一个王府，主体建筑还是二十世纪二三十年代的风格，飞檐斗拱以及屋顶斑驳的绿色琉璃瓦，显示了岁月在一幢建筑上施加的可怕痕迹。马达这些年很少到医院看病，因为他的身体一直都很好，没有什么特别大的毛病，有个什么小病，就在外面的药店自己买一点药，吃吃就得了，所以他对进医院有一些不适应。他内心之中一直害怕进医院，因为这样就意味着自己得了大病。

他们就在医院门口的花店买了一些花，是白色的百合，还有暖红色的康乃馨，这样的颜色是完全可以安慰病人的眼睛的。走进住院部的时候，马达放慢了脚步，米雪十分关切地问他："你怎么了？是不是有一些紧张？"

"还好，我在想，见到你的父亲怎么说好一些，毕竟，我有一段时间没有来看他了。做完手术之后，他的情况怎么样？"

米雪脸上的颜色黯淡了："好像是切除了一部分癌变的肺，但是在别的地方又发现了癌症的转移，所以情况不是很好。"

他们走进了米雪的爸爸老米的病房，这是那种条件比较好的单人病房，用于重点监控和治疗的病房，各种氧气瓶、传唤器和照明开关，都在床头有按钮，你要是有什么要求，可以立即唤来医护人员。马达快步走到了米雪父亲的病床跟前，这个时候老米睁开了眼睛："小马，你来啦。"

马达看到老米的脸色很不好，是那种不好看的蜡黄色，眼圈是黑色的，有一点像一个假人，过去的血色和红润一点都看不见了，真是应了那句话：病来如山倒。一个特别健康睿智的人，说病就病成这样了，这病魔真的很无情，也很厉害。马达赶紧到了他跟前，把花放在一边。

"叔叔，我刚从上海出差回来，没有早一点来看你，请原谅。"马达看到老米这个样子，确实非常愧疚。

"小雪都已经给我讲了，她说你出差去了。而且最近你特别忙。做手术之前，我担心可能就再也见不到你了，当时还很想和你说几句话，但是你在外地。不过，你看，我又挺过来了，也活着见到你了。"老米似乎很豁达也很欣慰地说，"我还想再活几年，看到小雪出嫁呢。"

马达的心里有一点不好受，老米在手术之前，还想着要和他见面说话，而他正在上海胡乱地折腾，他这个时候很羞愧，不知道说什么好了："你会完全康复的，米叔叔。"马达这么说纯粹是安慰他，但是老米却微笑着摆了摆手："你不用安慰我，每个人都有自己的生死天命，我其实知道，我可能已经病入膏肓了，没有多少日子了，这肺癌晚期可不是那么好玩的。"

"爸爸，你当然会好的。"米雪的眼圈都红了。她抓住马达的手，情不自禁地抓紧了，把马达的肉抓得很疼。

"小马，我想和你聊一聊，小雪，你先出去。"老米看着自己的女儿，米雪乖乖地出去了，她看了马达一眼，知道父亲要说他们俩的事情。

米雪出去了，老米抓着马达的手，眼睛里流露出恳切的意思："小马，我想问你，你喜欢我女儿小雪吗？"

马达没有太犹豫："当然喜欢她了，叔叔。"

"前一段时间，我知道你们闹别扭了，虽然米雪没有给我讲，但是我是可以感觉到的，所以我不知道你们是不是打算今后好好相处。"

马达掂量着老米的话，也掂量着自己对米雪的感情，经过了一段时间的折腾，马达感受到了米雪可贵和值得珍惜的地方，他想，确定无疑的是他还是爱着她的。"我非常希望能够和米雪在一起，照顾她、对她好。"

马达的回答，使一直端详着他的老米松了一口气："那就好，你看，如果我挺不过来，小雪和你的事情我就放心多了。她呀，因为我们从小很疼爱她，所以她有时候有一些娇气，还有一点任性，此外，这个孩子人很单纯，也很善良，而你比她成熟和稳重，你和她在一起我很放心。她分到新华社工作了，你们还算同行，本来她的姑姑要马上把她办到美国去念书，但是小雪说你不会出国，她就说现在不考虑出去的事情，我和她妈妈也很支持她，毕竟每一个人的路都要自己走，我们不想把她的路都设计好了，所以，我希望你们能在一起好好的，你能答应我吧？"老米慈祥地看着马达，马达知道他这是托孤了，一时间心情十分悲壮和沉重。

"你放心吧，我会待米雪好的。"马达做出了郑重的承诺。

老米放心地呼出了一口气，他松开了抓住马达的手："那好了，我就踏实了，你们以后好好相处就行了。"他显出很累的样子，看来身体已经相当衰弱。

马达呼唤米雪进来，米雪看到父亲的状况不稳定，就按了传唤器，叫护士进来，给老米打针，他们又坐了一阵子，护士叫他们离开，他们就和老米告别，说好每天都会来看他，要他放松情绪。马达带着米雪就离开了医院。

从协和医院幽静的小街上，走到熙熙攘攘的王府井大街，只有几百米的距离，中间是过去老中央美术学院的旧楼，现在已经废弃了。一下子又从病房来到了大街上，在喧哗热闹的人群中走动，马达和米雪的心情一点也不轻松，所以都没有心情去逛跟前的王府井的商店。

"我爸爸都对你说什么了？"米雪挽着马达的胳膊，走了老远才想起来问他，其实她也猜到一些了。

"就是问我们的关系如何，你是可以想象到的。我说，我非常愿意和你在一起，也会好好呵护你，你爸爸听了之后，就放心了。"

米雪低下了头。"看来他知道自己的病没有救了——"米雪很难过，"不过，你也不要有任何的压力和我在一起。你刚才答应我爸爸的话，完全可以视为对一个病人的安慰之话，可以不算数的。"

马达觉得米雪的话刺伤了他："我说过的，当然要遵守承诺了，我当然要和你在一起不分开了。"

"真的？那我就感谢上苍了。"米雪似乎仍旧很低调，"反正你要是不喜欢我，就完全可以拒绝我。"

"你是不是从来没有告诉你的父母，我还没有离婚？"

"我没有说，再说，你不是在离婚吗？这不是迟早的事情吗？"

马达眯着眼睛："是啊，最近我想和周槿谈谈，答应她提出的任何的条件，和她赶紧把这个问题解决掉，我才能够轻松地、正常地面对你和你的感情啊。"

五十一

周槿接到了马达的一个电话，说是要和她谈一谈。"谈什么呢？我们还是法庭见吧。我们马上就会在法院见了。"周槿对自己通过电话，听到马达的声音都感到很不愉快。马达好听的男中音，已经变得相当刺耳。

"离婚的事情，我们为什么非要再上法庭呢？"马达说，"我们自己就不能靠协议解决吗？"

"是你逼我上法庭的，你什么都不想给我，你是一个极其冷酷的人。"周槿对马达越来越怨恨了。

"周槿，"马达压低了嗓音，表示自己在这个问题上已经妥协了，"现在，你想要什么我都可以答应，包括我的那间小房子。"马达说出了自己的想法，"其实，我只是为了和你赌气，现在，既然不可能在一起了，咱们还是好聚好散吧。"

他的这个说法使周槿吃了一惊，她以为马达会很坚决地坚持要那套房子。"你怎么突然这么大方了？"周槿的声音多少热情了一点，"你一直都不和我联系，有时候，我觉得男人真的很绝情。"

"其实，我一直都想和你心平气和地分手，我也知道你要我的那套房子，是你父母亲的主意，并不是你的意思，可是开始就是为了赌气，为了一个面子。毕竟，我们做过好几年夫妻，现在不行了，就好聚好散，我已经没有情绪了，我不想和你变成仇人。"马达说得十分恳切。一瞬间，周槿忽然在心中涌现了一点感动："你的意思是，我们最好不要通过法庭见面，而是平和地协议离婚？"

　　"对，为什么我们非要撕开过去所营造的一切呢？那样我们一点回忆都没有了，毕竟，我们有过幸福的时候。你给我带来过很多美好的生活记忆。咱们一起拿着协议去把离婚的手续办了吧。你要什么，我都会给你，都会答应的。"

　　周槿以沉默表示赞许，确实，他们曾经那么相爱，不应该成为仇人，即使是离婚，也是为了他们能够生活得更如意。"好吧，过些天我给你打电话，因为最近我要出一趟国，回来就可以和你见面了。"

　　和马达通完电话，周槿觉得很愉快，她对马达的看法有了一点改变，当一个东西大家都想争的时候，反而会闹僵，而现在马达连房子这个大件、这个他在北京唯一的居所都可以给她，都可以放弃，周槿反而有一些感动。她知道如果那样的话，马达会重新进入租房一族，在这个冷漠的有着巨大压力的城市中四处迁徙、颠沛流离，马达一切都要重新开始，过那种大学生刚毕业的生活。

　　其实周槿现在根本就看不上马达的、她曾经住过的那个小屋了，何况那还是一个凶宅。当穆里施和周槿跨越了实质性的一步，也就是他们上了床之后，周槿每一个星期都要到穆里施的那套很豪华的公寓去住，去和穆里施在宽大的意大利进口的大床上寻欢，有时候就顺势从床上滚下来，在名贵的波斯地毯上继续翻滚和嬉戏。而他们现在已经热得简直难舍难分了。

周槿没有想到比她年龄大二十多岁的穆里施，在爱情的狂热方面一点也不比一个小伙子差，他为她所疯狂，他用自己的一滴血，做成了一个可以挂在胸前的小瓶子。他还在自己的胳膊上文了她名字的缩写字母，而周槿也在穆里施的带动下，特意剪掉了留了多年的头发，把自己的头发混合毛线，给穆里施打了一件围巾——她庆幸自己的母亲当年非要叫她学习编织这样的女红，现在可派上用场了。他们见面就在床上颠鸾倒凤，在穆里施偌大的屋子里，任何一个地方都可以寻欢作乐。他们一起逛街，在大街上流连，买周槿想要的任何东西。

她带给了穆里施一个真正的青春期。而周槿也从穆里施那里，得到一个成熟的男人可以给她带来的真正的精神的欢愉，所以周槿的情绪好极了，似乎浑身都被一种暖色的爱情所沐浴，而且最重要的是，穆里施是动真的了，他想和周槿结婚——穆里施希望今年的圣诞节就和周槿到瑞典去结婚。

这是一个最好的结局了，周槿在对自己和穆里施结婚的事情上，一点都没有犹豫——当穆里施给她送了一颗"戴梦得"牌的重一克拉的闪闪发亮的钻戒，并且像是一个老派的绅士，在他的灯光辉煌的客厅里说"周槿，我要你嫁给我"，然后郑重地给她戴上这枚戒指的时候，周槿虽然还是别人名义上的妻子，但是身心都已经完全地属于眼前这个风度翩翩的老瑞典人了。她激动得两眼闪烁着泪花："好吧，穆里施，我答应你，会给你带来幸福的。"这一刻，她觉得自己有了一直要找的幸福和安全感。

所以，当她接到马达的电话，她内心深处觉得不能够很好地解决和马达的婚姻的担心解除了，她甚至有一点感激马达，因为这样的话，她就可以和穆里施顺利地在一起了。而现在，即使是马达要把他们曾经当作爱巢的那个小小的屋子给她，她也不会要了，她已经习惯了穆里施的豪华公寓，她当然成为那个公寓的女主人，她渐渐地习惯了公寓的生活。而穆里施在瑞典还有一套特别漂亮的木屋，虽然对于很多瑞典人来讲那是十分普通的房子，但是对于周槿来说，那和别墅已经没有任何的区别，如果她和穆里施在一起了，她为什么还要那套只能够让她想起她和马达往昔简单贫穷的生活的小房子呢？她也不会要了。

但是还有两关要过，她想，其一是她的父母，当他们听到她要嫁给一个年龄比她大二十多岁的红皮肤、白头发的瑞典人的时候，他们会不会阻挠？周槿隐隐地觉得父母亲不会反对的，只要她自己能够过好，他们的工作就要好做一些，而和另外一个人——王强，就不那么好交代了。

现在，周槿很后悔在自己刚刚闹离婚、六神无主的时候，去抓了王强这根救命稻草，现在，当她准备要抛掉这根救命稻草的时候，反而有一些棘手。虽然她以向他奉献自己的肉体的方式，而现时现报了他，但是毕竟她是承诺了王强，离婚之后是要和他在一起的。没有想到后来又出来了一个穆里施，于是一切又都要重新安排了。生活中的逻辑是十分反常的，有时候你根本不知道生活的激流，会把你往哪边冲。

所以，当学校放假、周槿有了空闲时间的时候，她也过得一点都不轻松，她一直在考虑，如何使王强体面和没有怨怼地退出她的生活。

而王强还像过去那样，每天都要给她打个电话，但是周槿已经在电话里听腻了王强的甜言蜜语，她需要慢慢地把王强的温度降下来，然后再解决掉他，推掉他。她巧妙地说，这是为了省下他的电话费，"以后要花钱的地方多着呢"。他们没有必要天天都通电话，只要在彼此的寻呼机上留言就可以了，留"888"就是"我爱你"，留"666"就是"我想你"。

王强也为自己每个月两千块钱的手机费而挠头，所以周槿的建议很及时，他还以为周槿是为他着想呢。

"我要尽快见你，我想你都想疯了。"王强说。

"咱们很快就见面了。"周槿满怀信心地说。

五十二

　　8月即将结束，马上要开学了，浓烈的夏天，在天空的深处渐渐地隐退着，虽然万事万物还是在夏天中大汗淋漓，但是秋天，在8月的深处也可以被闻见，周槿就闻到了秋天的气味，它正从高空往大地上俯冲下来，改变大地的颜色，而这个秋天她的生活就要全部改变了。学校中的绿地边，有一丛丛木槿，一个夏天似乎一直在开花，花很漂亮。自己后来从花市上买来的玉簪花，也开得如同8月的雪。走在校园中的很多地方，她都可以看见勿忘我在开放着淡蓝色的花朵，自己住的宿舍楼上，爬着的凌霄花，又叫紫葳的，又红又艳，爬得很高，好像根本就不相信秋天快要来了。

　　忽然，她的手机响了，她拿起了手机，看到上面的号码是王强的，她犹豫了一下，还是接了这个电话。

　　"周槿，你在学校吗？"

　　周槿觉得他问得很奇怪："我当然在学校，你在哪里？"

　　"我来北京了，就在你们学校的大门口。"

　　周槿吓了一跳，她冲到自己房间的窗户跟前，把玉簪花的花瓣都碰掉了一些，往外面看，从她的屋子完全可以看到学校大门，她果然看见了王强，他左手拿着一束鲜花，正在那里给她打手机。

"我看见你了，你来了——太好了，"周槿有一些紧张，但是她随即决定，就在今天解决她和王强的问题了，"你上来吧，你往右边一拐，第一栋楼的三层，12号宿舍，我在这里等你。"

她挂了电话，环视屋内有没有她和穆里施在一起的任何物证，还好，穆里施只来过一次，没有留下他的任何东西。看来没有让他来这里是对的。她随便收拾了一下房间，又打扮了一下。周槿没有出去接王强是有她的考虑的，因为门卫看见过穆里施来接她，如果又看见王强和她在一起，是会说闲话的，那些看大门的老头没有事情干，整天就是议论学校的烂事情。

王强上来得很快，她可以听到走廊中和楼梯上他急切的脚步声，几乎是跑着过来的，周槿打开了门，王强就冲了进来，一把就把周槿给抱住了。周槿推开他，嗔怒地看着他："你也不事先给我说一声，就来了一个突然袭击。"

王强非常兴奋，他对自己搞的这个突然袭击的效果很满意，把一大把荷花的花苞递给她："怎么，我来了你不高兴？"

"那怎么会呢。"周槿接过荷花，觉得这花苞真是好看，那种粉红色是很诱人的红色，她赶紧找花瓶插花，害怕他又上来抱她。有了穆里施，她已经不习惯和王强的身体接触了，女人就是这样，除了妓女，很少有可以同时在一个身体里容纳两个男人的。"我给你倒水，或者，你要什么饮料？可乐、雪碧、芬达什么的？"

"什么都不要，"王强坐下来，环顾着这个改造过的筒子楼，看到地上新铺了白色的瓷砖，墙上也有拼花图案的壁纸，"这就是教育部给大学老师改造的那种带卫生间的宿舍吧。"他打开洗手间的门，看了一眼，"还真的不错，今天我就可以在这儿洗澡了，和你一起。见不到你，我真是受不了。"

他的话使周槿十分畏惧，因为现在无论从肉体上还是情感上，她都已经无法接受王强了，可是，现在她必须沉着地应付他，她盘算着如何在今天把王强这个最困难的问题平缓地解决掉，这需要时机和技巧。

"你怎么突然就来北京了呢？"周槿觉得有一些不对劲。

"刚好总行要开一个会，我就偷空跑来了，为的是给你一个惊喜。"王强站起来，抱住她吻她，周槿被动地应付着。因为王强抽烟，所以周槿立即闻到了王强嘴里的烟味儿，这使她觉得很难受，皱了一下眉头："你又抽烟了。"

"我一直都抽烟的，你又不是不知道。"王强发现周槿对他似乎十分冷淡，应和了他内心本能的不安，他的热情也在迅速地冷却，他看着周槿的眼睛，"说实话，我这一段时间非常烦闷，因为我实在是不堪日夜思念你的重负了，我只这一个简单的愿望，就是能够尽快和你在一起。我来就是为了要一个答案，咱们什么时候才能够真正地在一起啊？你要告诉我一个时间。"

周槿也看着王强，她从他的眼睛里读到了一些疯狂和可怕的东西。爱情这个东西是会毁灭人的，就是因为它的火焰属性，弄不好，会让大家一起烧死的。所以周槿觉得紧张。"你要我说什么呢？现在你就要一个答案吗？"

"说实话，你就说实话，别怕我接受不了。"王强大胆地给她以鼓励，"我就是为了一个答案而来的，我们还能不能在一起。"

周槿低下了眼眉："我最近的心情也很灰暗和烦躁。而且，确实，我的状态发生了很大的变化，和春天的时候相比，已经不一样了。当时我确实想尽快地和你在一起，去深圳换个地方，换一个环境，对我要好得多，但是现在，我对婚姻十分恐惧，很不信任，你看，我在下个月肯定可以离婚，但是我刚刚离婚，你就要和我结婚，要和我在一起，这使我非常害怕。我的这种状态是很真实的，你要为我着想。"

王强感到了一种寒意，他用双手摇动着她的身体："你害怕什么？难道我不是真心地爱着你吗？我们当然可以很好地在一起的。"

"不是，我相信你对我的一片单纯炽热的感情，可现在是我自己对婚姻，有了怀疑和恐惧，我不想很快就结婚了。"

王强松了一口气："那也没有关系，你先到深圳，工作我来帮你找，我们在一起，过些日子等你状态好了，再结婚也行，你说呢？这不是一个大问题，我又不是逼着你现在就结婚。"

"但是我现在又想出国了，"周槿谨慎地看着王强，"我不想去深圳了，我对在国内待着觉得很没意思，我想真正地改变一下生活的环境。如果是这样的话，我们就很难有未来了。"

王强这下子愣住了，他发了一阵呆："原来，我不过是你的一个选择，你有很多的其他选择。为什么不早讲？"

"我……过去给你说要去深圳，当时也是真的，就像是现在给你说的这个决定，也是真的一样。"

"难道我就不能让你留下来吗？一个人，一个爱你的人，难道不比什么出国更重要吗？"王强表现得十分痛苦，他的反问，使周槿无法正面回答。确实，当初是一回事，现在又是另外的一回事情了。

周槿看着他的脸，一时间心情特别复杂，这个可怜的被爱情或者说被自己的情欲折磨的男人，这个注定要栽在自己大学时代的梦中情人的手里的男人。周槿想，我确实不可能和你在一起了，因为，人可能都是自私的，我有我自己的道路。

"对于我这个已经有过一次婚姻的人来讲，确实现在出国显得很重要。我需要改变生活的环境，才能够治疗我心灵的灰暗。再说，我这个人也很独立，也不想到深圳依附于你，我只是想独立一些，自己过清净的生活。"

王强还是没有能够从缭乱的心绪中出来："你的意思是，我们就这样结束了，再也不可能在一起了？"他的双眼中饱含着泪水。

周槿看着王强伤心的样子，尤其是看到他那一双充满了泪水的眼睛，忽然十分感动，因为在此之前，还没有一个男人因为爱她而当面为她流过泪水。马达和她拉拉扯扯这么多年，也有大悲大喜、分分合合的时候，但是马达从来没有为她流过泪，马达也是一个倔脾气，吵架之后，一般绝对不向她低头，往往甚至是她先和他讲和。现在，她看到了王强的泪水，周槿知道，王强的确是真心地爱着她的，渴望真正地得到她。一瞬间，周槿几乎要答应他，改变主意，再次改变生活的选择，因为女人都是善变的，但是在最后关键的时候，周槿却仍旧说出了让他们再也无法挽回的话："我们之间可能就是不太合适，因为时机、心态和距离，我们一开始想在一起，就是一个错误。"

　　王强这下被周槿的话彻底地打垮了，他像是泄了气的皮球一样，没有劲头了。他只是在喘气，出于自尊，希望自己尽快地恢复平静。周槿忽然很怜惜眼前这个已经被她摧毁的男人，她温柔地伸出了手，去摸他的脸。王强本来已经十分麻木，他不知道应该如何应对这个他没有太多准备的局面，但是当周槿的手抚摸着他的面颊的时候，他饥渴地用手抓住了周槿小巧的手，吮吸着她的手，泪水迷住了他的眼睛，他发出了婴儿般的呻吟。

　　"别哭了，你哭了，我也很难过。"周槿这话是真的。

　　"我不能失去你——"王强猛然抱住了周槿，他热烈地吻在了她的嘴上，她没有拒绝，而是迎合着他，毕竟，这个时刻是绝望和歉疚的吻，他们疯狂地吻在一起，王强忽然把周槿就势按倒在床上。周槿有一些慌乱，她觉得王强有一些可怕的、她无法控制的疯狂。"别，别这样，你要干什么？……"但是王强像是疯了一样地掀开了她的裙子，把她压在了身体的下面。

　　周槿抗拒着王强："我来例假了，不行的……"王强哭着，他有些发疯，显然他已经无法控制自己的情绪，他几下子就脱去了自己的衣服，重新压在了周槿的身上，然后他确实发现了周槿两腿之间，那已经被经血染红的舒乐牌卫生巾，他愣了一下，有一些恼怒，就把周槿翻转身子，按住她的脖子，从她的后面，结结实实地进入了她的身体。

这是同性恋式的做爱方式，是违背她意志的做爱，周槿感到自己被王强强暴了。的确，王强凶狠得就像是在征服一个仇敌，使她发出了痛苦和恐惧的哀号。她有深深的屈辱感，但是她竭力地忍住了，她知道，只要过了这一刻，她就和王强完结了，她就什么也不欠他了。她哭了，因为在王强的报复性的攻击中，她没有了自尊，她趴在床上悲哀地哭着。不过，这可能也是咎由自取，是对她的惩罚。而在王强的眼睛里，周槿和昨天同样被他强行进入身体的云云合为了一个女人，她们都长着温暖的神秘的、散发着诱惑人的牡蛎气息的洞穴，她们都想违背他的意志，她们都忽然离他很近，忽然又离他很远，她们都是他生活中的过客，或者从来也不会属于他，甚至还伤害他，但是她们都被他昂扬的东西刺穿了。

从一边看上去，他们像是一对非常奇怪的情侣，因为他们都哭着，完成着一个奇特的身体交流的过程。

五十三

　　王强从周槿那里出来的时候，就知道他和周槿之间的一切都已经完结了，这段对他来讲是刻骨铭心的激情，已经完了，他带走的有这半年多来给周槿寄的信件和情书，一些玫瑰花的已经干掉的头颅——那都是王强送给她或者寄给她的，一个"给你美"牌的美容仪——这是他从深圳寄给她的。周槿把所有他给她的东西，无论是文字的还是实物的，都还给了他，她也不会再想看到这些东西，现在都给了他，他们之间的一切了结了，她已经不欠他任何东西了。

　　现在，王强就在北京的大街上随意地走着，8月的北京，因为机动车太多和热带低气压的作用，空气中有着很多粉尘和可吸入颗粒物，王强觉得窒息。不知不觉他发现自己已经到了护城河边，于是他把刚才周槿还给他的这些东西，全部都丢进了护城河里。酷热的天气，使护城河发出了轻微的臭气，水的颜色也是淡绿色的，各种颜色的情书信纸在绿色的河面上散开，以垂死的姿态被水牢牢地吸住了。

　　忽然，从他身边出来一个戴着红袖章的老太太，冲他瞪大了眼睛："谁让你往护城河里乱扔东西的？罚款！"

王强没有理会她，而是照样朝前面走，那个老太太就在后面跟着他，要他交罚款。王强后来走到了护城河桥边的栏杆上，下面就是可以淹死人的河水，他转过身，对那个惊愕的老太太说："你要是再废话，我就从这里跳下去。"

他脸上那古怪的表情把老太太给吓住了，老太太后退了一步，害怕了："小伙子，你别在这里寻死啊！"

王强阴沉地一笑，从栏杆上跳了下去，在人群中消失了。

在北京总行的事情办完之后，王强决定再待上一两天，平静下来，他觉得周槿一定是有了别的男人，所以他打算跟踪周槿。

一大早，王强就在周槿宿舍楼跟前埋伏好，等着周槿出来，但是周槿的房间那里没有任何的动静，过了两个小时，当他在学校门口溜达的时候，发现远处停下来一辆黑色的奥迪车，从车上下来了一个女人，就是周槿。

原来，她晚上没有回到学校的宿舍，她是在外面过的夜。王强感到嗓子里冒火，他赶忙躲进了绿化带里一棵刺柏的背后，手里抓着刺柏树，忍着刺柏尖利的叶子扎进他的手的疼痛，看着周槿和门卫打着招呼，走进学校大门。他赶忙跳上出租车，对司机说："追上前面那辆奥迪车，不远不近地跟着。"

出租车的司机开起了玩笑："老哥，你是不是安全局的？怎么跟踪上人了，有没有证件啊？"

王强的脸色十分难看："叫你跟踪，你就跟踪，别废话了。"出租车司机就不再说话，而是紧紧地跟着穆里施的车。他们一直跟到了那辆奥迪车上了二环，又上了建国门立交桥，进入了长安街上一栋很高档的写字楼的停车场。

王强下了出租车，看见一个白头发红皮肤的外国男人，年龄有五十岁左右，从那辆黑色的奥迪车中出来，走进了写字楼。

王强假装也是写字楼中的工作人员，和穆里施保持着不远不近的距离，看到他上了电梯，又加快步伐，和穆里施一同走进电梯，他背对着穆里施，只是从电梯明亮的钢制墙壁的反光上，观察着穆里施。这个时候，他闻到了这个红头发老外身上的香水味，那种味道是昨天他和周槿撕扯和拥抱的时候，隐隐约约闻到的，那种味道在周槿的房间里也存在过，在她的皮肤上也存在过，他明白这个老外就是周槿出国的动因和机会了。当穆里施在电梯停下来的时候，走出了电梯，王强也走了出去，在一家很有名的电信公司的招牌下，他看见穆里施朝一个白领打扮的女士打招呼，听到了对方称呼这个老外为"穆里施先生"，现在他完全知道他是谁了。

王强转身下了楼，他在长安街上随意地溜达着，又走进了中粮广场的地下商场，在那些进口的豪华家具中漫无目的地随意闲逛，考虑着自己应该怎么办，他发现他的手一直都在颤抖着，显然他有一种深深的屈辱和挫败感。

第二天，他又来到了周槿所在的学校宿舍附近，继续跟踪周槿。他花了一天的时间，发现周槿就是和穆里施在一起，他们一起在燕莎购物中心一楼的一家西餐厅吃晚饭，那是一家南美风情的餐厅，有着两个肉弹般的拉丁美洲的惹火女郎在唱歌跳舞，非常性感欢快，来吃饭和喝酒的人很多，环境很嘈杂，躲在一边的王强的心却如同地狱一般。而周槿和这个老外在一起的样子十分亲密。

王强现在已经完全肯定自己被周槿要了，他作为一根救命稻草，在利用价值没有了之后，已经被无情地抛弃了。

坐上飞回深圳的飞机，他的脑袋十分疼痛，他不知道自己这几个月都干了一些什么，就像是发了一场高烧一样，这就是一场风花雪月的事情吗？这就是你拿爱情拯救我的爱人吗？他在考虑是不是给周槿以报复与惩罚，忽然，他觉得自己的内心变得有些邪恶，一头野兽在胸中诞生，像是科幻片《异形》中从人的胸口诞生的那种长着獠牙的怪物一样，在飞机的洗手间，他猛然让空气把他的排泄物一下子吸走，就像是把周槿带给他的不快排泄了之后，看着镜子中的自己，他动了杀机。

五十四

马达和米雪现在又和好如初了。他们现在很平和，也很安稳。但是就在这年的9月初，米雪的父亲，因为肺癌到了晚期，没有挺太长的时间就去世了。临死之前，他已经瘦得完全变形了，癌细胞迅速地吞噬了他主要的健康细胞。不过，因为一直打着止疼的吗啡，所以老米还不觉得难受，而这竟然是米雪的妈妈和医院争吵之后才争取到的——中国的医院还没有推行无痛告别医疗。

马达出席了老米的遗体告别仪式，这是在八宝山公墓的一个小小的告别室中举行的，外交部一些官员都来了，马达看到了他经常在电视上见到的一些官员和新闻发言人的面孔。米雪的父亲是一个资深的外交官，他的遗嘱是让家人把他的骨灰撒到北京北郊的农田里，和母校北京大学未名湖边的小山丘上。

后来，十几天之后，就是马达陪着米雪的妈妈，和米雪一起，驱车到北京北郊已经被收割过的一片田野上，把老米的骨灰撒向了大地。那个时候，刚好是初秋，玉米地里一片金黄，在微风中响着唰唰的声音，把土地深处的叹息带到空气中，大地上弥漫着成熟的气息。喇叭花仍旧在次第开放，刺玫瑰也在摇曳，花花草草都在为秋天的来临而准备。人的生命也是来自土，又归于尘土，撒骨灰的时候，米雪哭得十分伤心，而马达当然把米雪抱得更紧。

而去北京大学——老米和米雪妈妈共同的母校，撒老米另外一半骨灰，米雪的妈妈要自己一个人去。马达明白米雪妈妈的心思，就是她要一个人在她和老米的母校，回忆他们当初相识的美好日子，要一个人安静地回到他们相识的开始。

老米去世了，米雪明显变得成熟了，马达觉得认识米雪大半年，米雪简直是在飞速地成熟着，不仅经历了和他的情感折腾，而且爸爸又去世了。生死与情感都可以让一个人迅速成长。

好在米雪已经成年，即使是爸爸无法再给她以庇护，她也已经可以独立地面对生活了。马达甚至觉得米雪的心里也已经有了十分坚强的因子，即使是马达离开她，她也会坦然地面对生活的任何变故。

为了使米雪能够很快地摆脱父亲去世的影响，他就每天都陪着米雪，除了上班的时间之外，就是和她一起在北京城看戏、逛街、泡吧、健身，让米雪置身于很多人中间，这样米雪就慢慢地从丧父的情绪中出来了。

"我好多了，也真正能接受我父亲的死了。"一天，米雪和马达一起在逛着宜家家居，挑选着一种别致的花瓶的时候，米雪对马达说。

这个时候已经是9月的中旬，天气忽然又变热了，秋老虎来了。他们逛宜家家居是因为米雪忽然想和马达在明年元旦结婚了，如果马达可以在这个月和周槿顺利地离婚，她就要嫁给他。

而周槿到瑞典去短期旅游，在一个星期前给马达打了电话，回来两个人就好好地谈一谈，把他们之间的婚姻遗留问题圆满地解决掉，而且周槿说自己也不要那套房子，还是留给马达，因为她要出国的，还要这小小的房子干什么？这只是一个时间问题了。"想想我们的争吵，真是有一些孩子气。"周槿在电话中对马达说。

不过，对米雪打算要嫁给他，马达仍旧有一些疑虑。"你是真的想要一个家，还是一时冲动？"马达担心米雪考虑得不成熟，"你要考虑好哇，别像我的第一次那样。你要对我信任才行。"

"我需要一个家了，我确实需要一个家，这种感觉在没有爸爸之后，就更加强烈了，"米雪看着马达，"再说你和周槿结婚，不是都考虑了好几年，后来照样都失败了吗？所以，这不是可以考虑好的事情。"

马达同意米雪的看法："不过我和周槿在一起，是周槿提出离婚的，我本来是不愿意随便就离婚的。既然结了，干吗要离呢？"

米雪揪了他一下："要是我到时候嫁给你了，你可就甩不掉我了。我们有了一个家，这宜家家居的东西，就可以随便往家里搬了。"

"我干吗要甩你？我巴不得早一点有一个老婆呢。旧的不去，新的不来呀。"马达忽然又开起了玩笑。

"又胡说八道了。"米雪仔细地挑选着一些床上用品，"你觉得宜家家居的东西怎么样？"

"我不是很喜欢宜家家居的东西，其实这宜家家居在西方，不过是蓝领工人用的东西，只是很简洁朴实，因为是家居超市，什么都有，特别方便而已，我就觉得这里的东西很笨拙和粗糙，跟北欧佬一样。"

"可是北京年轻人都喜欢这里，你看他们，这里的主要顾客，还不都是年轻的夫妇和恋人？"

的确，来宜家家居买东西的都是年轻人。他们喜欢这种简单生动、既时尚又简朴的东西，而且都需要自己组装，每一个人都是自己亲手来构筑自己的家庭摆设，这样的感觉是别的家具店没有的。宜家家居营造了一种文化，就是那种小资产阶级和中产阶级喜欢的。

在这个家居超市闲逛，马达觉得宜家家居里面的空气太冷了，可能是空调开得太足了，他忽然想起米雪上班的情况，就问她："在新华社上班，比网站有意思吧。那可是国家通讯社。"

"还可以，不过新华社太大了，机制比较死板，不知道什么时候才能熬出头。慢慢混呗。我是女孩子，有一个好的家庭，我就满足了。工作是很好应付的。现在网站的情况怎么样了？"

"你和我们金磊总编辑那么熟悉，你还不知道！现在的情况不是特别好，最近正在酝酿大裁员呢，没想到网站的冬天来得太快了，上次已经裁减了百分之十了。这次又要裁减一些了。你看地铁里的广告，春天的时候到处都能看见，而在国贸中心和嘉里中心那样的顶级写字楼里，很多网站在租用写字间，可是现在，地铁里的网络广告已经不多了，很多网站也已经从这些顶级的写字楼里撤退了，才几个月的时间啊。他们大多数已经倒闭了。我们网站算好的，因为有政府的背景，暂时还不会倒台。不过，上个月的薪水，现在还没有发呢。"

"你不会被裁掉吧？"

"很难说，听说这一次要裁掉一半的人呢。"

"要不然，我给金磊叔叔说一说？"

"可能连他也被开了呢，因为投资方要撤资了。还是别说这些了，北京的地方多得是，哪里不能干活儿呀。"马达说，"今天晚上我还要上夜班呢。晚上咱们先去'大铁塔'看跳舞表演吧。"

看完了"大铁塔"的歌舞表演，他们在那里吃了很多东西，肚子里都是饮料在晃荡。米雪很困，她要起早上班，马达就先让她回去了。送走了米雪，马达在去网站上夜班的路上，碰见了从凯宾斯基饭店出来的高伟。马达不想和高伟搅和得太多，因为他担心自己染上毒品——高伟有时候都抽可卡因。他正要躲开高伟，但是被高伟看见了，高伟三步并作两步地跑过来："马达，你小子怎么躲着我？我正要找你呢，最近我出事了。"

马达看见高伟的脸色十分难看，人也好像瘦了一圈，头发有一些乱，像是被人揍了一顿似的："你出什么事情了？"

高伟左右看了看："到那边的普拉那啤酒坊去，我和你慢慢说。"

　　他们一起来到了普拉那啤酒坊，每个人要了一杯黑啤酒，又往里面打了一个生鸡蛋，马达说："不好意思，上次我在上海，没有给你说就一个人回来了。我只是有一些烦躁，不想在那里待着了。"

　　"我知道你的脾气，没事的，那个莉莉还特别想你呢。我告诉你，三天前，我被绑架了。"

　　马达以为自己听错了："你被——绑架？"

　　"对，我被绑架了，那伙人是一帮子黑社会的人，我当时正在亚运村东边的一个桑拿城洗桑拿，刚刚脱了上衣，突然就有一伙人把我围住了，要我再穿上衣服，直接就把我给绑架出去了，在车上他们还给我戴了眼罩。"

　　高伟被绑架到了一辆车上，嘴里已经被塞了东西，喊不出任何声音来，眼睛上也蒙着眼罩，看不见任何东西。拉着他的汽车就一直在开着，高伟本来想凭着感觉，来断定汽车的方位和去向，但是汽车似乎拐了很多弯儿，又走了出北京城的一条高速公路，高伟无法判断自己到底被带到了哪里。在崎岖的山道上走了两个小时以后，他被拉到了一个地方，才叫他下来。

　　他又被关进了一间屋子，一下车，脾气火暴的高伟和绑匪开始厮打，但是人家人多，他根本不是人家的对手，被揍得不轻。等到平静下来，他猜想自己肯定已经到了河北的某个地方了。绑架他的人说，要他拿出三百万赎金来，否则三天之后，他们就要撕票。高伟想了想，就给老婆翁红月打了一个电话，结果翁红月在电话中和绑匪谈判，要自己来顶替自己的丈夫，要他们先把高伟放了，由高伟来为他们筹措赎金，自己作为人质在他们手里压着。

"我老婆第二天就按照约定的方式，同样被带到我被关着的那个地方，我觉得她可真够勇敢的，她根本就不怕那些绑匪，他妈的，那些绑匪……"

马达打断了他的话："那你老婆翁红月现在还在他们的手上？"

高伟很颓丧："对呀，她还在绑匪的手上呢。我这已经为了赎金，四处筹措钱款，有两天时间了。"

马达很佩服翁红月，从外表看不出那个文静的女人能够舍己救夫，可她却真是这么做的。马达称赞道："你老婆人真不错，她真勇敢。也没有想到你会碰上这样的事情。赎金已经筹措好了？"

"差不多了，接近三百万，我就是来和你商量商量，现在是报警好呢，还是我先交钱把老婆救出来好呢？"

马达想了想："你感觉那些绑匪都是一些什么样的人？"

"是一些吃黑社会饭的很专业的家伙，如果我报警被他们发现，他们说了，就立即撕票。"

"可是很可能呀，他们中间有人和警察也是串着的，现在警匪一家的事情很多。所以，我看不要报警了，先交钱把你的舍己救夫的好老婆救回来，然后再报警吧。毕竟，你的老婆更重要。"

高伟想了想："好吧，你说得有道理。我老婆在他们的手上已经两天了，过了明天，就回不来了。"

马达看到高伟有一种十分沉痛的表情："过去你不是总是不想回家，不想面对翁红月吗？"

"发生这样的事情，才知道谁、哪个女人对你是真心的。我老婆毕竟是我的老婆，我们可是贫贱夫妻起家的。"

"这话从你的嘴里说出来，还是对得起人家翁红月的。女人的滋味你是知道的，你以后就别再那么花心了。"

高伟却不以为然："男人没有不花心的，女人一旦娶回家，就没有意思了。我和翁红月有一年都没有性生活了，就是因为太熟悉了。"

"那她不叫你交公粮？"

"她从来不主动求欢。"

"绑架你的时候，你害怕了吗？"

"绑架谁谁不害怕？可能就我老婆不害怕，现在绑架的事情不算多，怎么就被我碰上了？他们一定盯上我了。好了，我先回去了，明天我得交赎金了，这个事情等明天我给你打电话，如果下午六点钟没有我的消息，你就立即报警，好不好？"

马达很凝重地点了点头："你会安全回来的，你是一个有福之人。你放心吧。"他看着高伟匆匆地离开，心中涌现了一种很复杂的感觉。他喝完了啤酒，看着身边很多玩闹的红男绿女，觉得他们离他十分遥远。

当一个人心中有事，或者正在经历一点事情的时候，就会有一种沧桑的感觉，马达的心里在2000年的9月18日，有了一点沧桑的念头，地点是在凯宾斯基饭店西侧的普拉那啤酒坊中，那个时候他忽然觉得时间本身，使身边所有的事件都发生了变化，变成了一种模糊的东西，他再也看不清它们了。

他又到了亮马河边上的网站上夜班，金磊总编看见他来了，就把他叫到了自己的办公室："小马，10月1日之前，我们的网站会有一个比较大的变动，如果我还在这里，你的位置就没有任何问题；如果我离开网站，我就不能保证你还能在这里了，你要做两手的准备啊。"

"网站的情况到底怎么样？"马达问金磊总编，"是不是撑不下去了？"

"主要是投资人现在对我们的网站没有信心了，你也知道，别的一些网站已经都倒了，我们现在烧钱烧得太厉害，没有任何盈利，所以投资人就有一些扛不住了。你看，大多数网站，都没有盈利的接口，像一些门户网站主要是依靠广告，而电子邮件信箱现在还不能收费，日子是最难过的了。"

"那网站能挺过这一关吗？"

"我看很困难，至少绝大多数是挺不过去的。"

"我明白了，其实，哪里都可以混一口饭吃的。"

"如果我去接手一家杂志，你愿不愿意和我一起去干？"金磊试探性地问他，"有人要我去当主编的。"

"我就跟人，您到哪里，需要我，我就到哪里。"

"好，咱们就等着看吧，现在秋天才刚刚来临，可是网站的冬天就已经来了。寒冬在靠近我们啊。"

马达在傍晚的时候，接到了高伟的电话，他用钱把老婆给赎回来了，而且等着马达一起吃晚饭。

马达立即到望京附近的一家叫"糊涂楼"的川菜餐馆去见高伟，看到高伟和翁红月已经在那里等他了。翁红月看上去已经瘦了一圈，毕竟被绑匪关了三天了，因为已经成功地脱险了，她的神情十分兴奋。马达注意到她看着高伟的眼神，是很温厚和关爱的，他很佩服这个敢于抵押自己而舍身救夫的女人。"我看你们还是立即报警吧。"马达一坐下来就这样建议。

"她几天都没有好好吃过东西了，我们吃完饭就去公安局报警。妈的，这下子绑匪可把我们给害惨了，一下子进去两百多万，都是我四处好不容易拆借的，现金不好弄。我看这钱是很难再追回来了。"

翁红月温柔地抚摸着高伟的手："钱是小事情，关键我们现在都是平平安安的，就很好了，钱总是能再挣回来的。"

"对，钱总是能再挣的，可是这人要是回不来，就麻烦了，毕竟人在就什么都可以再挣回来的。"马达说。

"我其实没有凑够三百万整，还差个十几万，是二百八十六万，因为我实在是凑不够这么多的现金了，一开始我有一点担心，害怕他们不放人，因为有的绑匪你差一分钱他都是不放人的，结果我和领头的那个人一说，他倒是笑了，也很开通，他说："你是有诚意的，还算讲信用，我知道，现金这么短的时间，不好凑的，就这样，剩下的就不要了。'于是就立即放人了。"

"你们没有看见他们的脸吗？"

"没有，我看见了开车来接应我的一个小伙子，他给我蒙上眼睛，然后才把我带到了关着她的地方。但是我记得声音，全部是河北和天津口音。"高伟说。

"这三天每天他们都要换好几个地方，就在一个小县城里转，我真的担心再也回不来，也再也看不见你了。我非常担心，因为我就是在那几天，发现自己已经怀孕了，因为刚好是例假期却没有来例假，我还有一些反应，我就知道，我已经有了孩子了。"翁红月十分羞涩、后怕和欣喜地对高伟说，"是我们的孩子。"

高伟又惊又喜："那太好了，我们要当爸妈了！哎呀，真是有惊无险啊，要是你回不来……我现在都不敢往下想了。"

马达也为他们的平安感到高兴："现在最重要的是，要尽快通过警方，把他们讹诈的赎金全部追回来。"

高伟面上有些难色："要全部追回来是很难的，只要把他们抓住，就很好了，这帮子狗家伙，我要是能亲手杀几个就好了。"

五十五

9月底的天气是夏天和秋天交替和重叠的天气，所以不下雨的时候，既像夏天那样闷热，也已经有了秋天的凉意，不过这凉意主要是从早晚才显现出来。但是要下了雨，就真是一场秋雨一阵凉了。这个季节，菊花是开得最美的，所谓秋菊有佳色，穿就黄金甲，这个季节的花王就是菊花。此外，香山的枫树树叶也黄了，开始有一点红的意思，这个秋天的画卷正在徐徐拉开。

马达和米雪的关系现在十分平和，因为就在这短短的几个月的时间里，米雪的生活发生了很多的变化。父亲的去世，更是使她这样一个小姑娘，变成了一个长大了的女人。马达觉得，自己也有伤害和忽略米雪的时候，现在，他要加倍地疼爱米雪。

周槿要和他签离婚协议了。看到周槿的时候，他一下子还觉得周槿变得漂亮了，而且她的整个精神状态，似乎都特别好，跟过去完全是两个样子，这使他很吃惊，也很欣慰，毕竟从内心深处讲，现在他已经没有了怨怼，即使是分手了，他也是希望周槿能够越过越好的。

他们先是去当初给他们进行结婚登记的地方，去办理离婚手续。因为有离婚的协议，办离婚的人简单地问了他们几个问题，就很快把他们的离婚证明开好了，还给他们发了一个离婚证书。

从民政局出来，他们都没有想到，离婚的手续会这么顺利，而当初他们竟然为了离婚而上了法庭，周槿觉得很愧疚。

"这个证书我不要了，给你吧。"周槿说。

"我也不想要——算了，还是先给我吧。"马达拿过来证书，心情似乎很轻松，"我那里还有你的一些东西和衣服，你过去买的一些小玩意儿，是我收拾房间的时候发现的，你还要不要了？"

"当然要了，再说，那个屋子有我们好多年的记忆，我还想再看上一眼呢。"周槿很轻松地说。

"好，走吧。"他们上了出租车，很快，又回到了过去几年时间里，他们一起生活过的那个小房子里。这个时候，已经完全变成了陌路人的他们，都觉得心里既轻松，又有一些难过，毕竟经营了快十年的感情，起始于大学校园里一棵漂亮的梅花树下的爱情，到今天算是完全地结束了，从此之后他们将天各一方，肯定会有着完全不同的人生道路和人生的图景。

周槿刚刚从瑞典回来，当然是和穆里施一起去的。那一次十分愉悦的短期旅行，周槿的心情简直好极了，而她和穆里施的关系也进一步地稳定了，所以周槿觉得自己已经完全实现了生活的目标，她现在可以从容不迫地告别过去了。

他们进门的时候，周槿一眼就看见了屋内繁茂的花卉，一瞬间，情绪很复杂，她见到满屋子的花都很漂亮，比她原来在的时候，生长得还要漂亮，就吃惊地说："马达，你是怎么养的，把这些花养得这么好？过去你侍弄什么就死什么，我现在已经没有养花的能力了，养什么就死什么，很奇怪的。"

马达想起来，在他们过去的生活中，确实，当马达和周槿吵架的时候，连花都立即有了不良的反应，而当他和米雪有了新的爱情的时候，这些花又都生长好了，确实和花仙子是有关系的。马达看着周槿吃惊的样子，明白花神已经离开了她的生活。因为花神是要远离那些特别追求物质生活的人的，花，已经是纯粹精神的东西了，像他们这样因为喜欢花而被花仙子和花神特别照顾的人，也会因为背离花的精神，而被花仙子抛弃的。马达就曾经有过被花仙子抛弃的经历，但是后来花仙子又来到了他的生活中间，因为他后来的生活中，有爱情的照耀。可是，难道周槿就没有得到新的爱情吗？她一定有，但是为什么她仍旧不被花仙子眷恋？

"那是因为花仙子现在还在这里，而她们却已经离开你了。"马达说，现在他觉得面对周槿的时候情绪平和，这个女人和他在一起有好多年了，他们之间经历了各种各样的波折，现在终于完全分开了，他反而觉得有了一些亲切感和轻松感，即使以前他们之间还有过短暂的仇恨情绪，现在这样的情绪都消失了。

"因为你有了新的爱情，"周槿拨弄着那些花，"所以这些花也生长得特别旺盛。能不能告诉我，她是一个什么样的女孩？"

"是一个十分简单明快的女孩子，"马达惊奇于自己在和周槿分居八个月之后，能够这样心平气和地和前妻谈论现在的女友，"不过，她的父亲最近去世了，所以她忽然有了生活的沉重感和沧桑感。"

"那你可要对人家好一点，毕竟，人家没有爸爸了。有她的照片吗？"周槿似乎对米雪的形象很好奇。

马达想了想："你——不会觉得别扭吧，要是看照片的话。"

周槿一笑："不会的，我们已经离婚了，虽然是刚刚办完了手续——我当然希望你能够过得好一些，有比我好，或者比我更合适的女孩子来照顾你。这是真的。"

马达也笑了笑："你怎么又不要这个小房子了？我后来决定给你了，你又不要了，是不是这房子，会让你联想到我们过去的生活？"

周槿想了想："说实话，因为我很快就要出国了，所以我不会为了这房子和你吵架了，其实你知道，当初离婚的时候，主要是我父母的意思，他们觉得我嫁给你的这些年，连一个小房子都不能给自己争取到，特别亏。现在我也觉得他们不对，太世俗，太功利，也很好笑。"

"不能这么说自己的父母，他们其实也是很好的人。"马达很认真地这么说，他这个时候忽然有了一种悲悯之心，觉得很多人都生活得不容易。他从一本书中取出了一张米雪的照片，递给了周槿："就是她。"

周槿接过来。"哦，挺清纯的嘛，"她的脸上有微微的妒忌，"看上去挺小的，她多大了？"

马达有一些不好意思："比你要小个几岁，她是1979年出生的。"

"这么小，算是八十年代出生的人了，你这是老牛吃嫩草了！"周槿惊呼着看着马达，"你的桃花运还不错嘛，一定又是一个黄花闺女——这么小的姑娘，我看她过去，一定是从来没有谈过恋爱的吧？"

"是没有，和你一样，在我之前的确是一个处女。"马达笑了，"你还挺关心这个的嘛，这一点难道特别重要？你是什么心理？"

周槿看着马达的眼神已经有一些迷离，她忽然觉得马达仍旧是很有魅力的男人："你就是一个处女杀手哇，那是因为你的脸，常给人一种很可靠的感觉。和你真正分开了，似乎觉得，你这个人又有很多的优点了。"

"其实，你现在是看有年轻丫头喜欢上我，心里觉得怪别扭的，对吧。"马达揭穿了周槿真正的内心感受，"你不是也有男朋友了吗？那个人我见过也认识的。"

周槿吓了一跳，她以为马达知道她和王强的事情，脸色立即变得十分难看，就连呼吸也紧张了。因为和王强的关系，是她的一个很隐秘的疼痛，她现在已经解决了这个问题，同时希望永远都没有人知道这件事情才好，怎么马达会知道呢？周槿猜想，作为一所大学的校友，即使马达已经离开了学校，马达也很可能有这样的机会，从别的校友那里，听说或者知道这件事情。

"你在哪里见过他？是在我上研究生的时候？"周槿的声音有一些慌乱。

"不是，你都说到哪里去了，就是两个多月以前，在莱太花卉中心，我看到你和一个白头发的老外一起去买花，就是那个人吧？"

周槿的心立即放了下来，她觉得自己刚才的紧张是太沉不住气了，原来马达看见的是穆里施。"他呀，对，我的男朋友就是他，一个瑞典人，他叫穆里施，是一家电信公司的销售经理。不过，马达，"她十分认真地看着马达，"我们离婚和他一点关系也没有，我是在和你离婚之后才认识他的。"

"无所谓，只要你过得好就行，真的，"马达认真地看着周槿，"我希望我们还是朋友，就像今天这样，能够认真平和地说话。"

"你对穆里施的印象怎么样？"周槿问他。

"还可以，挺有风度的，不过年龄是不是太大了，有一点像你的爸爸——我这么说没有别的意思，这是我真实的感觉。"

周槿的脸又红了："胡说八道的，人家才四十多岁，就是那白头发弄的，虽然他的头发和胡子白了，人却很年轻，尤其是心态很年轻。"

"哦，挺好的，我祝贺你，没有别的想法。反正咱们都有了各自的新生活，这也没有什么不好的。"

"咱们的缘分尽了，不过，我们倒是没有成为互相仇恨的那种夫妻。"周槿有一些感叹，她搜寻着自己在这间屋子里的各种印记，自己不同的生命阶段的痕迹，那都是由一些物件和东西构成的回忆，比如有着拼花图案的窗帘，当初买它的时候，自己的心情是个什么样子，现在又重新回来了，花瓶，一些简单的家具、生活用品，各种小玩具、布娃娃，大多数都是他们两个人一起购买的，那个时候他们的感情和心情都是特别好，他们一起不断地用大大小小的这些东西，填充了他们共同的生活，构筑了一个多彩的时空岁月，那些日子再也没有了。

现在这些东西扑面而来的时候，周槿一下子觉得十分感伤，她在收拾自己最后遗留在这里的这些东西的时候，竟然哭了起来。

马达完全明白周槿现在的心情，在大学时代，她是一个非常多愁善感的女孩，当时如果天下了一场雨，她会立即有情绪上的变化，当初马达就是靠着对情绪变化非常迅速的周槿的理解揣摩，才获得了她的真心的。现在，他明白她要完全告别自己过去全部的生活和记忆了，所以，在他们曾经那么多天在一起同床共枕的这个房间里，周槿和他都感到了生活的变化使人无奈的那种感伤。

马达不知怎么鬼使神差地，就轻轻地抱住了周槿。而哭泣的周槿也就势扑进了他的怀里。这对他们都是十分熟悉的动作，他们又都闻到了彼此身上十分熟悉的气味，因为一个人身上的气味是不会变化的，马达抱着周槿的时候，才发现自己有一些不知所措，他不知道自己为什么会把她抱在了自己的怀里，既然他们已经完全分开，并且将属于别的人。而正当马达有一些不知所措的时候，周槿仰着迷蒙的脸和眼，似乎要寻找他的嘴唇，就像是过去很多次她非常需要他的时候那样。

马达没有太费思量，因为这完全是突然发生的事情，他于是低头和周槿吻在了一起。他们的嘴唇就像是磁铁的两极那样，有着强烈的吸引力，一下子就对接到一起了。他们的舌头热烈地纠缠在了一起，就好像是以后再也不会有这样的时刻了似的，它们加倍地在口腔中缠绕。轻微的蓝色火苗，在他们的口腔里升腾，而他们的身体也在发热，无法预料和无法控制的激情正在他们的体内滋生。

马达觉得迷惑，觉得不解，觉得很矛盾，因为他无法想象他和周槿还会有这样的一天，这样的情景。可是他无法停下来，他们热烈地吻着，任凭体内的温度升高而根本不去管它。周槿似乎在攫取，在抓住和从马达的身上夺取最后的一点他们有过的东西，表现得那样迷离和疯狂。

是周槿把马达的身体带动的，他们向那张床移动而去，他们倒在床上，马达和周槿都疯狂地呼哧呼哧喘着粗气，在彼此解开着对方的衣服，因为是衣服穿得很少的季节，他们很快就脱掉了对方的衬衣、短裤、裙子和花边乳罩，把它们扔得到处都是，他们像过去经常喜欢的那样裸体相呈……

马达猛然感觉周槿似乎已经变得比过去热烈和娴熟了，大胆和放肆了，他没有过多地猜想周槿被白头发的瑞典人穆里施如何从身体上开发她的情景，因为他已经被周槿所具有的巨大引力完全俘获，他只是一个机械的工具，在周槿的体内迎合着周槿身体的韵律，在进行着一种奇特的舞蹈。有些巨大的花在马达的脑子里不断地次第开放，蓝色的红色的紫色的各种大花都在开放，持续不断，永不停歇，而他就像是往这样的花朵的内部飞翔的东西，勇往直前地向前冲。而周槿的身体就是这样不断地开放，吸引着他向花朵的内部冲刺而去。

但是就在这个时候，马达忽然听到有一种细微的声音，这声音从门那里传过来，打破了他的快感和幻觉，他一下子回到了眼前的现实中。的确，是有人在开门，他立即意识到是怎么回事，他想，完了，而这个时候已经晚了，就是米雪，米雪用钥匙打开了门，看到了眼前的一切，看到了扭曲的人体，而其中的一个还是她十分熟悉的。

马达看到了米雪脸上流露出的特别惊讶、难过和不解的表情，这个时候仿佛是慢镜头似的停留了好长时间，米雪叫了一声："马达，你在干什么呢？"之后米雪痛苦地猛地摔门而去。

马达的心里落下了一块巨石，内心中发出了一声巨响。"完了。"他想，我这下算是完了。

周槿的反应要缓慢得多，因为她还完全在身体的迷离体验当中，几乎不知道发生了什么，但是后来她还是明白了什么。

"哎呀，你完了。"她同情和歉疚地对马达说，"我们伤害她了，奇怪，咱们刚才是怎么了？"

马达目瞪口呆，因为他也不知道刚才到底是怎么样和周槿发生了这样的事情，也许，仅仅是为了最后的告别所举行的补偿仪式，但是造成了更大的错误。

五十六

和马达办完了期盼已久的离婚手续，和王强的关系也了断了，没有任何麻烦了，周槿的心情十分轻快，现在，她可以按照自己设计的路来走了。这个时候她才决定把自己和穆里施的关系告诉父母，因为时机已经成熟了。

"你和马达的离婚手续全办好了？"她的妈妈最关心的就是这件事情，"那房子最后归谁了？"

"我没有要，是我提出的离婚，如果再要房子，那我就对不起马达了。毕竟是我先提出的离婚。和他离婚了，反而觉得马达这个人，也有很多优点的。"

"就你最傻，"她的妈妈抱怨，"反正你和马达结婚什么也没有得到。你说你这些年都在干什么？"

"妈，我要和你说一件事情，"周槿斟酌着用词，"现在有一个叫穆里施的瑞典人，特别喜欢我，要和我结婚，你说我怎么办？"

"他是干什么的？多大年纪？有没有钱？现在的老外也有经济能力很差的，也有很多是骗子。你们如果在一起的话，今后在国内还是去国外？"周槿的母亲似乎十分兴奋，提了所有她所关心的问题。

"他有四十多岁，比我大个十几岁，是一家公司的销售部经理，年薪在五十万美元，不过，关键是他对我很好，我也很喜欢他。"

可能是五十万美元对周槿的母亲没有概念，周槿感觉妈妈在那边沉默了一阵子，才说出话来："哎呀，就是年龄稍微大了一点。不过也没有关系，你们现在到底已经到了什么地步了？"

"妈，他已经向我求婚了，"周槿有些不耐烦，"我因为没有和你们说，就还没有表态呢。"

"那我和你爸马上来北京，见见这个人，看了之后，我们再一起商量决定，好不好？"周槿的母亲十分急切。

周槿觉得自己的父母又要来关心她的感情问题了。当初就是他们，竭力地反对自己和马达的婚事，而她为了反叛，偏要和马达在一起，可是后来两个人终究还是分手了。现在他们又要到北京来看穆里施，肯定会对穆里施进行一番观察。

不过，这次周槿觉得自己的父母一定会同意的，即使有着一头漂亮的白头发的穆里施看上去像是她的爸爸，他们也会对穆里施的五十万美元的年薪感兴趣的，而如果他们再有很好的感情，又能够出国定居，定居在瑞典这个美丽的、从来都没有战火的高福利国家，这是多么好的前景啊。

"那好吧，你们就过来吧，我们一起去接你们，你们坐飞机过来，机票我给你们报销。"周槿说。

"可是你那个同学王强怎么样了？他如果纠缠着你，会不会影响你和穆里施的关系？你可要好好解决这个问题，我看王强不会轻易和你分手的。这个人也许会做一些激烈的事情，他是一个有个性的人，你要防着他。"

"他逼着我要和我结婚，但是我已经和他谈好分手了，因为我告诉他我要出国，他后来接受了，他还专门来了一趟北京，我们谈好之后，他已经回去了。"周槿想到王强就一阵心痛，这是她不应该惹的事情。好在已经解决了，即使她几乎被他强奸了，感受了肉体的屈辱与疼痛，但是换来了生活的主动选择权。

"那就好，别为了感情的事情，惹下了杀身之祸，有些小伙子特别愣，我看王强就是一个很好强的人，你不会看人，没有眼光，王强可是得不到就会动粗的。不过，你解决了就好，我也放心了。"

周槿这个时候才对今年发生在自己身上这么多的事情，感到后怕、困惑和紧张，很多事情都是她人性的作为，差一点把所有的关系都搞糟了，而现在她庆幸自己终于安全地走过来了。

王强确实很恨周槿，他回到了深圳之后，心情总是十分郁闷。这一天，他刚到所在的单位银行上班，就听同事说有一个香港人在找他，他明白，是包下云云的那个香港人来找他算账了，这个时候他才想起来，他曾经把云云给强行按到床上干了。如果云云告状了，那他这就算是强奸，等着他的没有好结果，这使他很害怕，于是他就称病在家，不敢去上班了。

他在家里，打算好好想一想，到底自己的生活中哪个地方出了问题。他感到在和周槿的感情关系中，自己一直十分被动，现在，他觉得自己受到了伤害，而周槿则什么都不落下，她又可以通过那个白头发的老外穆里施一起出国，而他王强，则什么都没有得到，得到的只是一颗破碎的心，和大学所有梦想的破灭——如果周槿确实就是他大学的一个美丽梦想的话。现在，这个梦想确实已经完全破灭了，周槿在他的心目中一点光彩都没有了，她比蛇蝎还要狠毒，是一个自私和不可靠的风骚女人，一个俗气得不能再俗的非常现实的女人，一个令他恶心的女人。

　　他觉得自己简直倒霉透顶了。一方面，既然那个香港人找到单位来了，就说明云云不会饶了他，毕竟上次他几乎是强奸了她，他不知道自己会受到什么样的惩罚，香港黑社会收拾人是很狠毒的；另外一个方面，周槿现在已经完全抛弃了他，她轻松地放弃了他这根救命稻草，而找到了一个老外，马上就要远走高飞了，和他没有一丝一毫的关系，他觉得受到了很大的屈辱。他躺在房间里想了两天，这两天之中他什么东西也没有吃，觉得自己失去了很多的东西，到了傍晚，他终于像一个幽灵一样来到了深圳的大街上，看到四周到处都是灯红酒绿的景象，但是唯独他十分凄凉孤独，像是漂泊的荷兰人，没有可以靠岸的地方。

　　在皇岗口岸边上的一家餐厅中，他草草地吃了一些东西，把一只螃蟹的壳捣碎的时候，螃蟹壳那坚固的盔甲，在他的眼睛里都变成了仇敌。他想，他要到北京报复周槿，他有了很深的屈辱感，只有一种方式可以解决这个问题，就是杀了周槿，和那个在他后面出现的白头发的老外，周槿的新情人。在内心之中打定了主意，他就立即回到了家里，准备再次到北京了。

在他的宿舍的房门上，他看到了有人给他留下的一张字条，他拿下来一看，上面写着："王强，限你在明天晚上十二点之前和我联系，我们一起解决你强暴云云的事情，过了期限，就没有任何话好讲了。"后面是落款和电话。

王强觉得十分愤怒和恐惧，他几下子就把那张字条揉碎了，扔在了废纸篓里。他打电话给机票代理处，订了一张明天一大早去北京的飞机票，准备先把周槿这个问题解决掉，然后再来面对自己闯下的祸。解决问题也要一个个地来，他想，我现在已经疯了，我什么也不怕了。

五十七

　　周槿的父母很快就赶到了北京，对于自己女儿的婚姻和爱情的选择，他们从来都是比对自己的事情还要关心很多倍的，尤其是自己女儿的第二次婚姻，更是要好好地为女儿把好关，当好参谋。

　　但是这一次，女儿是和一个外国人在一起，他们的心里因为一直羡慕洋人，首先就已经接近同意了，而且那个人的条件又是那么好，虽然年龄偏大，可是这反而使人觉得踏实，觉得更加牢靠。

　　周槿和穆里施一起去机场接他们。在机场的出口，周槿的妈妈因为个子高大、眼睛好使，老远就看见了和穿着一套白色裙子的周槿站在一起的穆里施，心里咯噔一下，因为她觉得那个穆里施，根本就不像是四十多岁的人，而是像一个快六十岁的人。但是她的脑海中掠过这个白头发的人每年可以挣到五十万美元的年薪，五十万！还是美元，她就有些害怕了——他一年就可以挣三百多万元人民币，这是什么概念？她觉得头晕，她的脸上立即又浮现了笑容，脚下的步子立即变得轻快了。她对丈夫说："她爸，我看见他们了，你看见了没有？"

"在哪儿？在哪儿？"周槿的矮个子父亲拼命地踮高着脚跟，还是没有从人群中发现自己的女儿。

周槿这个时候已经向他们，向喜欢干预自己生活的父母招手了，现在，从内心深处来讲，她是喜欢他们这样管她的。她发现，只有自己的父母亲是永远都为她考虑的，一切都是为她的利益着想的。

这下子周槿的父亲也看见了穆里施，他倒没有觉得意外，因为他已经猜到了，周槿这次找的这个老外，一定是一个年龄比较大看上去也很大的男人，而只有年龄比较大的男人，才既有经济实力，也有追求离过婚的年轻女人的心思。一个小公鸡，是不会对自己已经熟透了的女儿感兴趣的。

在机场接站的地方，周槿的父母终于和穆里施见面了，近距离的见面使周槿的父母多少有一些尴尬，因为穆里施的年龄看上去的确不小了，和他们几乎应该是同辈，但是穆里施的热情，和周槿对穆里施的充满柔情的目光，使他们两个也慢慢放松了。"我们走吧，去停车场。"周槿说。

就在周槿和穆里施接到了他们，离开机场时，王强也抵达了北京，他比他们离开的速度稍微要慢一些。一下飞机，北方的干热就使王强很不适应，他觉得自己鼻孔中的毛细血管破了，流了一点鼻血。

他乘坐出租车直接到周槿就职的大学，在附近找了一家宾馆，而选择的房间刚好是可以看见周槿的宿舍楼的，这样他就可以对周槿的行动进行盯梢了。

他把东西放好，就睡了一小觉，醒过来之后，来到窗户跟前，往周槿的宿舍楼那边看去，就看见周槿和她的父母，还有那个白头发的老外穆里施，一同从周槿的宿舍楼中出来，向宾馆的方向而来。看到周槿的父母对穆里施谦恭的样子，他觉得十分厌恶，这两个老家伙实在是势利眼。王强恨恨地咒骂着他们。他看着他们一同进了这家三星级的宾馆。

王强吓了一跳，他赶忙穿好衣服，通过楼梯下楼，而没有走电梯，害怕碰见他们。他想了解他们是不是也住在了这家宾馆，他下到了一楼，躲在楼梯口的边上，可以看见周槿正在为她的父母办理入住宾馆的手续。登记的楼层从宾馆服务员的口中得知，在王强所在的楼层的下一层。

现在，王强的心怦怦直跳，他非常紧张，也非常惊喜，因为这简直是一个天赐的良机，使他可以在这家宾馆中就完成他想干的事情了。

他又溜回房间，等到他觉得他们已经回到房间了，他就赶忙仍旧走楼梯下去，从大堂经理那里知道了周槿父母所住的房间，而后他就来到了大街上。

他很快就来到了一家刀具量具商店，去专门选择斧头和砍刀——他决心把周槿杀了，而她父母的到来可以让王强把他们全家都给干了。

挑了半天，王强最后在一把斧头和一把大菜刀之间犹豫着，商店的售货员是一个长着满脸雀斑的少妇，她挺着胸脯问他："小老哥，你要买这个东西干什么用？"

王强开了一个玩笑："砍老婆用，哪个更好？"

"变态，是杀猪吧？"那个女人又问。

"对，是杀猪。"

"我看就这把大菜刀好。"

"好，我就买这把刀。"他也觉得斧头有一点沉，而且刃很短，砍人的时候，不容易一下子就有效果，但是他想了一想，"那把斧头也一起给我吧。"因为他又想到斧头的背部可以砸，那个力道是很大的，砸到人的头上是很有力量的，是有去无回的。这两件东西他都很满意，让少妇包好了斧头菜刀，就又溜回了宾馆自己的房间，仍旧是走楼梯。

但是他也在做激烈的思想斗争，因为即使他再仇恨周槿，但是到了要杀她的地步，王强还是有一些踌躇，毕竟，周槿再伤害他，也是她自己的选择，和他已经把话说到了，和他没有任何关系了，他也用强暴的方式，释放了自己的愤怒，现在王强自己想不开，那就纯粹是他自己的问题了。

可是当王强想到周槿这么快就和穆里施这样一个外国的老家伙、一个红皮肤的"猪"搞上了，就无法平静下来，就无法控制住自己，于是他仍旧决定干了。

现在周槿的父母也在这家宾馆，这样的机会真是难得，王强吃着方便食品，耐心地躲在房间的窗户跟前，一直在观察着周槿他们的出行，直到傍晚，他看见他们被穆里施开车送回了宾馆，显然，他们一起去吃饭了，而周槿没有上来，她和父母告别，和穆里施又走了。

他决定就待在房间中，而不去跟踪他们。看来，显然今天穆里施和周槿去了穆里施的住处，那个地方是不好下手的，只有在宾馆的房间中，当周槿和她的父母一同都在的时候，他就可以下手了。

但是，如果是他一个人对他们四个，他有必胜的把握没有？穆里施人高马大，周槿也很丰满结实，王强觉得自己一下子和四个人对阵，是没有十分的把握成功的，最好是各个击破，才能够成功。

王强既兴奋又恐惧、既紧张又冷静地等待着时机的到来。他觉得自己很清醒，又觉得自己是不是有一些不正常，头一天就这样安稳地过去了。到了第二天，他发现穆里施带着周槿和她的父母一起出去了，他雇了一辆出租车，在后面不紧不慢地跟着。原来他们去颐和园和香山游玩去了。

在颐和园，王强混迹在游客当中，戴好了墨镜，背上的背包中背着他买的那两样凶狠的大家伙，他和他们保持着距离，慢慢地跟着，看着他们游完了颐和园，又去爬香山。他们很兴奋，似乎一点也不觉得累，而王强自己因为精神紧张，却觉得十分疲惫，但是他仍旧紧紧地跟着他们。

他的眼睛冒火，他一定要干掉使他蒙受了屈辱的周槿，如果合适，也干掉其他的几个人，包括她的父母和穆里施。周槿肯定不会知道杀身之祸就在跟前，她和穆里施在一起的样子别提多么幸福，同时也让王强多么痛苦了。

他在爬到香山的半山腰的时候，终于找到了一个机会，不知是不是周槿的父母故意让穆里施和周槿有一个说话和亲热的机会，或者纯粹是他们的兴致高，他们在前面走得很快，很快就拉开了距离，而周槿被穆里施拉着躲进了一片小树林，两个人亲密地、迫不及待地抱在了一起，开始接吻。

这个时候戴着帽子和墨镜的王强就在后面，他把背包拿在手里，并且把手伸进去，去握住家伙的手柄，一步步地朝他们走去。

他自己紧张得完全可以听见自己剧烈的心跳，一下一下，就和撞钟一样。他就躲在一丛茂密的灌木后面，准备下手了，他离他们是那么近，而他们仍旧在忘情地接吻，这使王强更加怒火中烧，他盯着他们，眼睛里也喷出了火焰，手也从背包中慢慢地抽出来，他要猛然地向他们扑过去，以最快的速度将他们打倒，但是就在这个时候，他身后有一个小孩的声音响了："叔叔，你在玩猫猫捉迷藏吗？"

王强紧张得心脏都不跳了，他转身看见一个漂亮的小丫头在看着他，脸上有一种天真烂漫的表情，手里还拿着一把黄色的野花，那是北方秋天特有的野雏菊，而他也发现周槿和穆里施听到了这边的动静，停止亲热了，转身向这边看来。王强顾不上别的了，撒腿就向山下跑去了。

他慌忙地下了山，又坐车迅速回到了宾馆，在洗手间的镜子里看见自己面如死灰，仍旧心有余悸。

　　他后悔自己没有当机立断，也后悔自己为什么要干这样的事情，内心之中矛盾重重。他躺在床上睡着了，不知道睡了多久，反正天已经完全黑了，他又站到窗户跟前，凑巧看到周槿的父母、周槿还有穆里施，已经结束了一天的游玩，并且看来在外面吃完了晚饭，回到了宾馆。

　　这下手的机会又来了，王强又决定动手了。他拿好了东西，从他的楼层下到周槿父母所在的楼层，听见他们从电梯中出来，他悄悄地观察着，看着周槿的父母和穆里施在房门口告别，而后进屋。接下来，周槿和穆里施又在灯光昏暗的走廊中拥抱接吻，是那样难舍难分。

　　王强明白自己的最佳时机已经到了，他戴好了墨镜，从后面出来，向毫无防备的那两个人走去，他听到了他们的舌头搅拌的声音，他更加生气了，他抽出了斧头，他甚至举起了斧头，但是奇怪的是——他就是没有往下砍，因为这个时候周槿和穆里施忘情的接吻使他看呆了，他们完全忘却了自己身在何方，甚至是完全地视死如归的，或者，他想挥动斧头，但是斧头就是不往下落。

　　就是在这个时候，王强猛然觉得，对于眼前的这一对老少恋人来讲，自己完全是一个局外人，是他们生活之外的人，和他们已经没有关系了，和他们甚至从来就不认识，也没有任何的瓜葛，不是仇敌，也不是朋友，完全是陌路人，那么，他还要用锋利的东西砍杀他们吗？

他猛地躲进了操作间，汗如雨下，他可以听见周槿对穆里施说话的声音。"我父母完全同意我们的婚事了，我们在年底就可以结婚了。"

穆里施十分高兴，他们又拥抱了一阵子，才在别人经过他们的身边时分开，并且告别。周槿回到了房间中，穆里施走了。

躲在操作间的王强感到自己完全虚弱无力了，他浑身都湿透了。等到他发觉他们都走了之后，才回到自己的房间，重重地躺在了床上。他觉得对周槿已经没有了仇怨，他们是那样陌生，而他们也从来没有交往过似的，他根本就杀不了她，即使是杀了她，他也得不到她，何况过去已经得到过她，这就够了。他也杀不了任何与她有关的人——因为他一开始就是她生活中的局外人，现在也是。那么他为什么还要杀她？他完全可以忽略她，忘记她，掩埋她。在房间中，他哭了，哭得十分伤心，觉得自己的生活一团糟，他不知道自己在干什么，为自己深深地羞愧和难过。

第二天，他就直奔机场，买了飞机票飞回深圳，在半空中，他看着大地上被雾霭笼罩的北京，他知道自己与这座城市没有任何的心理联系了。

五十八

　　马达鬼使神差地和周槿在办理离婚手续的那天上床，被米雪看见了，当场捉奸，这对米雪是一个相当大的刺激，米雪对马达根本就不能原谅，因为她无法接受也无法弄懂为什么不久以前他们还是仇人，但是在最后的分手之际却又变成了床上的合欢者。生活有时候显得特别滑稽，让她还是不能承受。

　　"你完了，看你怎么对她解释了。"当时周槿也知道事态的严重性，但是她却没有负罪感。

　　随后，他们发现，屋内所有花的叶子全部凋谢，没有一棵是完好的。"你看，你的花也死了，看来我们没有了爱情就不会有花神护佑。"周槿又说。

　　对于马达和周槿来讲，那天他们肉体上的相遇与寻欢作乐，实际上是为了永远的告别，告别他们曾经有过的一切欢愉和烦恼，因为他们今后永远都不会再在对方的生活中出现了，所以，那只是最后的离别，是和解，是补偿，是为了最终的彼此遗忘，也是随机发生的不可控制的事情。

　　但是米雪根本就不能理解，也不愿意理解这件事情，那天她见到的一切，已经深深地刺痛了她的眼睛和心灵，她感到已经完全被马达伤害了，所以后来马达怎么打电话给她解释，她就是不愿意听。

"你总有一天会理解的。"到最后马达没有辙了，只好期待未来。

"我永远也不会理解，也不会原谅你。"米雪的回答很坚定。

这年10月初的假期很长，就是在这个假期前，网站突然宣布倒闭了，除了保留几个维护残存的网页的技术人员，其他的全部下岗了，从总编辑金磊到门口的接待人员，都被网站辞退了，他们每一个人领了一笔不大不小的薪水——这显然是网站最后的补偿，然后所有的人都作鸟兽散了。

马达在这一年开始的日子，比如他来网站应聘的那天，在写字楼前面闻到蜡梅花的香气的时候，根本就不会想到会有这样的一天，他也不会知道，在这一年里，他的生活会发生这么多、这么大的变化。

而他所在的网站还是比较晚倒闭的，现在最后只剩下了新浪等少数几个网站了，也不知道它们还能够活多久。

一直很喜欢他的总编金磊到一家财经杂志担任总编辑了，希望他也过去，马达这个时候当然不会回到原来的报社，他答应了，但是他希望金磊给他一段时间休息休息，他觉得自己很累，要好好总结和清理一下自己的生活，因为今年他的生活实在是乱糟糟的，完全被一种来自时代内部的疯狂给抓住了。从报纸上，他看到了一篇采访城市"一夜情部落"的文章，采访对象是匿名的，其中一个"搞房地产的"女人，回答记者问题的样子，他觉得她可能就是韩红。因为这是当下一个小的社会现象，被采访的对象无论男女，都有一些愧疚，觉得后来自己从内心深处受到了谴责，这种空虚的行为最终解决不了任何问题，仅仅退化为非道德的娱乐游戏了。

他们的自责与忏悔，和马达的内心感受是一样的：一夜情仅仅是一个短暂的游戏，它解决不了任何情感和生活中的问题。所以，有人敢于接受记者的采访，把自己真实的感受说出来，这本身令人吃惊和赞赏。毕竟，在这个游戏的背后，有更多的问题显现了。

而更令他吃惊的消息是，高伟被他的妻子翁红月，雇了几个民工给打成了植物人！这对于马达来讲是一个特别大的新闻和刺激。

他是从《京华晚报》上看到的新闻。从这篇新闻中他了解到，后来，高伟除了外面有了情人，还把他和翁红月共有的财产慢慢地转移了，而翁红月眼见着肚子越来越大，就要做母亲了，丈夫的背叛最后使翁红月产生了杀机。

他先去医院看望了高伟，高伟还在昏迷之中，依靠药物维持生命，大脑严重受伤，无法苏醒，目前处于植物人的状态，而医生告诉马达，他康复的希望很小。看着高伟已经萎缩的身体，马达不敢相信这个人就是精力充沛的高伟，而打他的人就是他的妻子翁红月。

翁红月对自己丈夫的仇恨为什么这么深？马达记得，就在不久以前，翁红月还在舍己救夫，把高伟从绑匪手中替换出来，所有知道这件事情的人都称颂翁红月，觉得这样的女人实在难得，但是现在他们却自相残杀？马达非常困惑，他要找翁红月了解这个情况，因为这一年发生的令他猝不及防的事情实在太多了。

他通过朋友，得知了翁红月被关在昌平的看守所里，就又通过关系找到了看守所的人，单独见了翁红月。

在看守所里，他看到翁红月却是满面红光，一改过去苍白委顿的样子，精神状态很好，这使马达觉得十分奇怪，他吃惊极了。

"怎么，看到我长胖了很吃惊是不是？那是我饭量增大了，一顿饭可以吃五个馒头的缘故。"翁红月笑着对马达说。

"你们到底是怎么回事？我感到很痛心，我真的不能理解……"马达皱着眉头，和翁红月在会客室面对面坐下时问她。

"高伟把我害苦了，他这是咎由自取。他要剥夺我的一切，我对他彻底地绝望了。"翁红月恨恨地说。

"他都对你干了一些什么？"

"你不知道吗？他和一个叫'小妖精'的女人同居，这还不算，自从上次我抵押自己，把他救回来之后，没有多长时间，他反而变得更加恶劣了，他基本上都不回家，而是在外面花天酒地。"

马达知道后来在警察的追捕下，绑架他们的那些绑匪全部落网了，是河北的一个犯罪小集团干的，而且他们的赎金也被追回了大半，算是有惊无险，为此他们还又庆祝了一番，马达还和高伟一起喝醉了。但是没过多久，他们就发生了这样的事情，有时候生活总是让人出其不意。

"有时候男人可能就是要胡折腾，今天的诱惑实在太多，可能很难避免他不对一些女人产生兴趣，高伟这是老毛病了，唉，也不该雇人打他呀。"马达在为高伟做辩护，但是连他自己都觉得虚弱无力。

"其实我并不担心也并不害怕一夜情，男人喜欢寻花问柳，男人花心，可能是你们的特权，一般我就只有忍着，但是如果危及我的家庭和我自己未来的孩子，我就要惩罚他了。"

"我从报纸上知道了，他把一些钱转移了……"马达这个时候，感情的天平又偏向翁红月这一方了，"他做得是太过了。"

"你说对了，在他的眼睛里，我已经不是他的妻子了。他先是把我们共有的钱以他保管为名，都给拿走了，全部都转到了他的名下，后来把我们在北京的三处房产也卖了，说是全部都投放到股市上去了，我发现自己在渐渐地失去对我们共有财产的支配权，他这是想害死我了。"

"他为什么会这样做呢？"马达提出了一个十分困惑的问题。

"我也弄不明白，你看，他开始下海的时候，所有的本金都是我从亲戚朋友那里借来的，可是他后来发展起来了，却对我这样……"翁红月哭了起来，"我前一段时间发现了他和'小妖精'同居和转移资产的情况之后，非常灰心，实在想不通的时候，就想自杀，几次都无法把安眠药吃下去，为什么？因为我的肚子里还有一个孩子，孩子已经怀上了，那他就是无辜的，我就要把他生下来，这是我的希望，但是高伟已经让我绝望了，于是我就找了一个收拾他的办法。"

按照翁红月的讲述，她为了教训高伟，找到了和高伟关系不和的一个远房亲戚，那个人本来就恨高伟，翁红月说可以出十万块钱，请他把高伟好好收拾收拾，那个人很高兴，说不给钱都想狠狠地教训一顿高伟。翁红月担心他下手太狠，特意叮嘱他不要打死人。

一天晚上，他们家门突然被敲响了，高伟去开的门，而门外应声的就是他的那个远房亲戚，所以他也没有太防备，就把门打开了。

但是门刚刚打开，就从外面冲进来四个彪形大汉，一下子就把高伟打倒在地了。这是一场精心策划的暴力袭击，几个人用铁管、铁棍狠命地击打高伟，而这个时候翁红月躲进了洗手间，在一个小时的殴打中一直都没有出来，直到他们扬长而去。

警察后来把目光放在了翁红月的身上，是因为她到很晚的时候才报警，而且在录口供的时候，发现她竟然在高伟被殴打的一个小时的时间里，都是躲在洗手间里的，于是对她进行攻心战，最后，翁红月交代了自己策划雇佣凶手，殴打丈夫高伟的全部过程，警察立即把四个打人的凶手也抓捕归案了。

"不管怎么样，我都没有怨恨了，因为我们过去的关系和所有的恩情、感情，在我决定收拾他的时候，就全部没有了，因为我对他已经绝望了，没有抱任何的希望，所以我就破釜沉舟了。"

马达现在很同情翁红月的处境，他明白了一个即将失去所有的东西的女人，在一种歇斯底里和绝望的情况下，会有什么样的举动。

"要不要找一个好一点的律师？我有一些很好的律师朋友。"马达想现在翁红月最需要的肯定是法律方面的帮助，他不希望她受到太重的惩罚。

"我父母亲已经帮助我请了，不管怎么样，未来什么样的结果，我都会接受的，你看，现在我已经准备坐牢，并且都开始适应环境了，"翁红月又高兴了起来，"说起来你都不相信，我解决了困扰我好多年的问题之后，现在心情特别放松，再也不失眠了，我反而获得了解放。"

"你就不对高伟有任何的愧疚？他到今天还在昏迷……"马达感到很难过，他不知道怎么评价这件事情。

"你让我怎么说？我们谁又赢了呢？"翁红月看着马达，目光十分苍茫地看着他，但是马达却觉得，她已经看到了人性最黑暗的深处。

从看守所回来，重新在自己的小屋中躺下，这个时候他觉得自己的生活就像是已经退潮了一样，很多人、很多事情从自己身边迅速地退却，他的妻子周槿、女友米雪，好朋友高伟和翁红月，还有莉莉，这些和他有关的人的生活都发生了特别大的变化，有的离开了他，有的也将远离他，有的是家破人将亡，有的刚刚出现就很快消失了。而网站的繁茂兴盛和凋落是如此迅速，2000年，这样一个整数之年，一个新旧世纪交替之下的年份，这样的生活景象使马达感到很迷茫，他不知道连他在内的人们，在城市中到底需要什么样的生活，他们最终要抵达哪里。他们是否真的就是那无助的缺乏上帝指引的羔羊，在生活的洪流中被裹挟而无处藏身？

翻阅着手头的一本《中国国家地理》，他忽然产生了要离开这座城市的念头，他一下子站起来，他知道现在他必须离家远行了。

五十九

　　王强回到了深圳，他有一个星期没有出门，而是躲在家里反思自己的生活道路。从他的居所的窗户中，可以看见赛格广场二百六十米高的柱状大厦，以及深圳表面繁盛的景象。自从香港收回来之后，深圳的前途突然地微妙和黯淡了起来，这个城市有些无所适从了。加上股市创业板迟迟不能在深圳推出，这里的金子已经很不好淘了。现在连香港在雄心勃勃的上海面前都很不自信了。

　　王强要弄明白自己的生活为什么会如此糟糕，按说自己已经是生活中的佼佼者，是一个前途远大的白领、一个有房有车的中产阶级、一个勃勃向上的中间阶层、一个新人类，他本来就有着很好的生活安排，但是自己的情感生活在今天这个分崩离析的环境中没有把握好，现在，他要修复自己的生活，他要努力地忘掉周槿对他造成的影响和伤害，他要的是重新振作起来。

　　忘记一个人似乎十分困难，他在家里感到胸口憋闷，似乎非常难受。他蒙头睡了几天，渐渐地恢复了斗志，一个星期之后，当他再次走出门的时候，他觉得自己已经变成了另外一个人，一个可以重新把握和控制自己的人了。

但是还有麻烦等着他呢，云云的香港男友，那个包着云云做二奶的商人一直在找王强，因为云云已经把王强强奸她的事情告诉了他，所以，当王强重新上班并且出现在银行的国际业务部的时候，就有同事告诉他，在客厅中有个人等他已经有好长的时间，刚刚走了，留下了一个纸条给他。上次他去北京的时候，人家就在找他。几乎每天，都有一个穿黑衣服的人在银行等他，一开始同事以为是王强欠了债，到后来觉得又不像，纷纷猜测王强可能惹了黑社会的人，人家现在来找他的麻烦了。

按照那个人给的电话，王强和他联系上了，他们约好在笔架山公园里一个僻静的地方见面。

王强现在没有一点恐惧和畏缩，他觉得任何事情都要有买单的人，天下所有的事情都是有原因和结果的，他自己拉的屎，一定要他自己来擦掉，躲是躲不过去的。他不知道自己会受到什么样的惩罚，但是他觉得自己有勇气面对这个局面，因为一切都是他自己造成的。

他一个人坐在笔架山中一棵大榕树下的长凳子上，那个地方相当幽静，好长时间也没有人从身边经过。没有过多久，一辆黑色的本田车沿着盘山小路上来了，在一边停了下来。他看见一个精干的男人，带着三个随从，还有云云，从停下来的车里出来，向他这边走过来。

他们来了，王强想。他站了起来，他们过来立即围住了他，王强现在看清楚这个香港商人的脸了，很普通，就像是很多广东人特有的那种脸型，高颧骨、深眼窝，没有特别的地方。云云用冷漠的眼神看着他，她现在和他的心理距离很远，看得出她仍旧觉得屈辱和愤怒。

"王强先生，这一段时间你请病假，是不是就是躲着我们的？"那个人问他，其他的几个人围着他，现在王强跑不了，也不想跑了。

王强淡然地一笑："没有，我只是到北京办一点私事。"

"办完了没有？"

"算是办完了吧。"王强苦笑了一下，他又回忆起了自己在北京的举动，以及那两把锋利的斧头和菜刀。它们早就被他扔到宾馆的杂物间了。如果今天他带着，会不会用这些锋利的、他一直没有使用的东西砍他们？

那个人又问他："那你说，你为什么要强奸我的女人？"

王强有一些羞愧难当："那天发生的事情确实是我的错，当时我的心情特别糟糕，我是做错了，但是我没有强奸她，我们过去是朋友，我只是一时烦躁……"

"那你说怎么惩罚吧。是公了还是私了？"

"公了和私了怎么讲？"

"公了就是把你交给公安局，私了是我们自己商量怎么办，你要流一点血了，你害怕不害怕？你自己选择吧。"

"唉，私了吧，我自己干的事情，不想让单位的人知道，随你们的便，怎么都行，我认了。"王强又抬起了头，他看着云云，他确实没有想到这个给别的男人做二奶的女人，还真的有贞操的观念。他过去从来没有真的尊重过这个女人，但是当他侵犯了她之后，他反而有一些尊重她了。云云现在看着他的表情有一些复杂。她要追究他干什么？他们是想敲诈一笔钱吗？或者就是为了惩罚他？

"我想把你的大拇指带走，做个纪念。"那个人慢条斯理地说，"你干了我的女人，就要付出代价。"

王强没有犹豫，他忽然很高兴，可能是人家不想要他的命，他已经轻松了。"好吧，你是现在就要吗？"

"对，就是现在要，喂，你们动手吧。"那个人吩咐身边的人说，之后他拉着云云向后退了一步，几个帮手就围住了王强，把他拉到了一边的亭子里，那里有一个石桌子，可以来进行这样的割指操练。这个时候是中午，山上几乎没有人，也不会有人从身边经过。两个人按住他，把他的手放在了石桌上，其中的一个拿出了一把弹簧折刀，又拿起了王强的右手，把他的大拇指架在刀子的下面，准备要割掉了。

王强没有害怕，现在他甚至有一些欣悦，因为了结了这个事情，他就和过去的自己彻底告别了。他确实觉得自己有一种赎罪的心态，毕竟自己是惹怒了眼前的这个人，侵犯了他的女人，侵犯了算是一个不错的女人——云云，他强奸了她，即使他再后悔，自己也理应受到惩罚。他可以感受到那把锋利的刀刃的冰凉，在缓慢地沿着他的大拇指移动，测试着下刀的方位。

这时王强尽管心里很紧张，也表现得十分镇定，他只是把头转向那个人和云云所在的方向，微笑着看着他们。云云的脸色变了，她也没有想到王强这么笃定，丝毫没有害怕的样子，她抓着自己男人的胳膊的手收紧了，而王强也感到刀锋已经娴熟地切入了自己的拇指，他的皮肉发出了一声轻微的叹息，仿佛是不愿意离开他的整个手。他闭上了眼睛，为了体验那十指连心的剧烈的疼痛，并且要牢记这种感觉。

"算了吧，其实，那天他心情不好，不算强奸我的。"云云的声音颤抖着说，她现在动了恻隐之心了。

"你们怎么办我都认了！对不起了，云云。"王强喊道。然后，仿佛手指头猛然融化了一样，那里有一点清凉、一点剧烈的撕痛，他看见自己左手的大拇指，已经瞬间离开了自己的手。

"你还算是一个人，一个男人。"那个人赞赏着说，他收起了大拇指，欣赏地看了一会儿，满意地放在了口袋里。王强看到他挥挥手叫人停下来。"你记住，以后别干这样的傻事就行了。"那个男人说，"咱们走吧。"

云云看着他的目光多了一点同情，但是她依旧十分冷漠，毕竟他伤害过她，还骂她是一个真正的婊子，可是现在她却成了一个酷刑的参观者。女人的心都是很狠的，你一旦触怒了她们，她们从来不会怜悯你。经过了刚才的事情，原本紧张的他现在放松了，手开始疼痛，他才看到鲜血在渗透着绷带——那是他们给他草草包扎的，王强忽然觉得自己很衰弱，他看到他们已经驾车扬长而去了。

现在，王强看着头顶的蓝天白云，他一下子觉得今天是全新的一天，是十分美好的一天，因为他把自己过去的问题都解决了，他从此可以轻装上阵了，他不会再干傻事了，他要换一个活法。

他忽然想起来自己很喜欢看到火山喷发的情景，在他的脑海里，出现了岩浆喷涌的壮丽场景。他站起来，往公园外面走的时候，心中已经决定，无论如何，不顾一切，他要去太平洋的一个岛上看那里的火山爆发，这几天的报纸上已经报道了这件事情。他觉得只有看到火山的爆发，自己才能够获得真正的平静。

十天之后，他乘坐飞机，又换了船，来到了靠近东太平洋的一个小岛上，那是火山喷发的地方，去观看那壮观的火山岩浆。他真的看到了，殷红的黏稠的岩浆从火山和海岛的最深处涌出来，就像是大地深处的分泌物，冒着咕嘟嘟的气泡，喷发着蒸汽，永无休止地往外面喷溅。这是特别活跃的火山岩浆，从岩浆的喷溅中，他感受到了一种美好的体验，那是重新焕发的对生活的信心，这个信心在过去的一年时间中已经没有了，抚摸着少了一根大拇指的左手，那里已经不疼了，现在他忘记了所有的烦恼，感到了自己的卑微，以及自己逐渐恢复的信心。

六　十

　　马达多次给米雪打电话，但是米雪只要听到是他的声音，就立即挂断电话，不和他说话。

　　他一直想和她和解，求得她的原谅。但看来这样的情况很难出现。马达这个时候简直是万念俱灰，他对自己的生活十分灰心，于是下定决心要出门远行了。

　　马达要上路了，他为此做了很多的准备，他准备一路向西，向着西边中国大陆隆起的地带而去，那里有最为壮观的高山、大河源、冰川、少数民族、沙漠和戈壁，那里有大片的开着黄花的油菜花和开着紫花的苜蓿地，虽然这个季节它们都已经凋谢了，但也依然摇曳在他的想象中。他要看看祖国大地上真正荒凉的风景。

　　他还买了一些出门必备的书，像一本叫作《生存手册》的书，据说这本书是英国皇家特种部队用的野外生存训练教材，作为自己的教材来阅读。对于出门时应该准备什么东西，他都按照行程，很快准备好了。

他参加了一个"在路上"的聚会之后，他才知道，原来还有这么多的人都走在路上，他们早就开始了不同于他和大多数人的奇特生活。

聚会是在一个专门写作"行走文学"的作家陈澈的家里，地点是在通州区的一个普通的住宅楼里。

那天晚上来了二十多个人，可以说是千奇百怪，这些人的唯一共同点，就是他们喜欢在外面浪游，不喜欢过循规蹈矩的生活。他们男男女女都有，彼此大多数都认识，屋子里是乌烟瘴气的，他们也不拘小节，一坐下来就喝酒吃肉，他们每个人的行走路线和方法都是不一样的：有的沿着长城走了一趟；有的专门沿着国境线走；有的喜欢直奔一个特别偏远的地区，然后在那里待很长时间；有的则是按照省份，一个省一个省地把每一个县城都跑遍；还有的按照民族聚居区来跑，一个民族一个民族地去了解和接触，把56个民族都跑到了。

也有的人则是什么目的都没有，只要是上了路，凭心情好坏，随便到任何一个地方，而如果想回来了，就又瞬间决定，立即可以打道回府；有的人穿过各种无人地带，就是为了在穿越无人区之后，来宣称已经征服了那里；还有的人是专门拍摄各地的风情照片的。他们有专门步行的，有骑自行车的，还有搭乘各种的交通工具，有开越野车一路狂奔的，只要可以抵达目的地；还有专门在偏僻的犄角旮旯去给那里的贫困地区的孩子建希望小学的，各种各样的人都有。

马达置身于他们的中间，确实觉得新鲜，他们每一个人都让他大开眼界。原先他接触的都是过着很循规蹈矩的生活的人，大都是在城市中奋斗的年轻人，被各种各样的欲望所困扰，也无法脱离由此带来的烦恼。而眼前这些人，连最懒散和下流的人，都活得天马行空，没有那么多的条条框框束缚他们，家庭、社会上很多的规则，对他们的约束都很小，尤其是家庭，几乎没有太多的约束。不过确实，选择这样的生活就不能过必须有责任感、特别正规的家庭生活了，有不少的人就是因为选择了这样的生活方式而离婚了，从此成为独行侠的。

专门写行走文学的作家陈澈，就是一个离婚后再也没有结婚的人，他现在一个人住。他过去是一家很好的经贸公司的经理，一直过着很规矩的生活，生活也很优越，按部就班，没有任何出乎意料的事情发生。

"但是有一天，我突然听到了一个声音，那个声音说，走吧，走吧，你应该到外边走走，改变一下生活的面貌，你现在的生活多么无趣啊！"

于是陈澈就听从了自己内心所发出的这个声音，在八年之前，变成了一个在路上的人。到今天，他已经写了十本书，走遍了中国大地的边边角角，他的书全部都是他在旅行中的所见所闻。

马达翻阅着他拍摄的几万张照片，确实感到了头晕目眩，那是大地上丰富的风景和人的特写，是外边世界的真实生动的写真。陈澈是领马达进入这个专门行走的圈子里的带路人。马达过去曾经听说过他，也采访过他。

"你要是真的想出去走走，我带你认识一些人。"陈澈有一天对他说，当马达说自己也想出去走走的时候，于是陈澈就带他认识了这些人。那天他们聊的内容全部是马达觉得十分新鲜的。他们对马达也很好奇，尤其是知道了他是一个记者之后，就很快地和他交上朋友了。

　　"你是不是也想在路上走走？"

　　"就是啊。"

　　"生活都在别处，而大地才是我们的屋子。"

　　"这种说法太有趣了。"

　　"你想到哪里去？西藏？云南？额济纳旗？"

　　"到西边去，西边。一路向西。"

　　"西边特别有意思，那里很好。什么时候动身？"

　　"马上就走。"

　　"西边一进10月，天气就冷了。"

　　"也不一定，新疆的南疆比夏天还热呢。"

　　"你现在去西边，也可以看到一年四季的变化的。"

　　他们就不再问他什么，而是告诉他这个季节要是去西边的话，那里的天气如何，应该准备什么样的衣服，因为10月份以后，中国的大西北，很多的地方已经开始急剧地降温了，天气开始转冷，有的地方，像一些高原和高山上，甚至已经开始下雪了。马达都认真听着，他觉得只有在路上的时候，才知道最需要什么，他不过是要展开自己的第一次旅行，没有必要把什么都准备好。

陈澈是一个很会讲他自己经历的人，马达就很多次听他讲藏族人的天葬和蒙古人的天葬，以及各个少数民族的丧葬风俗的不同，这些需要避讳的事情，他都在现场看见了。最惊险的是，有一次在云南的深山老林里，他要穿过一片到处都是蚂蟥的草地，但是如果他在前面，那蚂蟥就会把他的血给活活喝干了——它们有着成千上万条，会立即从草丛中弹射起来，落到他的身上，旋即进入他的身体，用吸盘吸干他的血。

　　"于是我从当地的老乡那里，买下了两条狗来带路，在前面给我蹚开一条路。两条狗在前面飞奔，我紧紧地跟在它们的后面，十几分钟之后，穿越了那片可怕的蚂蟥山的时候，两条狗的身体里全部都是蚂蟥，因为失血过多而死了，我从自己的身上摘下来的蚂蟥就有五六十条，而狗的身上的蚂蟥至少比我要多十倍。"

　　路上的传奇是永远也听不完的，何况陈澈是一个很会讲自己的传奇经历的人。马达问他："那你有没有失望的时候？"

　　"有哇，我一直在新疆的边境地带寻找香女，但是一直都没有找到，这是我遗憾和失望的地方。"

　　"什么是'香女'？"

　　陈澈看着他："香女就是身上有一种奇异的香味的女子，清朝的乾隆皇帝不是娶过一个香妃吗？传说香妃就是一个通体有着奇香的女人，所以乾隆爷才那么宠爱这个香妃。香妃是维吾尔族人，但是香女就不见得是一个民族的了。"

　　"现在还有这样的女人？"

363

"我也不知道，只是听说有这样的女人，有人见到过的，但是我一直跑了很长时间也没有碰到。"

"女人身上都有香气的，女人天然就有体香，这样的女人，算不算香女？喜欢涂脂抹粉的城市女人都算是香女吧？现在你到大街上随便靠近哪个女人，她身上的香气，保险会把你给熏得昏过去，哪个女人不香啊。"马达说。

"不是那种化妆品的气味，而是人体上与生俱来的香气。而且，关键是有这种香气的女人，她自己都闻不到自己的香气。这种香气也不是随时就可能发出来的。"陈澈关于香女的表述似乎很神秘了。

"真的有这么古怪吗？"马达一下子对香女非常有兴趣了。

"对，这种女人只有在你和她上床之后，你才可以闻到，从她的身体中发出的和你的身体摩擦交合之后所发出的香气。你可以闻到，而她闻不到。"

"这是一种什么样的香气？"马达很感兴趣。

"我也不知道，只是听人说，那种香气非常香，和任何人工制造的香料和化妆品都不一样，是人体分泌的最神秘昂贵的香气，类似于麝香。我有两年的时间，都在寻找这种香女，但是没有找到。"

"那人要是闻到了，会有什么样的变化？"马达有很多的问题。

"从此之后，你对生活就不会再有任何的困惑了，因为那种香气，可以使你进入一个超脱所有烦恼的美妙境界。"

"这和吸毒是不是一样啊？你相不相信有这样的香女呢？"马达现在有一些怀疑这种说法了，他觉得陈澈在和他说笑，"在什么地方有啊？我倒是想去找一找这个香女了。"

"那和迷幻药完全是两回事。我相信这种可以给男人带来一生的好运和神奇力量的香气是存在的，我相信有香女的存在。对你没有见过的东西，要保持虔敬才好。听说香女就在新疆边境的大山之中。有人见过的。"

马达不再问他了。他现在也相信真的有这样的香女，他想，冥冥之中也许真的有一个香女，在一个更加神秘的地方等着他。

几天之后，他踏上了西去的路途。在出发之前，他给米雪的手机留了言："你可能不会见到我了，因为我要远走高飞了。好好生活吧，也忘了我吧。"

因为马达确实是做了可能不会安全回来的准备了，谁也不知道未来有什么样的凶险，在前方等着他。

六十一

马达先是坐火车到了兰州，之后，他就开始从兰州向西，搭乘汽车，沿着古代丝绸之路的路线，向着西边行走。

河西走廊的秋天，两边低矮的山峦绵延而去，云彩如同棉花糖，可以吃，在天上浮动。夹在两边山峦之间的河西走廊中的农作物都已经收割了，大地一片金黄。只有一些高寒的地方种植的青稞还在生长，这是他可以看到的绿色植物。西北大地上的其他东西，包括土地、树木、房屋和人脸上的颜色，都是黄色的，流云飞逝，马达觉得自己的心境也变得高远了。

他按照自己的心意，随便地停下来，就在他喜欢的一座城市或者一座村庄歇脚。他经过的地方都是古代有名的战场和要塞，甘州、肃州、凉州，这些在《三国演义》中就出现的地名，他都实地亲临了。

似乎所有的城市都是一样的，即使是这些有着古代地名的城市，如今也是一样，满街都是非常俗艳的商店招牌，一样的商场、银行、餐馆、酒店、发廊，还有一样的为了生活而奔忙的人群，表情焦虑而又迫切。

所以他更喜欢在农村歇脚。在一些无名的村庄，找一家很简陋的旅店，或者找村干部帮忙找一个可靠的人家，他就在那里歇下来。反正无论睡在哪里，都是睡在夜里，睡在自己的梦里。

这样的路途非常闲散，似乎没有目的地，别人问他要到哪里去，马达只是说要一路向西走，具体要到哪个地方，他自己也不知道。

那些特别有名的地方，像是嘉峪关的长城关口，他也在那里流连过，想象自己是一个要回关内的遭到流放的诗人，在接受关口士兵的盘查。向关外望去，确实是更加荒凉，大戈壁延展开去，没有尽头。只有一条在太阳下发亮的公路，悲哀地穿越了无人区，似乎连飞鸟都会感到寂寞。

马达当然也到了敦煌，但是伟大的敦煌让他很失望，因为那里已经变成了一个闹哄哄的旅游城市，当地的人把敦煌作为他们发财的老本，拼命地赚钱，他买了几本关于西域文化的书，发现连书都被做了手脚——原先的定价都被挖掉，重新张贴上高了很多的定价条；上鸣沙山骑骆驼不仅价格很贵，而且到处都是骆驼屎；看敦煌莫高窟的壁画，也是保护的原因，最多只能看上十几窟，不过，一些官员和交钱多的外宾，显然待遇就明显不同。到了晚上，宾馆房间的电话老是响，原来是小姐打来的电话，问他要不要按摩的，和内地所有的旅游城市一样，凡是能够挣钱的办法，这里也都想到了，极尽开发之能事，这使马达觉得十分无趣，因为昔日安静坦然的敦煌如今已经热闹得像是一个大商店，一切的热闹又是为了发展旅游而已，他干脆拔掉了电话，这才清净多了。敦煌已经死了，至少在马达的心里是这样。

他想起来，敦煌有些人还在北京搞过一个敦煌展，他们把彩色画报上的图片裁下来，用镜框包住，每一张就卖三十元以上，当时马达和周樟去中国历史博物馆看了这个展览，在周樟的要求下，马达买了两张飞天画像，回家一看全是从画册上剪下来的。可能这些人在敦煌就欺骗游客欺骗惯了，到北京也是一个德行——让沙尘暴和沙子噎死这些靠敦煌吃饭的臭狗屎们吧。

从敦煌，他有三条西行的路线可以选择，一条是南下到达青海的格尔木，然后从那里可以去西藏，但是这个季节已经太冷，到西藏不是最好的时间，青藏公路很不好走；往东南方向，经过阿克塞哈萨克族自治县可以到达新疆南部沙漠的边缘，这是一条历史上伟大的丝绸之路的南线，可以经过罗布泊大戈壁的边缘地带，那里是一百年来西方探险家的乐园，然后再沿着塔克拉玛干大沙漠的南缘，经过历史上已经消失的古城米兰、尼雅、于阗、圆沙、皮山，最后到达新疆南疆重镇喀什。

但是这条线十分艰险，无人区很多很长，他在敦煌没有找到合适的车辆愿意这么走的。于是他还是决定往西北的方向，从柳园进入新疆的东疆盆地，然后经过哈密，到达吐鲁番，去看看高昌古城。

他就搭乘长途货运汽车，继续西行。这些长途汽车司机都很豪爽，对像马达这样没有事情喜欢到处瞎走的人不是很理解，但是很愿意帮忙，一旦他们信任了你，就什么都好说了。

马达就挤在装满了货物的车顶上，数着星星，他想起了一本叫《带星星的火车票》的书，那是一本很好的在路上的人应该看的书。当汽车摇摇晃晃地在往西走的时候，天色渐渐黑了，他觉得十分惬意，汽车很快就进入新疆的境地。

　　进入到新疆，马达作为一个湖北老河口市的人，才知道了中国之大。这个时候他已经离开北京，走了二十多天了。当初沿着河西走廊一站一站走的时候，他被河西走廊的绵长和千篇一律的景色都给弄烦了，而新疆的旷野则更加开阔，大戈壁上一个人也见不到，完全是一幅史前时代的洪荒年代留下的原始大地风貌。有时候，可以看见孤独的鹰在飞翔，有时候则可以看见一大群的野鸽子遮天蔽日地飞行，这些他原先只是在画报上见到的景色，出现在他身边的时候，他还是惊呆了。

　　进入新疆之后，他就更加放任自己了，在路上认识了很多人，包括一些骗子、流氓和地痞，他根本就不怕他们，但是也不招惹他们。这些企图从他这里弄到便宜的人，也就放过他，无功而返了。

　　还有一个甘肃酒泉市离家出走的少女，她叫蓝蓝，他是在星星峡认识她的。看上去这个女孩神情十分忧郁，脸庞很秀美，但是眼神有一种冷漠与拒绝。她只有十六岁。马达在和这个少女的接触中，从她的话中，猜到了她一直被自己的父亲蹂躏着，所以她不堪凌辱逃出了家门。很快，她就喜欢上了马达，她告诉他的确像是他猜测的那样，她的父亲经常强奸她，那是一个禽兽。她要和他一起远走高飞。"你把我带走吧，到哪里都可以的。我再也不回家了，我要到很远的地方去。"

"不行，"马达觉得这完全不可行，"我要去的地方非常危险，不能带你这个累赘。"因为他无法把握住自己和她在一起的时候，会发生一些什么事情。而且，自己带着一个女孩子旅行，会有很多不方便。经过了劝解，在吐鲁番，马达把她交给了一个长途汽车站的站长，自己继续西行。

马达很快就抵达了乌鲁木齐，在这座混血的城市休整了几天，这个时候已经是11月了，一场雪接着一场雪，这座城市完全被冰雪覆盖了。

两天之后，马达乘坐长途汽车，准备到西北边疆重镇伊犁。沿着天山的北部边缘的这条路特别好走，因为可以一直沿着312国道西行。他见识了冬天的新疆，见识了赛里木湖的冰凌，在伊犁地区的伊宁市休息了几天，然后和搭乘军队的运输车，穿越了高大巍峨的天山，到了巴音布鲁克大草原。

巴音布鲁克大草原在天山的腹地，被群山包围，平均海拔很高。但是因为是冬天，这里没有了肥美的青草，也没有了洁白的天鹅，到处都是一片冰雪世界。大草原只是存在于他的想象之中。

在路上，他遇到了遭遇暴风雪的哈萨克牧民，体验了把一些牛羊赶到安全的冬窝子的艰险路程。当时刚好碰到了天山中的暴风雪，那种雪下得非常大，雪像是块状的东西，硬生生砸在脸上。很多羊都冻死了，山上有的地方发生了雪崩，直径半米粗细的红松连腰被斩断了，露出了白生生的骨肉。

在哈萨克毡房中没有过多的停留，他又沿着天山深处向巩乃斯而去，在大山之中迷路了，被一些古代就在这里生活的蒙古人搭救了，那些自古就在山上居住的游牧人，不理解为什么马达要在这个季节，穿越危险的天山。后来，一个丰满漂亮的少妇半夜钻入他的被窝，激情缠绵地和他过夜。但是她也没有留住马达在那里多待几天，之后，他抵达了库尔勒。

他没有想到库尔勒是这么一个漂亮整洁的城市，也很繁华，都是因为塔里木盆地的石油开发，使这个通往新疆南疆的重镇，迅速地变大了，变漂亮了。这里的生活和人的职业几乎全部与石油有关系。

在城市中都是休整和歇息的日子，他在这里又停留了两天，之后，他就继续往新疆的南疆走了。这一次，他乘坐的是去新疆南疆的火车，从库尔勒抵达喀什。一路上经过了库车，这里是古代龟兹国的重镇，经过了阿克苏，这个地方前些年发生过骚乱，最后抵达了喀什。

向西南方走，越走越热，新疆的南疆和夏天都没有什么区别，他简直以为自己在天山的山脉中碰到的大风雪，只是自己的一个噩梦。

而南疆的喀什完全是一个典型的有着中亚风情的城市，这里的人绝大部分都是维吾尔族，汉族和维吾尔族人生活在不同的城区，分老城和新城，当然也有交叉地带。这里汉文化的痕迹已经很淡了，到处是一种马达所不熟悉的中亚地区的服装服饰和生活面貌。维吾尔族人很和善，他们幽默大方、热情快活，用一种平静的心态打量着任何一个来到这个城市的人。

在喀什待了一阵子，穿行在古老的街区，听到了纯正的维吾尔语，看到了艾提尕尔清真寺前做礼拜的庞大人群，理解了伊斯兰教的世俗含义。这个时候已经快到12月了，马达掐指一算，自己出来已经快有两个月了，时间在路上的时候过得真快。但是喀什的12月却根本就不像是冬天。

现在，他还有两个选择：一是继续往南走，到帕米尔高原的塔什库尔干去，那里有塔吉克族人，和喀喇昆仑山的风景；二是向东南方向，则可以到和田这样的地方，去看一看尼雅废墟。最后，他还是往和田的方向去了。

这一路可能是新疆最贫困的地区，因为缺水，村落都是被白杨包围着，村落很干旱，仿佛是沙漠戈壁中漂浮的救生岛，出了村落，到处是无人的荒野，连接有人居住的地方的只有公路了。

马达在一个叫叶城的地方露宿。他想体验一下在一个废旧的古城中过夜的滋味，就没有住旅店，住在了离城区不远的一个破土城里。因为他自己有漂亮的新疆小刀可以防身，而出来的这几个月他的胆子已经越来越大了。

他就在一片不知名的、离叶城县城不远的古城中的一个城洞中过夜，迷迷糊糊睡到了半夜，忽然感觉到有人进来了。

他警觉地坐起来，大叫一声："谁？干什么的？"

透过外面昏暗的月亮的亮光，他看见那个黑色的身影也哆嗦了一下："是……是个过路人，在这里想……过夜。"

马达听见他说话的声音是一个汉族人，就用手电筒照了照他，发现眼前是一个胡子拉碴的汉人。"你也是在路上到处跑的人？"马达问他。

"对呀，我叫封新成，你应该听说过我，我已经穿越罗布泊了，把那个死在罗布泊的余纯顺没有完成的给完成了。"

马达过去从报纸上见到过对封新成的介绍，他从十年前开始步行走遍全国，到今天还在走，只是剩下的全是非常不好走的地段了。

"我叫马达，也是出来走路的。"

封新成很高兴，因为在外面见到同类的机会并不多。他从自己的包里拿出了几个特别大的石榴，递给了马达："哎，马达，这是叶城最有名的大石榴，你尝一尝看，特别好吃。"

马达接过来，感到很吃惊，因为这个季节已经是冬天了，还能吃到这么好的石榴："没有想到新疆的石榴这么好吃，怎么这个季节还有这东西？"马达的嘴里全是石榴那甜酸的味道。

"其实是10月份才采摘的，不过是放了两个月，叶城这里就产这个。"封新成铺好了自己的行军毯，躺了下来。

马达感到很高兴，在新疆的南疆，经常听到的都是维吾尔语，连汉语都很少听到了，不过这里的维吾尔族人一般都可以听得懂汉语，他们大都很朴实。碰上这么一个在路上跑的同道，马达当然高兴极了。

马达也不睡觉了，他点了一堆柴火，和封新成围坐在火堆旁，一起聊天，聊自己路上的各种见闻。

两个人聊得特别愉快，其间还喝掉了一瓶白酒，马达知道了封新成刚刚沿着穿越塔克拉玛干大沙漠的公路一路走过来，现在准备到新疆最北边的阿勒泰的喀纳斯湖去，和那里的图瓦人一起过春节。

"图瓦人是什么人？"马达没有听说过中国还有图瓦人。

"他们可能是蒙古人的后裔，是成吉思汗当年西征的时候留下的，现在在阿勒泰的喀纳斯湖边成了一个独特的小部族，很有意思的。"

他问马达准备要到哪里去，马达想了想，不知道自己到底下一步真正去哪里，就随便说了一句："我想去找香女，传说身上有异香的香女，他们说在新疆的边缘高山里有的，也不知道在哪里可以找到。"

封新成说："哎呀，你算是问对人了，我就知道关于香女的消息。我在于田县停留的时候，当地的一个向导要带着我沿着克里雅河一直上溯，到喀喇昆仑山的深处去，他想挣我的向导钱，我不去，他就十分神秘地告诉我，说克里雅河上游的一个地方有香女。我听了还是不想去，因为我太想看看喀纳斯湖的冬天了。你呀，要是去找香女，就去克里雅河上游吧。"

"果然有香女存在吗？香女是真的身上有异香的吗？"马达问见多识广的封新成，"我不太相信这个传说。"

"我也是听的传说，没有亲自碰到。说实话，我和很多女人都睡过觉，但是没有一个人是香女，据说，香女必须是没有受任何现代文明污染的女人，她才可以从身体里分泌出奇特的香气来。"

"那种香气可以让男人有什么变化？"

"那是让你成仙得道的香气，也许从此就长生不老了。"封新成开着玩笑，"可能——可以从此改变一个人的生活吧。"

马达吓了一跳："我可不想一直活着不死。哎，你既然知道哪里有香女，你为什么不去找找？"

"我对女人已经没有任何好奇心了，即使她是一个香女。听说香女是最能留住男人的女人，我可不想被留在一个地方，我要到处走，走一辈子。"

"那我就到克里雅河去找香女了。"

"不过，昆仑山上特别寒冷，你要做好充分准备啊。"

"我都准备好了。"马达非常兴奋，他发现自己终于可以去找香女了，这个来自封新成的消息真是恰到好处。

他们聊累了，就各自裹着旅行毯昏昏地睡去了。

马达做了一个梦，他梦见自己和一个香女见面了，她正在向他这边走过来。他没有接近她，就已经闻到了她身上那前所未有的奇特的香气。

天快亮的时候，马达醒了过来，发现封新成已经不见了，只是昨天点燃的火堆还能证明昨天的相遇是真实的。在路上的人就是这么神，来无影去无踪的，彼此又相忘于江湖。马达又休息了半天，就决定出发去克里雅河的上游了。

他很快搭车来到了于田县，找到了专门领人进山的向导，谈好了价钱，立即沿着克里雅河向昆仑山的深处前进了。

六十二

克里雅河是一条由昆仑山上长年覆盖的冰雪融化之后，形成的河流。它从大山的夹缝中奔涌而出，倾泻下来，一直流到了塔克拉玛干大沙漠的中间，然后消失。在它的下游那沙漠的腹地，曾经有过繁盛的国度尼雅城，就是有和克里雅河水平行下泻的尼雅河的滋润，才存在的。

现在的于田、民丰这些城市比古代的城市，海拔都已经高出了许多，就是为了接近河流的上游，因为没有水源，则不会有人类的生机。

马达在塔克拉玛干沙漠的南部边缘才见到了真正的绿洲，那种被杨树和榆树所包围的农田、村庄、小镇，全部是由昆仑山上的冰川融水形成的河流，浇灌而成的。这里的景色除了这些大地上苔藓般的绿洲，剩下的全部是褐黄色的沙漠、戈壁、大山，没有太多的绿色。因此，在新疆，尤其是新疆的南疆，绿色是对眼睛相当奢侈的安慰。马达在旅途中只有看见绿洲的时候，心情才遽然好了起来。

马达在于田休息了几天，这座小城市似乎只有屈指可数的几辆出租车，干坼的乡间土路上尘土飞扬，黑毛驴带着铃铛四处可见。在12月份之中，天气仍旧特别热，丝毫没有冬天的感觉。

他在县城的一个地方见到了毛主席接见库尔班大叔的塑像，明白了库尔班大叔就是这里的人。在县城邮局附近有一些等杂活干的人，经过打听，他找了一个会说汉语的维吾尔族向导阿合买提，说是要上山进行探险，便由他带路上山。

阿合买提和他在第二天就开始沿着克里雅河往昆仑山的深处进发了，开着一辆老旧的吉普车。他们沿着克里雅河的河边走，看着激流跳荡的克里雅河在奔涌而下，一路上行。有时候走累了，在河边的石头上休息，马达把手伸进克里雅河的河水，立即感到了一阵刺骨的冰凉，觉得心情特别畅快。

这里再往南，全部是海拔高达七千米以上的山峰，层峦叠嶂，阻挡了天空中的雨云和飞鸟，隔开了南亚次大陆和东亚大陆。

阿合买提是一个不到二十岁的小伙子，黝黑的皮肤特别闪亮，他非常机灵，也很幽默，喜欢说话，一路上总是不停地给马达讲故事，这些故事都非常有趣。不过，他对马达的身份一直很怀疑。

"我还是弄不明白，你要到克里雅河的上游去干什么。你的样子，不像是考古科学家，也不太像是去挖玉的。那你是干什么的？"阿合买提觉得马达一个人上山，特别神秘，有着不可告人的目的。

"这条河的上游真的有玉吗？"

"有很多玉石呢，就在河边上，我们有时候都能捡到。玉石长在岩石的脉纹里面，冰雪融化成水把它们带了下来，所以，年年都有玉的。"

"那我就是来找玉的。"马达说。

"可是我就是不相信——"

他们就在克里雅河边上慢慢地寻找，希望能够发现玉石。"这里的羊脂玉很有名，别处没有的。它们会被水流从山上一直冲下去。"阿合买提说。

"玉石为什么会产在这里？"

"玉石是大山的灵魂，是山的精灵，昆仑山那么高，那么大，是神居住的地方，所以好的玉石就产在这里，大山有时候高兴了，就把玉石给大地和人们一些，我们就可以捡到玉石了。"

"我不是来捡玉石的。"马达说。

"你刚才还说是——那你是来干什么的？"

"看看这条河的上游有什么样的人在生活。在山上生活的不是维吾尔族人吧？你们维吾尔族人一般都是在平原上生活的。"

阿合买提想了想："山上确实有不是维吾尔族人的，不过我们要走三天的路程，之后到几个高山上的村子，那里的人比较奇怪。"

"有什么奇怪的？"

"他们和我们不一样，全部长着淡蓝色的眼珠，而我们的眼睛，要么是黑的，要么是淡灰色的。"

"那我们就去找他们吧。"

马达看了看阿合买提的眼睛，果然是淡灰色的。他们沿着克里雅河上溯，一路上见到了马达这一生可能很难再见到的风景。因为这里很少有人来，所以它保留了原始的面貌，处处都是狰狞和冷硬的山体，随着海拔的升高，空气变得十分寒冷，他们就在山上那古代人开凿出的一条山路上疾行。

在昆仑山上疾行，风暴是随时都有可能来的，当暴风雪来临的时候，马达和阿合买提就躲在牧人躲避风雪而搭建的石头窝子里。

一条简易的公路一直通到海拔三千多米高的县羊场，之后上山的路就是不能走车的山路了。所以，他们把吉普车停在这里，准备步行到下一个村子，找马上山。再往山上走，马达在一个峭壁边上，见到了雪莲。

马达过去从来也没有见到过雪莲，连干的也没有见过，此时，因为海拔高，他觉得头很疼，往一片山岩上坐的时候，就看到了那朵雪莲。雪莲正开着，枝叶有十几厘米高，花朵奇大，花瓣是玉白色的十几瓣苞片，中间包着一颗紫色的半球形的花心，在一片寒冷世界中十分清新美丽。马达非常高兴，他小心翼翼地采了一朵，放到自己的鼻子跟前，嗅闻雪莲的花香，马达立即闻到了一种奇特的、可以穿透他的五脏六腑的香气，爱花人马达简直心旷神怡。

"雪莲，我终于采到你了！"

再往前，是一个叫甫鲁的地方，之后的路就更加难走了。没有租到马匹，甫鲁的马都去山下拉过冬的燃料和粮食了，他们不能借给他们。他们在大山中走了两天，遇到了各种各样的情况，带来的食品干馕也快吃完了，但是还没有找到那个村落。

第三天清晨，阿合买提站在昨天他们过夜的石头窝子的前面往天上看，好久都没有说话。马达觉得奇怪，就问他："你看见什么了？"

"哎呀，情况不好，要下真正的大雪了。"

"什么是真正的大雪？"马达觉得不太明白。

"就是一直下雪，可以下一个人高，那么厚的雪。我要回去了，我不能上山了。"阿合买提说。

"我们还没有到达目的地呢，你不能就这样把我扔下了。"马达还是想继续往昆仑山的内部走一走。

"反正我要回去了，你要是想往山上走，你一个人走吧，你不知道这大雪下起来会有多大，你从来都没有见过的。"

"这里离你说的那些个长着蓝色的眼珠的人住的地方还有多远？"

"不远了，还有半天的路程，不过，这大雪可是马上就要下了，我想赶紧下山了，要不然就要被困在山上了。再往里面走，就会死在里面的。"阿合买提有一些着急了，"你根本就不是来找玉石的。"

"我的确不是来找玉石的，我就是想找一个地方，我一直在找一个让我觉得可以停下来的地方。"

"我不管你了，我还要活的。我要回去了。"

马达看着阿合买提，他想他的说法是十分认真的，他想了想，觉得自己应该继续往前走："那好吧，你就先回去，我把剩下的一半向导的钱都给你。"他和阿合买提告别，继续前进，没有走到一个小时的路程，就遇到了大雪。

这的确是真正的大雪，每一片雪花简直比鹅毛还要大，缓慢地从空中落下，马达觉得特别惊奇，他用手接了一片雪花，发现那雪花好长时间都没有融化。就是这样的大雪，很快就把大山给覆盖了，四下里一片白茫茫的，什么也看不见，倒是他自己是一个在白茫茫的山上移动的小黑点。

他有一些蒙了，才知道阿合买提为什么害怕这样的大雪，因为这样的雪是可以覆盖住山上所有的东西的。随后，这雪越下越大，路也越来越难走，而且最为要命的是起风了，空气变得非常寒冷潮湿，刺骨的冷使马达觉得自己也许做了一个特别错误的决定，也许他要死在这大雪中的昆仑山里了。

雪越下越大，最后他实在没有力气了，眼前出现了幻觉，周槿、高伟、米雪、翁红月们一个个地从他的眼前飘过，不能继续前进了，他靠着一块很大的石头上，风雪很快就淹没了他的大腿，他知道自己要死在这里了。

六十三

　　他后来醒了过来，眼睛的余光告诉他，自己是躺在一个什么样的东西上，似乎是一种雪爬犁，在倒着走。他翻起身，看到有一队拉着雪爬犁的马队在山上奔走，爬犁上拉着的都是各种的货物和生活必需品。他知道自己得救了。

　　爬犁晃晃悠悠走了没有多久，就到了一个山村，这个山村是完全建在一个山凹处的，一些土石结构的房子就分布在四周，共同形成了一个村落。而村子周围似乎分布着很多的温泉，在咕嘟嘟冒着热气。他想起来从军用的地图显示这里有火山活动，看来自己已经来到断裂带的附近了。

　　从山外赶回村子的马队抵达了山村，他们用玉石和山盐，从山外换来了粮食和其他的生活用品。马达从爬犁上下来，很多人，村里的大人和小孩都围拢了过来看他。他注意到他们都长着蓝色的眼睛，女人的辫子上都编上了洁白的铜钱模样的羊脂玉，她们还戴着高高的插着华丽的羽毛的彩色花帽，马达根本就判断不出他们的民族和文化，他们也说着他听不懂的语言，他们围拢他，触摸他，研究他，然后又猛地跳开，对这样的一个陌生的来访者十分好奇。

这个时候，可能是部族首领来了，这是一个老头，他拎着一根很长的马鞭，来到了马达的跟前，和他目光相对，对视了很久，然后高兴地和他握手。然后就拉着他的手，向一片石头房子的地方走去。一些男人簇拥着他，到了一个看起来像是部族聚会的石头房子里，他们围坐在地毯上，有人拿来吃的，他们开始喝茶、吃饭。一些女人也进了屋子，她们也对村里来了陌生人感到好奇。

等到一顿饭吃完的时候，部族首领似乎在问那些女人，她们谁愿意把马达领走。妇女们哄笑着，都害羞地躲避着首领的目光。老人忽然指着一个包着头巾的女人："明娜，明娜？"

马达看到一个长着很大眼睛的女人的脸扬了起来，觉得这个老人一定在喊着这个女人的名字，她的名字就叫明娜。

他看着这个女人，她大约有三十岁，是一个少妇，眼睛特别大，颧骨很高，她的装束也十分复杂，有很多的辫子，辫子上都是羊脂玉的圆片，她看着他，停了一会儿，很害羞地忽然起身走了。屋内的男人们都笑了起来。

吃过饭，因为没有人愿意把马达领回家，马达被安排在这个屋子里休息，之后，所有的人都走了，马达一个人在睡觉。他觉得很累，就开始做梦。在梦中，又回到了下雪的时刻，大雪纷飞，在掩埋他。忽然，他看到那个叫明娜的女人又出现在他的身边，并且把手伸给了他。

那个女人拉着他出了房门，来到了另外一个屋子，马达想那是她自己的住处。这同样是一座石头房子，马达明白自己被分给了这个女人，或者，是她对他感兴趣了，她来领他走了。他不知道她会把他怎么样。进了屋子，那个女人给他洗脸。他尝试着和她讲话。"你——明娜？"他指着她，意思是你叫明娜对不对，然后又指着自己说，"马达！马达！"告诉他自己叫马达。

明娜笑了，她只是点头，因为她一句汉语也不会讲，同样也听不懂，但是她似乎明白他叫马达了。"马达！"她叫了一声。

傍晚的时候，明娜开始做饭，饭是胡萝卜和大米还有牛肉蒸在一起的，非常好吃，马达吃了之后，觉得十分困倦，就昏昏沉沉地睡了。

到了半夜，他发现那个女人在解他的衣服，而这个时候外面的雪已经停了，他可以借着蓝色的月光，看见她蓝色的眼睛，在她的眼睛里，也荡漾着一片温暖的月亮。她笑着，有一些害羞，又有一些急切地想和他亲近。马达犹豫了一下，就没有再迟疑，而是很快就把自己脱光，在土炕的被子里，抱住了这个成熟的、可能失去了男人的女人那光滑的身体，而且还闻了闻她的身体，看看她是不是传说中的香女，但是她的身上没有任何奇特的香气。

马达有一些失望，他想，他可能永远也找不到香女了，或者，世界上其实根本就没有香女的存在，香女不过是一个传说罢了。

他感到她的身体非常凉，就像是玉石的材质。在亲热的时候，他感到她停了下来，脸上的表情十分害羞。因为女人都是被动的，需要他，一个雄壮的男人去直接地发动，把她当作要征服的对象。

马达也在慢慢地酝酿着情绪，因为他已经有好久没有接触女人的身体了。当他的呼吸急促起来，而她的身体发热并且变得潮湿的时候，他们融合了。

马达感到自己的身体开始变得透明了起来，他的身体很软，似乎所有的骨头都软化了，他和她，一个蓝眼睛的女人，融合在一起。他们缓慢地滚动、纠缠，一直到最后的高潮时刻的到来。然后，马达向后面一躺，觉得身体变得更加轻盈了。

忽然，透过窗外的月光，他闻到了一种香味儿，这种香气刚才还没有，只是在他离开她的身体之后，就开始在屋子里弥漫。这种香气特别芬芳馥郁，是马达从来都没有闻到过的，和任何人工生产的香料、香水和香精都不一样，和任何花朵的芬芳也不一样，那种气味只有男人才有，是人体内部的分泌物，是女人体内的香气。他立即就想起了香女的传说，他十分兴奋，立即又趴到她身上闻了闻，果然，现在明娜的身上全是这种香味，这种香味似乎和雪莲的香气很接近，但是比雪莲的清香要浓郁一千倍，非常奇特。那么，这个女人就一定是香女了！

明娜十分羞涩，她用毯子把自己裹起来，可是她身上的香气却越来越浓，在屋子里四处飘散。

马达感到心醉神迷，他披着一件羊毛毯子就奔跑出了石头屋子，在外面狂奔，脚下踩着吱吱作响的积雪，那是在幽蓝的月光照耀下变成了一片蓝色的雪地，他跑了很远，声音在山地里传了很远，确实，他和传说中的香女相遇了。一些屋子里又重新地亮起了蜡烛的光亮，而那个属于他或者他属于她的女人，那个香女身上的香气，几乎是可以看得见的，他看见它就像是一股水流，从石头屋子里流出来，也是蓝色的，蜿蜒飘散在空中，到处都是那种芬芳馥郁的香气。

六十四

这一年的圣诞节前，马达回到了北京，这个时候北京也是一片冰雪世界，已经下了好几场雪了。今年的雪下得很多。回来之后，马达觉得自己已经变成了一个新的人，今年一年里，他经历了太多的事情，但是到了这一年的年底，他变成了一个新人。而12月24日，刚好是马达的二十八岁生日。

他在傍晚的时候来到了三里屯一带，看到这里所有的酒吧都是一副圣诞前夜的喜庆气息。而且，很快要真正进入新的世纪，21世纪了。当十年以前谈论21世纪的时候，马达还觉得这是一个特别遥远的概念，但是现在它却已经逼近了。

马达差一点没有能够从昆仑山上下来，因为他和那个香女明娜在一起，是部族长老批准的，而那个香女明娜的丈夫，死于一次从尼泊尔贩运东西回来的暴风雪的路上了。明娜很喜欢他，也把他看作是上天赐给她的男人，因为她曾经祷告在一场风雪中还给她一个男人，属于她的男人，结果她看到了他。而部族中似乎也缺少男丁，所有的人都希望马达留下来。

马达在山上住了半个多月，他发现这些习性和藏族、塔吉克族有一些相像的高山民族，特别淳朴和豪爽，他们至今过着一种独特的高山游牧和采盐采玉的生活。或者他们就是古老的克里雅人？马达不能够确认。他们也非常好客，希望他加入他们的部族，和男人们一起到大山外面去运回来必需的生活用品，比如粮食和布匹，而运出去的是一种特别的山盐和牛羊的皮毛，还有一些玉石。

一开始在那里生活，马达还觉得新鲜极了，附近的山峦十分高峻，有很多的温泉可以洗澡，还可以见到很多珍奇的动物，像可以攀缘在悬崖上的岩羊、雪豹、牦牛。但是因为没有任何的报纸、电视等信息渠道，所有的消息都是靠着口头流传的，所以时间长了，马达觉得十分憋闷。他慢慢开始想念山下的生活，想念北京了，掐指一算，他离开那里已经有两个多月了。

他后来几乎每天都可以从明娜的身上闻到那种独特的香气，因为明娜就是一个香女，但是明娜自己是闻不到的。马达还看见了这种香气，有时候，这种香气也是一种透明的液体，从明娜的身上流出来，马达可以用手捻起来一条细长的丝线，他透过蓝色的月光，可以看到这液体挥发时的白色蒸汽，这的确是极其神奇。而且这种香气使马达沉浸在一种非常健康明快的情绪中，这种香气可以治愈任何忧郁症，使马达的整个精神面貌都开始变好了。

过了一些日子，马达告诉明娜，自己早晚都是要离开这里的，因为他本来就不属于这里，他只是这里的一个过客，就像是她的生命中的一个影子，明娜听明白了他的意思，就哭了。

马达从那个村子里走是在一个晚上，他早早地准备好了一辆雪爬犁，觉得身边的明娜和其他的村人都已经睡着了之后，悄悄地出发了。

他这一走，一路上就没有停下来。其实他不知道，明娜听见了他离去的声音，她咬住被子的一角哭了。这个上天赐给她的男人又继续前行了——是不是就没有属于她的男人了？明娜身上的香气一直飘到了很远的地方，伴随着马达的离去。

马达下了山，很快到了于田县，之后搭乘一辆石油勘探公司的汽车，直接从贯穿塔克拉玛干大沙漠的沙漠公路一路向北。在世界第一条沙漠公路上，马达看见路边成群的起伏不定的沙丘，它们的形状和女人身体的起伏是那么相像，这样的景色他在一部电影中见过。马达把头抵在窗户的玻璃上，他非常想念明娜，想她身上的芬芳，因为他就像是远处的一个病人，不远万里来到了这个地方，找到了治愈自己精神疾病的药方，然后又要离开这里了。看着昆仑山那庞大的黑色身体在渐渐后退，他十分悲伤，因为以后他可能再也没有机会去那昆仑山的高处，再也见不到明娜了。明娜就像是温柔的姐姐，用自己的灵魂和身上的香气，使马达焕发了生活的勇气。

到了库尔勒，他立即坐飞机到了西安，马不停蹄又立即转机到了北京。他回来了，而北京在他的眼睛里多了一丝亲切，也变得更加陌生。

圣诞前夜，大街上到处都是人，马达在三里屯一带溜达，在一家叫"为人民服务"的餐厅吃了泰国风味的菜，泰国菜又酸又辣。他看到到处都是一派圣诞气氛，这种气氛和他似乎有了一些隔膜。此前，一路西行的见闻与感受，还没有在他的心灵中沉淀下来，他就又要面对城市的嘈杂和热闹了。

这天晚上，他接到了周槿的一个手机短信息，说她刚刚在瑞典北部一个顶上堆满了雪的木屋中，和穆里施举行了一个圆满的婚礼，她同时祝他二十八岁的生日快乐。

那么，她找到了她要的东西、她要的生活了吗？可能她真的找到了。马达觉得周槿已经从他的生活中彻底移开了。

他沿着东三环边走，路上有很多成群结队寻找欢乐去处的年轻人，男男女女说笑打闹，大声喧哗，而路边的餐厅、娱乐城一片灯火辉煌，一年结束了，很快，再过几分钟，新的世纪，21世纪就要来到了。

马达现在非常想米雪，他用手机给她打了一个电话："米雪吗？我是马达，我没有死，我回来了，我想见你，让我见见你好不好？"

手机那边的米雪在沉默着，或者米雪在掂量着，她在下着决心。而马达也期待米雪能够同意，渴盼着和米雪相逢，但是这一刻的等待，似乎比任何时间甚至是跨越一个世纪都要漫长。

花儿的芬芳与人性的丰富

我记得，在2000年的时候，北京掀起了第一波网络媒体兴起的浪潮，当时我认识的很多媒体朋友都去了网站工作，比如，黄集伟去了博库网，我的大学同学刘晖甚至从新华社湖北分社辞职，来到了北京的千龙网工作。《中国青年报》的徐虹也在王朔和叶大鹰他们参与的"文化中国"网站担任客串栏目主持，把我和丁天等一些青年作家叫去，做了一些访谈节目。一时间，似乎网络媒介要全面打败传统纸介媒体了，甚至连电视台这样的媒体，都有些摇摇欲坠了。当时，我听说，有很多国外的风险资金都投入到网络媒体中，网站的钱特别多。像我，也在那一年里把自己过去写的几百万字作品，都卖给了一个刚刚创办的网站，换了十几万的现钱，提前还了房贷。我一看，觉得网络势头很好，就把我的长篇小说《正午的供词》的首发权都交给了黄集伟所在的博库网，博库网发表了那部小说，按照当时较高的稿费给我付了酬。那本小说因此就没有在杂志上发表。小说《正午的供词》的纸书出版，也是由张大龙和钱宁他们搞的一个网站，与中国青年出版社合作出版的。

可是，仅仅一年过去，这些网站就哗啦啦倒闭了。有的后来依托政府和其他资金的支撑存活下来，比如千龙网，但也是凤毛麟角了。

转眼之间，这又过了十多年，新一波网络大潮涌过来，这一次网络媒体算是大获全胜，真正站稳脚跟，彻底改变了传媒的基本样态了，大家都看到了，纸媒算是听到了自己的丧钟。

其实，这些都是题外话，但却是我当年写这本小说的一个背景。我写这本小说，是想写出在一个特定的年份，比如2000年，千禧年，发生在北京一对年轻的夫妇之间和他们周围的人的生活变化。这些人大都是在网站和传媒工作的年轻人，大都活动在北京东三环商务区，是承受今天的都市生活巨变的新兴中产阶层人。我尽量地写出当时的社会风俗，这样的构想是为了给同代人留一个影，希望今后有回忆的可能性。因为，我的朋友们经历了第一波网络热潮的发烧和退却，而他们的个人生活也在潮起潮落中有了很大的变化，甚至是分崩离析。他们每个人都在寻找着自己生活的理想之境，并且努力地企图抵达，但是一番折腾之后，他们都还不敢肯定自己是否得到了自己想要的东西。因此，人人都在继续寻找着。我通过讲述几对年轻夫妻在2000年这一年中生活的巨大变化，描绘了当代城市情感生活的世俗画卷：

刚刚辞职去网站工作的马达和他的妻子周槿经营多年的婚姻生活接近解体，两个人分居了。她去深圳出差时和追求者王强见面了，王强对周槿是一往情深，周槿在王强的外力作用下，向马达提出了离婚。法院第一次没有判决他们离婚，分居的周槿和王强紧密约会。而马达在网站认识了大学刚刚毕业的女孩米雪，两个人渐渐走在了一起。但是，马达发现米雪在父母的安排下，选择的道路和周槿一样，于是对米雪也冷淡了。他和老朋友高伟一起寻求生活的刺激，喝酒、吃摇头丸、泡妞、驾车远游，但是都排遣不了内心的焦虑。

外商穆里施追求周槿，周槿在王强和穆里施之间选择了穆里施，王强对周槿产生了杀机。高伟突然被绑架，他的已经怀孕的妻子翁红月舍身救夫。不久之后，因为高伟转移家庭财产，被翁红月雇人打成植物人。马达和周槿办完了离婚手续，突然又萌发了激情，但是被已经和马达和好的米雪看见，米雪离开了马达。马达所在的网站也忽然倒闭，他万念俱灰，进行了一次向西的远游，在新疆南疆的克里雅河的上游遇见了传说中的香女，闻到了可以使他重新焕发生活的信心的奇异香气……

这部小说还夹杂着一些魔幻情节和花卉知识，以及一年的重要新闻，既是关于当下城市情感生活的一个逼真描绘，又是一个时代的备忘和缩影，是我对某种知识和趣味小说的一种探索。爱情和婚姻的纷扰和困惑是我这本小说的主题。花卉知识是这本书的"插花"部分。一些魔幻的情节是现实派生出来的产物。城市仍旧是我的人物活动的背景，甚至扩大到了京沪穗三个一线城市。肉体的狂迷和精神的颤抖，是这部小说的动作与声音。最后，对黎明的渴望，是小说中人物的梦想。

这本小说写于2001年，时年我三十二岁。2002年10月，由作家出版社以《花儿花》为名出版。在出版之前，先以《花心》做标题，在《小说月报》原创版上刊发了部分章节，大约是五分之三的篇幅。可能我更喜欢《花心》这个名字，因为"花心"可以有多重的象征——象征女性生殖器，象征人的情感的变动不居，象征我小说中热爱花卉的人的生活，等等。2004年我做了一次修订，由原版的五十节，扩充为六十四节，使小说更加丰富了。这次出版就是那次的修订本。